L'AMANT

DOCTEUR #3

E. L. TODD

Hartwick Publishing

L'Amant

TABLE DES MATIÈRES

1

PEPPER

Après avoir abandonné mes vêtements mouillés sur le carrelage de la salle de bains, j'avais passé la nuit sur le canapé, faute d'atteindre mon lit. Dès mon retour, je m'étais lamentablement jetée sur une bouteille de vin en espérant trouver dans l'ivresse un semblant de sérénité qui me permettrait d'oublier Finn et Layla et de sombrer dans un sommeil sans rêves.

Mais des coups sur la porte vinrent me réveiller.

— Ouvre, c'est moi.

En reconnaissant la voix si caractéristique de Colton, j'entrouvris les yeux et je me recoiffai à la va-vite avant d'aller m'inspecter dans la glace de l'entrée.

Mon Dieu. J'étais dans un piteux état.

Mais peu importe. Colton m'avait déjà vue au fond du gouffre la veille après tout, et je n'avais guère le temps de m'arranger. J'ouvris donc.

— Salut...

Soudain, tout me revint en bloc, la pluie, les larmes... et cette terrible révélation. Dans un moment de faiblesse, j'avais tout raconté à Colton… Y compris la vérité que j'avais moi-même ignorée jusque là.

J'étais amoureuse de Finn.

— Salut, me dit-il en s'invitant à l'intérieur, avant de fermer la porte. Bien dormi ?

— J'ai un peu mal à la nuque et je digère encore le vin d'hier, mais sinon plutôt bien, oui.

— Tant mieux.

Il me scruta avec douceur en braquant sur moi ses tendres yeux bleus dans lesquels se lisait tout son amour. À le voir me contempler ainsi, je trouvais presque absurde d'avoir tant redouté sa réaction. Malgré son opposition à ce que je fréquente Finn, son calme manifeste apaisait toutefois mes craintes.

Toujours est-il que je m'en voulais terriblement.

— Je suis tellement désolée, Colton. C'est mal ce qu'on fait, ça n'aurait jamais dû se produire, et pourtant… C'est quand même arrivé. On a eu beau se mettre d'accord pour ne rester que des amis, mais… je ne sais comment… Voilà.

Il baissa le nez au sol et enfouit les mains dans ses poches.

— Finn m'avait promis de t'en parler, avouai-je, honteuse, mais il a changé d'avis au dernier moment.

À cet instant il releva le visage et son regard croisa le mien. Il se frotta la nuque puis soupira doucement.

— Pour être tout à fait honnête, il m'en a bel et bien parlé…

— Ah…

Étrange. Ce n'était pas ce que Finn m'avait dit.

— Oui, pour me demander l'autorisation de sortir avec toi. Il m'a expliqué qu'il tenait beaucoup à toi et qu'il voulait voir si ça pouvait marcher entre vous. Mais j'ai refusé.

Les bras croisés, je me trouvai soudainement à court de souffle. Colton se contenta de hausser les épaules.

— Ça m'a heurté sur le coup. Tu es la seule qu'il n'avait pas le droit d'approcher, tu comprends, mais il l'a fait quand même. Tu n'es pas simplement mon ex à mes yeux, mais aussi mon ancienne compagne, et aujourd'hui encore, ma meilleure amie. Le simple fait qu'il ait envisagé de se mettre avec toi m'a mis hors de moi. Finn m'a sorti que c'était pas grave dans la mesure où j'étais gay – comme si mon orientation sexuelle avait quoi que ce soit à voir avec ça ! Je lui ai expliqué mes craintes, à savoir que si un jour vous finissez par vous séparer, plus rien ne sera jamais comme avant. Vous ne pourriez plus vous retrouver dans la même pièce, et ça risquerait d'avoir un impact sur nos relations. Il a eu beau essayer de me convaincre, j'avais déjà tranché. Et pour moi, c'était non, point final.

Comme quoi, on avait bel et bien eu raison de s'en faire. Colton n'accepterait jamais notre union.

— Mais te voir pleurer comme ça hier… Ça m'a fait changer d'avis.

Ce qui signifiait qu'en dépit de ce qui lui en coûtait, Colton m'aimait trop pour se mettre en travers de mon bonheur…

— Je voulais surtout que tu saches que c'est à cause de moi qu'il t'a quittée… Pas parce qu'il le voulait.

— Et j'imagine que s'il ne m'en a pas parlé… c'était pour éviter de jeter un froid entre toi et moi.

Colton haussa les épaules, muet.

— Ton frère est un homme bien, insistai-je. Tu lui en veux, et je peux le comprendre. Mais il t'a toujours été loyal.

Le regard fuyant, Colton ne répondit pas. Je me lançai.

— En parlant de loyauté, il y a quelque chose dont je ne t'ai jamais parlé..., me hasardai-je alors.

Il releva aussitôt la tête.

— Si Jax et moi on s'est séparés, c'est parce qu'il ne supportait pas notre complicité. Il m'a demandé de choisir entre toi ou lui. Et comme c'est toi que j'ai choisi, il m'a quittée.

Son visage se ferma doucement à ces aveux, désormais voilé par un mélange de tristesse et de culpabilité.

— J'ai fait promettre à Finn de ne pas t'en parler. Il aurait pu s'en servir comme argument de persuasion contre toi, mais non. Je sais que tu te sens trahi pour le moment, mais Finn est une des meilleures personnes de ma connaissance. Et j'espère qu'avec le temps, tu t'en rendras compte toi aussi.

Le silence de Colton en dit long. Après un moment, sa langue finit par se délier.

— Si tu veux être avec lui, soupira-t-il, je ne m'y opposerai pas. Mais je suis ton meilleur ami, et je dois donc te mettre en garde. Finn est quelqu'un de bien, c'est vrai – il ne me viendrait jamais à l'esprit d'affirmer le contraire. Mais c'est aussi quelqu'un de compliqué, avec sa part d'ombre, qu'il possédait déjà avant son service militaire. Disons, pour faire court, que l'engagement et lui, ça fait deux.

Même si je le connaissais depuis peu de temps, j'avais pu analyser son comportement avec les femmes. Il était sans cœur, froid et distant. Sa vie sentimentale se résumait en une triste succession de coups d'un soir, tous plus insignifiants les uns que les autres. C'était à se demander s'il lui arrivait de mémoriser le prénom d'une de ses conquêtes.

— De plus, il ne tient pas en place. Ça fait plusieurs mois maintenant qu'il est à Seattle, c'est vrai, mais j'ai du mal à croire que ce soit définitif.

— Il s'est acheté une maison, non ?

— Qu'il pourrait facilement revendre. Cette baraque n'est qu'un bon investissement immobilier, rien de plus. Il sait qu'il en tirerait un bon prix. C'est ça qui l'a poussé à rejoindre l'armée à la base : Finn a la bougeotte. Je ne sais pas pour quelle raison, mais c'est comme ça.

— Je ne remets rien de tout ça en question, Colton. Mais il est différent avec moi…

En m'entendant dire cela, je me sentis d'un coup idiote, comme une adolescente crédule, absolument certaine que son homme serait prêt à changer pour elle. Et pourtant, je n'en démordais pas.

— Je n'ai jamais affirmé le contraire, me détrompa-t-il. Mais ça ne durera pas forcément. J'espère me tromper, Pepper. Mais je ne crois vraiment pas…

Si je n'étais pas déjà amoureuse de Finn, ma raison me crierait de tout arrêter. Mais je m'étais engagée trop loin sur cette route pour pouvoir faire demi-tour, et je n'avais plus rien à perdre, car d'une certaine manière, j'avais déjà tout misé. Colton reprit :

— Il m'a encore répété l'autre jour qu'il ne voulait jamais se marier, et encore moins avoir d'enfants. Et pour être honnête, je doute qu'il change d'avis. J'en doute fortement.

Je devais admettre que vu qu'on m'avait déjà brisé le cœur une fois, je n'avais pas du tout envie de revivre cette épreuve. Mais l'idée de renoncer à Finn, comme ça, sans tenter ma chance d'abord, me paraissait absurde. Et je finis par contrer ses propos :

— Tu sais, quand on s'est mariés toi et moi, je pensais qu'on voulait la même chose dans la vie. Je pensais qu'on resterait ensemble, et qu'on fonderait une famille…

Il se mura dans un silence coupable. Je poursuivis néanmoins :

— Et tu sais aussi bien que moi comment ça s'est terminé, Colton. Je ne pensais pas prendre de risque avec toi… Et pourtant. Je comprends bien que Finn n'est pas fait pour la vie de famille. Oui, avec lui, je prends un risque, c'est vrai. Mais c'est trop tard. Je l'aime déjà trop pour me détacher de lui.

— Si tu attends trop, la séparation ne sera que plus difficile.

Il avait peut-être raison. Mais c'était un problème que je préférais affronter plus tard.

En mesurant l'ampleur de ma détermination, Colton déclara forfait.

— Tu ne pourras pas dire que je ne t'avais pas prévenue… Mais si c'est ce que tu veux vraiment… tu as ma bénédiction.

— Tu es sûr que ça ne te pose pas de problème ? lui murmurai-je alors.

Avant de me répondre, il m'étudia longuement. Et soupira :

— Je t'aime, Pepper. Je ne veux que ton bonheur. Si tu penses que Finn est essentiel à ton équilibre, alors fonce.

— Mais… Tu ne m'en veux pas ? T'es sûr ?

— Après tout ce que je t'ai fait endurer… ? répondit-il d'une petite voix. Je devrais te laisser tranquille.

— Je t'ai pardonné depuis longtemps, Colton. Arrête de culpabiliser.

— C'est gentil de ta part… Mais c'est plus fort que moi.

Je m'approchai de lui pour l'étreindre.

— Je t'aime, Colton.

— Je t'aime aussi, Pepper, souffla-t-il en m'enlaçant à son tour, avant de m'embrasser sur le front.

— Et ton frère t'aime aussi, très fort. Tu le sais, non ?

Il demeura silencieux tout en me tenant dans ses bras, le torse agité par quelques respirations troublées. En voyant qu'il ne disait rien, je compris qu'il resterait muet.

Que sa réponse ne viendrait jamais.

La gorge serrée, le cœur battant à tout rompre et les mains tremblantes, je m'arrêtai sur le palier de Finn. Avec la bénédiction de Colton, plus rien ne pouvait se mettre en travers de notre chemin. Nous étions libres d'être ensemble, même si j'ignorais encore ce que cela signifiait pour Finn.

Je tentai de ne pas songer à ce qui avait pu se passer la nuit dernière. S'il avait effectivement couché avec Layla, je ne pouvais pas lui en tenir rigueur étant donné les circonstances. On avait rompu, après tout, et Colton semblait s'être montré si inflexible lors de leur houleux échange que Finn aurait légitimement pu vouloir se consoler avec la première venue. Cette idée me fendait l'âme, mais c'était un faible prix à payer. Car rien, désormais, n'empêcherait plus notre union, et ne m'empêcherait de connaître avec lui au moins quelques moments de bonheur.

Finn ouvrit, et l'espace d'un instant, une vive éclaircie dans le ciel vint renforcer l'éclat vibrant de ses yeux. Par ailleurs, il était à tomber dans son jogging. Il poussa davantage la porte et me contempla de la tête aux pieds d'un regard empli de désir.

Soldier, qui s'était posté à son côté, m'observait lui aussi avec la langue pendante.

Mais je n'avais d'intérêt à l'heure actuelle que pour l'homme en face de moi, celui qui détenait la clé de mon cœur. Imaginer ma vie sans lui avait été pire que le soir où Colton m'avait demandé le divorce. Ce que je vivais avec Finn était, d'une certaine manière, plus réel que ce mariage. Il m'avait fallu rencontrer le bon pour prendre conscience de tout ce qu'il me manquait pour être épanouie.

— Colton m'a tout raconté.

Sans lâcher le bois, il continua à me scruter sans un mot.

— Il m'a expliqué que tu m'avais quittée à cause de lui.

Ses épaules s'affaissèrent légèrement.

Ignorant comment interpréter son silence, je le regardai à mon tour sans rien dire. Certes, j'avais espéré plus d'effusions que cela, mais nous avions surmonté tous les obstacles. Nous pouvions enfin être heureux. À compter qu'il le désire toujours... Avait-il peur de s'ennuyer avec moi sans le frisson de notre aventure secrète ?

Il retira finalement sa main de la porte.

— Ramène vite tes fesses à l'intérieur, me lança-t-il, taquin.

Mes lèvres s'étirèrent en un large sourire, et je me lovai contre son torse, me reconnectant à ce corps puissant qui m'avait tant manqué. Sentant sa chaleur se propager à ma joue, j'enroulai les bras autour de sa taille et fermai les paupières, enivrée par son parfum de propre.

Il referma puis m'enveloppa de ses bras massifs. Ses lèvres douces effleurèrent la lisière de mes cheveux avant de se poser sur mon front pour l'embrasser. Il me serra fort contre lui puis poussa un soupir d'aise.

Que je me sentais bien entre ses bras. J'étais en lieu sûr, à l'abri de tout, et pour rien au monde je n'aurais voulu bouger. Je me fustigeais encore de ce mensonge à Colton, mais mon bonheur pesait bien plus lourd dans la balance que ma culpabilité. Peut-être n'avions-nous pas d'avenir ensemble, mais pour l'instant, mon seul désir était de me lover contre lui.

Il s'écarta pour mieux me regarder.

— Tu m'as manqué.

Il était rare – voire exceptionnel – qu'un homme comme Finn formule de telles pensées. Mais il était toujours d'une telle honnêteté que je sus d'emblée qu'il en pensait chaque syllabe. Réalisant cela, je me liquéfiai sur place, jusqu'à ne plus former qu'une petite flaque à ses pieds.

— Tu m'as manqué aussi…

Il prit mon visage en coupe, pressa son front contre le mien, puis ferma les yeux et resta un moment ainsi, debout contre moi, paraissant profondément apaisé par ma présence. Je fus même surprise qu'il ne m'embrasse pas comme d'habitude, ou qu'il ne m'attire pas immédiatement dans son lit. Sa retenue me réchauffa l'âme car elle ne pouvait signifier qu'une chose : c'était ma personne qui lui avait tant manqué, pas seulement mon corps. Mon être, le seul qui fût capable de bercer son cœur fragile.

Se faire plaquer contre un matelas par le corps massif d'un homme, c'était de loin la meilleure sensation qui soit. Finn était ferme et chaud contre ma peau. Ses cuisses épaisses venaient frôler les miennes à chaque pénétration, et son torse d'acier stimulait mes tétons au rythme de ses balancements.

Folle de plaisir, les chevilles verrouillées dans son dos, je gémissais en pantelant, les griffes plantées dans sa chair. Chaque centimètre qu'il franchissait semblait sanctifier ma féminité, m'ériger en véritable déesse.

À force de plonger les mains dans les cheveux, il m'avait complètement décoiffée. Ses yeux, eux, ne lâchaient jamais les miens. Il m'embrassait par moments ; à d'autres, il se contentait de respirer avec moi, grisé, comme moi, par la fusion si naturelle de nos corps.

Plus jamais je ne connaîtrais une telle extase avec un autre. Si d'aventure il m'arrivait de rencontrer un autre homme, je serais condamnée à le comparer à l'expérience que je vivais avec Finn… Et elle était inégalable. Finn n'était pas seulement beau, sexy et doué au lit. Il était passionné, et rien ne pouvait rivaliser avec le lien qui nous unissait.

Il réussissait à me faire jouir rien qu'en entrant en moi. Après la semaine déprimante qui venait de s'écouler, cela n'avait rien eu de compliqué. Lui paraissait ne tenir qu'à un fil depuis le début. Son membre bandé pulsant de désir menaçait d'exploser d'une minute à l'autre. Mais il semblait décidé à tenir bon.

Nous avions le temps, pourtant. Les parties interminables de jambes en l'air pouvaient attendre d'autres nuits.

— Tu peux jouir, tu sais, lui susurrai-je en agrippant soudain ses fesses pour l'attirer tout au fond de moi.

Je voulais récolter chaque millilitre de son foutre, avide de sentir peser en moi cette flaque épaisse et chaude qui finissait toujours par déborder de ma chatte et rouler le long de mes cuisses.

N'y tenant plus, il poussa un râle et contracta son bassin, se tendant notablement pendant l'orgasme.

— Bébé…

Planté tout au fond de moi, il me donna tout, crachant entre mes reins sa charge pâteuse et douce que j'accueillis comme une déclaration d'amour.

Je resserrai les cuisses autour de lui, électrisée de voir ses traits déformés de plaisir. Il était si sexy, comme ça, que j'aurais pu me toucher rien qu'en le regardant. Je passai une main dans ses cheveux et soupirai, satisfaite, heureuse… Non, pas heureuse, mais comblée, de me retrouver au lit avec cet homme que j'aimais tant.

Il m'embrassa tendrement avant de se retirer, attirant avec lui une coulure de sperme hors de ma fente. Puis il s'allongea à mon côté, étalé en travers du matelas, le temps de reprendre son souffle. Sa peau constellée de sueur attrapait des rais de lumière qui filtraient tant bien que mal des persiennes. Fort, élancé et recouvert de tatouages, Finn était parfait de la tête aux pieds.

Je me tournai face à lui pour mieux l'enlacer, et ressentis alors un incomparable sentiment de bien-être. Tous les tourments éprouvés au cours des semaines passées se dissipaient avec lui avec la rapidité d'un mauvais rêve. Respirant de concert avec lui, je calai une jambe entre ses cuisses, comme j'avais pris l'habitude de le faire. J'étais si bien que je faillis m'endormir.

En réalisant qu'on se reposait, Soldier ne tarda pas à nous rejoindre. Il bondit sur le matelas puis se recroquevilla en boule dans un coin.

— Il ne te lâche jamais, hein ? m'amusai-je.

— Si, mais seulement quand je le mets dehors. Ça devient gênant, dans la salle de bains, parfois.

Je m'esclaffai.

— Est-ce qu'il pleure quand tu pars de la maison ?

— Non. Il est bien dressé.

— Je veux bien te croire, mais ça ne l'empêche pas de te faire la fête quand tu rentres, non ?

À ces mots, Finn esquissa un sourire.

— Je t'accorde qu'à ce moment-là il me fait toujours son petit numéro, à tourner comme une furie en rond comme s'il courait après sa propre queue, et ensuite à se jeter sur moi. Parfois aussi il aboie, bien sûr.

— Parce qu'il est heureux de te voir.

— Ouais... C'est un bon chien. J'ai passé la semaine à la maison, il est resté à mes côtés...

En repensant à cette dure semaine, Finn se rembrunit quelque peu : nous l'avions passée l'un sans l'autre, et cela avait été fort pénible.

— À croire qu'il se doutait que quelque chose n'allait pas, admit-il.

— Les chiens sont plus intuitifs qu'on le croit, confirmai-je.

— C'est un bon compagnon. Et un super partenaire de jogging, aussi.

— Ah bon, tu cours ?

Il opina du chef.

— Je me cantonne au quartier, mais oui.

— C'est mignon.

— Quoi, moi ? Ou Soldier ?

— Les deux, répondis-je. Mais surtout Soldier.

En comprenant que je blaguais, il sourit en coin.

— Colton m'a expliqué que tu détestais ça.

— Non. Pas spécifiquement. Je déteste le sport en général.

— Pourquoi ?

Je haussai les épaules.

— De la paresse, sûrement. Je suis déjà debout toute la journée au magasin, et je fais aussi tous mes trajets jusqu'à la boutique à pied. Alors l'idée d'enchaîner avec une séance en salle de sport me tente pas des masses, me justifiai-je tout en guettant sa réaction. Et t'as pas intérêt à me juger !

— Je ne te juge pas.

— Alors pourquoi est-ce que tu me fixes comme ça ?

— Pour rien : je me demandais juste comment tu faisais pour avoir un cul pareil sans jamais faire d'exercice.

Je levai les yeux au ciel.

— N'exagérons pas…

— Je crois que je sais de quoi je parle : c'est moi qui te mate les fesses pendant que je te prends par-derrière, non ?

— Quel porc, je te jure ! protestai-je en lui envoyant une tape sur le poignet.

— Fais pas l'innocente, tu me connais bien depuis le temps, bébé.

Il m'embrassa sur le front puis posa son bras sur le mien, avant d'ajouter :

— Et t'aimes ça.

— Non, je t'aime *toi*, et *malgré* ça.

La joue calée contre son torse, je tentai de m'imprégner de l'instant, de prendre conscience que tout était bien réel. Nous n'avions plus besoin de mentir ou de nous cacher. J'allais pouvoir refuser des rencards sans devoir me justifier. Finies également ces soirées terribles où Finn se faisait offrir verre sur verre, car il serait évident qu'on était en couple. Enfin délestée de ce poids, je me sentais plus légère que jamais.

La question de Layla ne cessait de me tourmenter, mais j'avais bien trop peur pour interroger Finn à son sujet. Quoiqu'à bien y réfléchir, j'aurais mieux fait de le faire *avant* de coucher avec lui sans capote, mais dans l'intensité de nos ébats, ça m'était complètement sorti de l'esprit.

Je serais malade d'apprendre qu'il s'était effectivement passé quelque chose entre eux, alors peut-être valait-il mieux que je n'en sache rien… Mieux valait-il peut-être laisser planer le doute.

On resta un moment assis en silence, réchauffés par les timides rayons du soleil qui se prélassaient à nos côtés sur les draps. Plus la lumière se décalait sur le matelas, plus Soldier changeait de place, tenant à profiter d'un maximum de confort. Pour un chien des forces armées, je le trouvais somme toute assez normal.

Le visage tourné vers la fenêtre, Finn rompit le silence au bout d'un certain temps.

— Comment est-ce que ça s'est passé avec Colton, au fait ? Il n'a pas été trop dur envers toi ?

Ce prénom à lui seul me noua l'estomac. En ne m'entendant pas répondre, Finn se tourna lentement vers moi.

— Il fallait bien qu'on aborde le sujet un jour ou l'autre, n'est-ce pas ?

Il n'avait pas tort : il ne fallait surtout pas que Colton devienne une controverse entre nous. C'était mon meilleur ami, et le frère de Finn. Notre situation resterait gênante un temps, d'ici à ce que Colton s'habitue à nous voir ensemble, mais ça finirait par s'arranger.

— Il s'est montré assez compréhensif.

J'envisageai un court instant de mentionner les mises en garde de Colton concernant la soi-disant réticence de Finn à s'engager, mais cela m'aurait paru déplacé. Finn et moi n'avions jamais sérieusement discuté de notre relation, et je préférais entendre ce qu'il avait à me dire avant de prendre en compte l'avis de Colton.

— L'idée le met mal à l'aise, mais il ne veut que mon bonheur. Et si toi tu parviens à me rendre heureuse, alors il préfère que tu continues.

Je caressai son torse en y faisant courir mon nez, attentive à ses amples respirations, déposant çà et là des baisers au fil de ma progression.

— Tant mieux. Ça me rassure qu'il soit si compréhensif avec toi.

— Qu'est-ce que tu entends par là ? Il ne l'est pas avec toi, peut-être ?

Finn regarda le plafond. Mais avant qu'il n'ait le temps de répondre, on perçut des pas dans le couloir, accompagnés d'éclats de voix.

— Qu'est-ce que tu entends par « beaucoup d'affaires » ?

Il s'agissait de Zach.

— Je te demande ça parce que le camion que j'ai loué n'est pas bien grand, reprit-il. Tu avais entreposé pas mal de choses dans un box aussi, non ? Ça devrait le faire.

— Ça va, il y a juste le lit, une table de chevet et quelques fringues.

La voix de Colton gagnait en volume à mesure qu'il s'approchait de la porte.

— Bon, ça va alors, rétorqua Zach, rassuré.

— Mais des vêtements, j'en ai pas mal. Tu me connais.

Colton ne semblait pas dans son assiette. Quelque chose dans son ton m'indiquait qu'il traînait des pieds, ou du moins, qu'il avait le moral à zéro.

Zach soupira.

— C'est relou, des fois, que tu sois gay…

Je me tournai vers Finn, surprise.

— Colton s'en va déjà ?

Finn haussa les épaules pour toute réponse. Et quand je sortis du lit pour me rhabiller, il se contenta de m'observer sans bouger.

— Qu'est-ce que tu fais ?

— Ben, je vais leur dire bonjour !

Il se redressa sur le matelas, en appui sur ses coudes.

— Tu crois que c'est une bonne idée ? Il va se douter de ce qu'on était en train de faire.

— Il m'a confirmé qu'il était d'accord pour qu'on fasse ce qu'on veut entre nous, et j'en ai marre de me cacher.

J'enfilai le reste de mes vêtements puis me postai devant la glace de la salle de bains pour voir l'état de mon maquillage. Le temps que je regagne la chambre, Finn s'était rhabillé lui aussi.

Comme s'il pressentait quelque chose, Soldier, sur le qui-vive, leva le museau, les oreilles tendues.

J'ouvris la porte et les écoutai parler dans la chambre de Colton, restée ouverte.

— Pourquoi t'avais ramené ton sommier ? s'enquit Zach, incrédule. Tu savais déjà que t'allais pas t'éterniser ici. Dire qu'on va encore devoir le déplacer…

Il souleva le matelas par un des côtés.

— Ici ou dans le box, il aurait fallu le transporter quand même, riposta Colton.

Colton aida Zach à manœuvrer le matelas, puis à l'entreposer contre le mur du fond, de sorte à dégager l'accès au sommier.

Zach se redressa alors puis se passa une main sur la figure, excédé.

— Je te le dis, c'est la dernière fois que tu déménages. Tu finiras tes jours dans cet appartement.

— Mais, et si je me marie et que j'ai des gosses ? Se récria Colton.

— Bah vous vivrez dans un trois pièces et puis voilà !

Les bras croisés, j'entrai dans la chambre.

— Vous voulez un coup de main, les gars ?

Colton se tourna aussitôt vers moi, mais au lieu de paraître heureux comme il l'aurait été d'habitude, je décelai sur son visage une pointe de déception. Puis il se figea, instaurant par ce seul geste un climat de tension. Il n'avait pas mis longtemps pour comprendre d'où je débarquais et ce que je fabriquais là.

— Ça ira, je pense qu'on s'en sortira très bien tous les deux.

Zach nous étudia à tour de rôle, visiblement mal à l'aise, en évitant de croiser mon regard.

— Bon, on s'y remet ? renchérit Colton en désignant d'un hochement de tête le sommier dont il avait été question un peu plus tôt.

Ils se baissèrent puis soulevèrent la literie et la posèrent à la verticale contre le mur. En sentant une présence dans mon dos, je me retournai et vis Finn.

Les mains dans les poches, il se tenait adossé au chambranle de la porte avec Soldier à ses pieds. Il ne leur proposa pas son aide, ce qui ne lui ressemblait pas.

— Vous êtes sûrs ? Insistai-je. Finn et moi, on peut vous aider.

— On se débrouille très bien, je te l'ai déjà dit, répondit Colton sans même me regarder.

Lors de notre dernière conversation, Colton m'avait exprimé ses réserves quant à notre relation, mais sans froideur manifeste. Aujourd'hui, il devenait carrément agressif. Était-ce parce qu'il nous avait vus sortir de la chambre de Finn ?

— C'est fou que tu puisses réemménager si vite ! m'étonnai-je. De ce que j'ai cru comprendre, Damon vient tout juste de quitter l'appart, non ?

Zach traversa la pièce pour vider les armoires de Colton. En nous tournant le dos, il en extirpa des piles de vêtements qu'il entassa dans des cartons. Colton, les mains sur les hanches, daigna enfin me regarder.

— Normal, je n'y vais pas tout de suite : en attendant de signer le bail, je vais crécher chez Zach.

Stupéfaite, je restai paralysée sur place, les bras croisés.

— Ça va t'en faire, des déménagements, non ?

— Je suis bien d'accord, grogna Zach, qui venait de jeter une pile de t-shirts dans un carton.

— La ferme, Zach, rétorqua-t-il sèchement.

— Je ne comprends pas..., insistai-je.

Le connaissant, Colton ne se donnerait pas tant de mal pour partir prématurément juste parce qu'il éprouvait un certain malaise vis-à-vis de Finn et moi.

— J'espère sincèrement que tu ne fais pas ça pour éviter de me croiser avec Finn ? supposai-je tout haut. Parce que sinon lui et moi pouvons très bien nous voir chez moi s'il le faut, tu sais ?

Colton se frotta la nuque puis braqua son regard sur la table de nuit.

— Ce n'est pas ça. Écoute, pendant qu'on finit ça, Zach et moi, vous feriez mieux de profiter de cette belle journée.

Il s'agenouilla dans la foulée pour vider les tiroirs du meuble.

Un coup d'œil à Finn ne m'en apprit pas plus. Ce dernier affichait un masque d'indifférence, parfaitement immobile contre le chambranle. Quand il croisait ainsi les bras, ses muscles volumineux étiraient ses tatouages, que je ne pus m'empêcher d'admirer un instant avant de me retourner vers Colton.

— Tu m'as dit que tu me soutenais, et que tu ne voulais que mon bonheur. Je comprends que ce ne soit pas facile, mais tu ne trouves pas ça un peu poussé de carrément déménager ? Au contraire, tu devrais profiter de la présence de ton frère.

Colton poussa un rire sarcastique.

— Je passe, merci.

En décelant le dédain dans sa voix, je compris à quel point leur relation s'était détériorée.

— Qu'est-ce que ça signifie ? ripostai-je.

Il se redressa complètement et posa les yeux sur moi. Puis il ouvrit la bouche, comme pour me répondre, mais se ravisa aussitôt.

— Ça signifie que je ne veux plus vivre avec Finn. Voilà ce que ça veut dire.

Je fis un pas vers lui.

— Pourquoi ? Tu m'as dit toi-même que ma relation avec lui ne te posait pas de problème.

— Et c'est le cas. Je t'ai dit d'être heureuse, et que je ne t'empêcherais pas de le voir. Aux dernières nouvelles, je n'ai pas menti.

— Alors explique-moi tout ton cinéma ? demandai-je en m'approchant de lui, déçue au possible, avant de poursuivre : aux dernières nouvelles, comme tu dis, soutenir quelqu'un ce n'est pas ça ! Quand tu m'as avoué être gay, je t'ai soutenu, non ? Je ne t'ai pas mis à la porte, et je ne t'ai pas évité non plus. Non, je suis restée à tes côtés, pour épauler, t'aider à traverser cette étape de ta vie. Ce qui est sûr c'est que je n'ai pas pris la fuite, comme tu le fais là.

— Ça n'a rien à voir, rétorqua-t-il. Et tu le sais très bien.

— En quoi donc… ?

En sentant la tension monter d'un cran, Zach se racla la gorge.

— Je vous emprunte vos toilettes ! annonça-t-il en se faufilant à côté de Finn avant de quitter la pièce.

Colton leva les yeux vers son frère.

— Donne-nous une minute, tu veux ?

Finn ne s'exécuta pas tout de suite et préféra continuer à fixer Colton, comme s'il formulait dans sa tête une réponse acerbe, mais il garda la bouche fermée. Docile, il sortit finalement à la suite de Zach, Soldier sur ses talons.

— C'est quoi ton problème ? invectivai-je Colton, sitôt que Finn eut disparu.

— Mon problème, c'est Finn.

Il se montrait bien plus cassant maintenant que l'intéressé n'était plus là.

— Vous voulez être ensemble ? Très bien. Mais il n'a pas attendu d'avoir ma permission pour coucher avec toi : il m'avait déjà menti. La conversation d'homme à homme que j'ai eue avec lui avant de te donner mon accord ne valait rien : il a beau avoir couché avec mon ex-femme, il a eu le culot de m'assurer qu'il s'était rien passé. Et ça, c'est impardonnable.

Il recula soudain, comme s'il ne supportait plus ma présence, et siffla :

— Alors non, je n'ai plus envie de vivre avec lui. Je ne veux pas croiser ce connard tous les matins. Finn n'est qu'une grosse merde trop égocentrique pour se soucier des sentiments des autres. Je ne veux plus rien avoir à faire avec lui.

Son regard à la fois triste et furieux ne mentait pas : Colton se sentait sincèrement blessé. La trahison semblait faire l'effet d'un poison en lui qui s'était insinué dans ses veines et contaminait sa chair de haine. Car oui : nous avions ébranlé sa confiance en nous, ainsi que tous ses repères.

— Pourquoi ne pas lui pardonner si tu me pardonnes, moi ?

— C'est pas la même chose...

— Comment ça ? insistai-je. Je suis tout aussi responsable que lui.

— T'as envie que je m'énerve contre toi aussi, c'est ça ? s'étrangla-t-il, sidéré.

— Non. Mais je ne te trouve pas très juste, dans cette histoire.

— OK, mais si je réagis comme ça, c'est parce que Finn est mon frère. Et que pour le coup, il a complètement dépassé les bornes. Toi, tu es mon ex-femme, et si on n'est plus mariés, c'est uniquement à cause de moi. Donc à toi, je n'ai pas le droit de te dicter ta conduite ni de t'expliquer comment être heureuse. Je n'ai pas le droit de te priver de quelque chose qui peut t'apporter du bonheur.

— Parce qu'à Finn tu as le droit de lui dicter sa conduite ?

Il leva un sourcil.

— Tu comprends toujours pas ce que je veux dire ?

— Si, bien sûr que si. Mais tu devrais peut-être te mettre à sa place...

— En quel honneur ? aboya-t-il. Ma réaction est tout à fait normale ! Le jour où il était venu me demander s'il pouvait t'inviter à sortir avec lui, ça m'avait mis super mal à l'aise, mais j'avais fini par m'en remettre : en quelque sorte, ce n'était pas si grave que ça. Par contre, réaliser qu'en réalité il couchait déjà avec toi et qu'en fait il se fichait complètement de moi ? Non, ça, je trouve ça impardonnable ! rugit-il en secouant la tête. Il m'a menti. Il m'a menti, putain !

— Colton, je suis sûre que ce n'était pas son intention, et que tu t'imagines des choses...

— Non, me coupa-t-il. Justement, je n'imagine rien du tout. Finn est mon frère, et il aurait dû me respecter. Mais à la place, il a préféré coucher avec la seule femme au monde que je ne voulais pas qu'il fréquente. C'est une ordure. Ça ne fait même pas un an qu'on est divorcés. Faut être un sacré connard pour faire une chose pareille, hein ?

— Écoute, on s'était mis d'accord avec Finn, pour que rien n'arrive entre nous. Un soir, on s'est embrassés, et Finn m'a tout de suite expliqué qu'il fallait qu'on arrête, en disant qu'il ne voulait pas te faire ça. Qu'il ne se le pardonnerait jamais. Et puis, avec le temps... C'est devenu trop dur. On est comme deux aimants, Colton. Je ne sais pas comment te l'expliquer...

— Finn attire les femmes comme un aimant, contra-t-il sèchement. Tu crois vraiment que tu es différente ?

Son insulte me percuta de plein fouet. Il leva les yeux au ciel.

— Il y a eu des centaines de femmes avant toi, et des centaines te succéderont, je peux te le garantir.

Une fois de plus, j'encaissai le coup sans broncher. Il poursuivit :

— Il va falloir que tu m'expliques, d'ailleurs, pourquoi tu tiens tant à te mettre en couple avec un type capable de trahir son propre frère ! explosa-t-il en levant les bras au ciel. Pourquoi tout le monde le trouve si génial ? Perso, je vois Finn comme un abruti de première qui n'est même pas capable de se la garder dans le pantalon, rien de plus !

— Ne dis pas ça...

— C'est pourtant vrai. Et je dis ce que je veux, surtout si je le pense.

Il fit volte-face pour se reconcentrer sur ses cartons.

— Colton, osai-je, si je peux me permettre, la fuite n'est jamais une solution.

— Fuir ? C'est pas ça. Je refuse de vivre plus longtemps sous le même toit que ce pauvre type.

— Même une toute petite semaine de plus ? m'enquis-je doucement.

— Chaque minute de plus ici me fait un mal de chien, Pepper.

Il se redressa, puis poursuivit :

— Va retrouver ton Finn et laisse-moi finir de vider ma chambre tranquille. Je veux me tailler le plus vite possible.

Mon cœur me faisait si mal que je crus le sentir se déchirer dans ma poitrine.

— Alors, quoi ? Tu vas juste l'éviter pendant le restant de tes jours ? Et nous, alors ?

— Nous, ça ira, Pepper.

— Explique-moi comment, si on ne peut même pas se retrouver tous les trois dans la même pièce ?

— Je reverrai Finn en ta présence, d'accord, mais ne t'attends pas à ce que je fasse comme si de rien n'était.

Ma mâchoire faillit se décrocher.

— Tu ne penses pas que ça va plomber l'ambiance ? insistai-je.

— Qu'est-ce que j'en ai à foutre ? Comme si lui s'était posé cette question avant de sauter mon ex-femme !

Je croisai les bras plus fort, comme pour me barricader derrière eux. Un fardeau immense venait de s'abattre sur mes épaules. C'était une pure catastrophe. J'étais tétanisée. Finn et Colton étaient les deux êtres que je chérissais le plus au monde, et je ne voulais pas avoir à choisir entre eux.

— Il n'a même pas été foutu de me dire la vérité, Pepper. Ce n'est qu'en t'écoutant l'autre soir que j'ai eu vent de toute l'histoire. Ce type n'a pas une once de courage en lui !

— À mon avis, c'est simplement parce qu'il se doutait que tu réagirais comme ça. S'il t'avait tout avoué lui-même, tu aurais pété une durite et t'aurais refusé d'écouter ses explications.

— Et au risque de me répéter, ça aurait été normal, comme réaction, non ? Sauf que ce lâche a préféré éviter la confrontation. Il a dû se révéler bien utile, à l'armée, tiens…

Colton avait certes entièrement le droit d'être en colère, mais là, il poussait le bouchon un peu trop loin. Oui, Finn avait tort, il s'était montré maladroit, mais il ne méritait pas qu'on dise du mal de lui dans son dos.

— Colton, je comprends que tu sois énervé, mais ne t'avise plus jamais de dire une chose pareille. Je suis sérieuse. Je ne te le pardonnerai pas.

Il fronça aussitôt les sourcils, mais ne poussa pas le vice jusqu'à répéter l'insulte. Au lieu de cela, il m'invectiva :

— Tu prends sa défense, maintenant ?

— Je défends juste l'honneur d'un homme qui s'est battu pour notre nation. Finn est un ancien combattant, un héros. Tu n'as pas le droit de dénigrer son service, tous les sacrifices qu'il a faits. C'est mesquin, et tu le sais. Je conçois que tu lui en veuilles, mais laisse son honneur hors de tout ça.

Sans décolérer, Colton ne répondit cependant pas.

— C'est ton frère. Il va falloir que vous régliez ça.

— Je ne suis obligé de rien du tout. Il n'a jamais fait partie de ma vie, de toute façon. J'avais à peine seize ans quand il est parti de la maison. Il n'est même pas venu à notre mariage. Alors qu'est-ce qui me force à être proche de lui aujourd'hui ?

— Colton !

— Quoi ? demanda-t-il avec un sérieux désarçonnant.

— Ce que tu dis n'est pas ce que tu penses au fond de toi.

— Bien sûr que si ! Ça ne fait que quelques mois qu'il est revenu, et il a déjà trouvé le temps de se taper mon ex-femme. Ça vous donne une bonne idée du personnage !

— Ce n'est pas ce qu'il s'est passé, protestai-je. Ce n'est pas comme s'il m'avait reluquée une seule fois et décrété là-dessus qu'il me baiserait et point barre ! On était amis avant ça, et notre relation s'est bâtie là-dessus, peu à peu. Chaque fois qu'on se parlait, nos sentiments devenaient plus forts. On avait une attirance de dingue l'un pour l'autre. Je te le dis, quitte à me répéter : ce qu'on vit est réel. Je sais bien que tu crois que je ne suis qu'une lubie passagère pour lui, mais je t'assure que non.

Il croisa les bras.

— Même si c'était vrai, ça ne changerait rien. Je refuse d'être l'ami d'un type capable d'une telle bassesse.

— Colton, on parle de ton frère, là.

Fallait-il lui rappeler que Finn avait accepté de l'héberger le jour où Colton lui-même n'avait nulle part où aller ? Et accessoirement, lui signaler que Finn n'avait pas hésité à entrer en trombe dans le bureau de l'ex-patron de Colton pour lui remettre les idées en place, quand ce dernier avait manqué de respect à son petit-frère au travail ? Finn avait même fait son possible pour faire disparaître ses sentiments pour moi, malgré le désir fou qui le rongeait. Colton ne se rendait-il pas compte de tout ce que son frère avait fait pour lui ?

— Oui, c'est mon frère, acquiesça Colton. Mais pas mon ami.

2

COLTON

L'APPARTEMENT DE ZACH NE COMPORTANT QU'UNE CHAMBRE, JE DUS me contenter du canapé. Ça restait mieux que de séjourner chez Finn.

Nous étions dans le salon, moi sur le sofa, une bière à la main, et Zach calé dans un fauteuil avec Stella sur ses genoux. Cela me faisait encore bizarre de les voir ensemble, surtout qu'ils se montraient vraiment très affectueux l'un envers l'autre.

— Je n'arrive toujours pas à croire que Finn et Pepper soient ensemble, commenta alors Stella, de la surprise plein la voix. Je ne m'en doutais pas du tout ! Pepper ne m'a rien dit.

— Oui, soufflai-je, amer. Et à moi non plus.

Après avoir rassemblé mes affaires, j'étais sorti de chez Finn sans un regard en arrière. Finn n'avait pas essayé de me dissuader de partir. Et il ne s'était pas non plus donné la peine de me dire au revoir.

Mon seul regret était de ne pas avoir pu emporter Soldier.

— Je commence à y voir plus clair, reprit Stella, presque pour elle-même. Si Finn m'a rejetée, c'est parce qu'il voyait déjà Pepper.

— Ça dure depuis si longtemps que ça entre eux, à votre avis ? s'étonna aussitôt Zach. Ce serait un peu gros, quand même.

— J'en ai pas la moindre idée, admis-je dans la foulée.

Pas une question que j'avais jugé bon de leur poser.

— En tout cas, je ne suis jamais sortie avec le frère d'un copain, moi, affirma Stella. Ça doit être… particulier.

Cela m'avait traversé l'esprit. Pepper allait-elle nous comparer, Finn et moi ? Si Finn en avait une plus grosse, le dirait-elle à tout le monde ? Toute ma vie on m'avait comparé à mon frère… Et voilà que le schéma se répétait, même au sein de mon groupe d'amis.

Une main sur la cuisse de Stella, Zach me contemplait fixement depuis quelques longues minutes, et me demanda :

— Ça va, mec ?

Incapable de me concentrer sur le match, je me passai une main sur le visage, dépité.

— Pas vraiment. Pepper semble croire que je n'ai aucune raison de le prendre si mal.

— Tu as parfaitement le droit de leur en vouloir ! intervint Zach pour m'épauler. T'imagines si j'avais couché avec Pepper, moi ? Non, ça ne se fait pas, c'est tout. Et c'est pire en l'occurrence, parce que Finn est ton frère.

— Je suis d'accord, ajouta Stella. Mais d'un autre côté, je crois que tu devrais lui pardonner à terme.

Je me tournai vers elle.

— C'est pas évident, ce que tu me demandes.

— D'accord, mais c'est ton frère.

Je pris une longue gorgée de bière puis reportai mon attention sur la télé.

— Mon frère, mais pas mon ami, répétai-je.

Stella fit la moue, déçue.

— C'est tellement dommage...

— Je ne sais pas, la contredit Zach. Le mec revient au bercail et se tape illico l'ex-femme de son frère. Faut être un sacré connard pour faire ça, non ?

— Tu es juste dégoûté qu'il soit plus canon que toi, argumenta Stella.

— Non, protesta Zach. Enfin... Si, un peu. Mais je n'arrive quand même pas à croire qu'il ait fait un coup pareil à Colton.

— Je me sens tellement con ! marmonnai-je. J'avais bien cru voir une ambiguïté entre ces deux-là, mais je n'arrêtais pas de me répéter que c'était impossible. Je n'arrivais pas à imaginer que mon propre frère me ferait ça... Et pourtant ! Comme quoi, on ne peut avoir confiance en personne... Même envers sa propre famille.

— C'est faux, objecta Zach. Il faut juste savoir s'entourer des bonnes personnes.

— Soit, mais... Il est évident que Finn n'en fait pas partie.

Stella lorgna la bière de Zach puis lui en vola une gorgée.

— J'ai une question, releva-t-elle alors tout haut. Pourquoi est-ce que tu en veux autant à Finn et pas à Pepper ?

— Parce que leur deux cas n'ont rien à voir.

Ayant fini ma bière, je me levai pour aller m'en chercher une autre dans le frigo.

— Elle n'est pas mon frère, ajoutai-je.

— Peut-être, mais c'est ton amie, non ? rétorqua-t-elle. Tu ne trouves pas qu'elle aussi a dépassé les bornes ?

— Ce n'est pas pareil, affirmai-je en secouant la tête. Pepper a droit à un joker après le coup que je lui ai fait. En plus, je sais bien qu'ils vont finir par se séparer. D'ici quelques semaines, allez, quelques mois à tout casser, il lui brisera le cœur et l'affaire sera pliée. Finn disparaîtra de nos vies et on pourra passer à autre chose. Il partira s'installer ailleurs, et comme d'habitude, on ne se verra plus que pour les repas de famille.

— Tu m'as l'air bien sûr de toi, releva Zach. Tu crois vraiment que Finn lui fera une chose pareille ?

— C'est comme ça qu'il traite tout le monde. Pourquoi est-ce que ça se passerait différemment ?

Zach haussa les épaules.

— On n'en sait rien. Et s'il tenait vraiment à elle ? Je veux dire, pourquoi est-ce qu'il aurait risqué de te perdre, toi, son propre frère, si ce n'était pas le cas ?

Refusant d'accorder du crédit à sa théorie, je me retournai vers la télé. C'était aussi ce que Pepper semblait penser, mais ses sentiments pour Finn impactaient son jugement. Si Finn était capable de trahir son propre frère, il était capable de tout. J'espérais avoir tort, ne serait-ce que pour Pepper.

Mais honnêtement, risquais-je vraiment de me tromper ?

Ce soir-là, je dînais en tête-à-tête avec Tom au grill. Jusqu'à ce que toute cette affaire m'explose à la figure, nous avions parcouru bien du chemin tous les deux. Je m'étais souvent imaginé organiser des doubles rencards avec Pepper et son futur mec, mais ces perspectives heureuses tombaient maintenant à l'eau.

Tom sirota son vin tout en me regardant tendrement, ses cheveux blonds soigneusement fixés par un soupçon de cire coiffante. Tom était un homme remarquablement soigné ; sa garde-robe ne comportait que des ensembles de très bon goût, et il ne laissait aucun détail au hasard. Même son appartement était toujours nickel. À certains égards, il me rappelait parfois Finn.

— Tu n'as pas l'air dans ton assiette, observa-t-il tout haut.

— Pardon… J'ai du mal à me changer les idées. Cette histoire de Finn et Pepper me travaille pas mal.

— Ça te dérange tant que ça ?

Je haussai les épaules.

— Apparemment, oui… J'ai pas mal de raisons de m'opposer à leur relation, mais avant tout, ce qui me blesse, c'est que mon propre frère m'ait trahi comme ça. On n'a jamais été très proches, mais j'avais bêtement cru que ça pourrait changer, maintenant qu'il était à Seattle. Tu parles de faux espoirs. Je l'ai toujours beaucoup admiré, tu sais. C'était pas difficile en même temps : Finn était cool, beau, populaire… Quand j'étais petit, c'était mon héros. Puis il est revenu de la guerre, et j'étais super content de voir qu'on s'entendait si bien. J'ai commencé à le considérer comme un de mes meilleurs amis. Puis tu connais la suite… Avec tout ça, je me demande si c'était réciproque.

— Peut-être que ça l'était ?

— J'ai du mal à le croire.

— Comment est-ce qu'il a réagi quand tu lui as dit que t'étais gay ?

Je haussai les épaules.

— Il s'en foutait.

— C'est pas une preuve, ça ?

— Non, pas trop. Finn n'est pas du genre à juger les gens…

— Plutôt de ceux qui se mêlent seulement de ce qui les regarde, hein ?

— Oui, on peut dire ça comme ça.

Je pris une gorgée de vin pendant que la serveuse disposait nos assiettes sur la table. J'avais commandé un gros steak, et Tom du saumon. J'étais heureux de voir que notre relation se redoublait progressivement de complicité. On se désirait toujours, mais cette amitié parallèle m'apportait encore plus que le sexe.

— Tu ne vas plus jamais lui reparler ?

— J'aimerais bien, mais c'est malheureusement impossible.

— Je reformule alors : vous n'allez jamais vous réconcilier ?

— Ce n'est pas comme si on avait un jour été proches…

Ses agissements récents me l'avaient confirmé.

Au lieu de reprendre ses couverts pour se découper une nouvelle bouchée de saumon, Tom me jeta un regard insistant par-dessus la table.

— Il faut que je te dise quelque chose avant que tu prennes ta décision. Personnellement, j'ai fait mon coming out assez tôt à l'âge adulte, et j'ai perdu pas mal de monde au passage. Dans certains cas, c'est pas plus mal, mais parfois, je te garantis que ça fait mal. Ton frère ne t'a pas abandonné lors d'un des moments les plus difficiles de ta vie… Tu ne crois pas qu'il mérite peut-être une seconde chance ?

— Quoi ? Parce qu'il n'est pas homophobe, il peut se permettre n'importe quoi ? m'étranglai-je, estomaqué. Alors, explique-moi où on place la limite dans ce cas ? Est-ce qu'il aurait aussi le droit d'assassiner Pepper s'il tolère l'homosexualité ?

— Ne le prends pas comme ça ! J'essaie juste de remettre les choses en perspective, pesta Tom avant d'entamer son saumon.

Mon téléphone vibra dans ma poche, alors je le sortis.

C'était Finn qui essayait de me joindre.

Le simple fait de voir son nom sur l'écran me mettait en rogne. Je ne voulais pas entendre sa voix et encore moins ses excuses minables. Si j'avais oublié des affaires chez lui, qu'il les conserve ! Plutôt renoncer à mes biens que d'avoir un échange avec lui. Je refusai donc l'appel et glissai ni vu ni connu mon téléphone dans ma poche.

— Tu ne décroches pas ? s'enquit Tom.

— Non... Rien d'important.

UNE SEMAINE PLUS TARD, je me réveillai dans un appartement vide. Zach ayant passé la nuit chez Stella, j'avais l'endroit rien que pour moi. Mon ancien domicile serait officiellement disponible le lundi suivant, et Zach allait m'aider à tout déménager.

Je me fis un café puis m'installai devant la télé, en t-shirt et jogging. Dormir sur le canapé ne me réussissait pas vraiment. Mais j'avais déjà squatté chez Tom plusieurs fois cette semaine, et je ne voulais pas abuser de son hospitalité.

J'entendis frapper à la porte.

Après une rapide gorgée, je jetai un coup d'œil dans le judas.

C'était Finn.

Il avait fait aujourd'hui l'effort de troquer son jogging pour une tenue digne de ce nom, quoique simple, à savoir un jean bleu classique et un sweat à capuche du même ton. Le menton légèrement baissé, il attendait sur le palier, les mains dans les poches, sans chercher à regarder directement le judas. Et à en juger par son rasage impeccable, il avait pris le soin de se doucher avant de sortir.

Avait-il passé la nuit avec Pepper ?

Pour une raison qui m'échappa, la jalousie m'assaillit. Pourquoi, précisément, je n'en étais pas sûr. Était-ce de la jalousie envers elle, parce qu'on était restés mariés longtemps avant de divorce, ou envers lui qui avait charmé mon ex-femme si rapidement ?

— J'y passerai la journée s'il le faut, retentit sa voix.

Finn avait dû percevoir mes pas contre le parquet, ou peut-être le son de la télé allumée.

Je devinais parfaitement ce qu'il fabriquait là, et en même temps cela me surprenait. J'aurais cru qu'il lâcherait l'affaire, et laisserait dépérir notre relation bien amochée. Car rien de ce qu'il pouvait faire ou dire ne me ferait changer d'avis à son sujet.

J'ouvris la porte et le fixai droit dans les yeux. Nous avions les mêmes, d'ailleurs, preuve irréfutable de notre lien de sang. Afin qu'il comprenne qu'il n'était pas le bienvenu, je gardai cependant la main sur la poignée.

— Je peux t'aider ? sifflai-je malgré moi d'un ton sec, que j'aurais voulu plus neutre.

Finn ne broncha pas et sans se décontenancer continua à m'observer avec assurance, faisant montre d'une confiance virile impressionnante pour quelqu'un qui n'avait pas prononcé un mot. J'avais longtemps admiré cette faculté chez lui, mais depuis qu'il avait perdu mon respect, cette attitude me sortait par les yeux. Il se frotta l'arrière du crâne et révéla par ce geste les tatouages ornant son poignet.

— Je peux entrer ?

— Explique-moi pourquoi je t'inviterais à l'intérieur ? grimaçai-je. Tu es devenu un étranger pour moi. Et comme on dit, il ne faut jamais inviter un étranger chez soi.

Il se renfrogna d'un coup, visiblement blessé par ma pique.

— On raconte aussi qu'il ne faut jamais chercher la bagarre avec quelqu'un qu'on ne connaît pas, décréta-t-il avec fermeté avant de dégager mon bras pour entrer.

Finn était un adversaire de taille, je ne cherchai pas à le mettre dehors. Face à lui, je ne faisais pas le poids. Je me contentai de refermer la porte derrière lui.

— Vas-y, entre… Je t'en prie, ironisai-je.

Finn pivota alors pour me faire face.

— J'ai accepté de te laisser souffler jusqu'à aujourd'hui, mais là, faut qu'on parle.

— De quoi, au juste ?

Il inclina légèrement la tête, et un éclair de froideur traversa son regard bleu.

— De nous.

— Il n'y a plus de « nous », Finn. Tu as fait ton choix. Maintenant, assume-le.

Il retira les mains de ses poches puis prit une profonde inspiration qui fit enfler son torse.

— Je t'ai déjà présenté mes excuses, déclara-t-il fermement.

— Oui, et ça n'efface pas tes actes.

— Combien de temps est-ce que tu comptes me faire la gueule ?

— Pendant bien plus qu'une semaine, déjà, rétorquai-je tout de go.

Il passa sa paume contre son menton rasé, comme pour s'occuper le temps de retrouver son calme.

— Colton, je veux qu'on trouve une solution...

— Si tu tenais vraiment à moi, tu ne te serais pas tapé mon ex-femme, tu aurais voulu faire les choses dans les règles et tu serais d'abord venu me parler. Tu n'aurais pas fait ça dans mon dos pendant Dieu sait combien de temps. C'est pas les occasions qui te manquaient, tu aurais pu tout m'avouer. Tu sais quoi ? Si tu avais été honnête, je t'aurais sans doute pardonné. Mais non ! Tu as préféré me mentir en me demandant ma permission, alors que tu te tapais déjà Pepper, explosai-je en secouant la tête. Dire que je t'admirais, avant... Maintenant, je te méprise.

Mon frère baissa aussitôt les yeux, comme si je venais de le toucher en plein cœur.

— J'ai aucune envie de « trouver de solution », Finn. Je veux que tu me foutes la paix.

— La situation était compliquée, OK ? Je reconnais que je n'aurais jamais, jamais dû te faire une chose pareille. Je n'ai jamais couché avec la femme d'un autre, et pourtant, l'occasion s'est plusieurs fois présentée, crois-moi. Et je n'ai jamais couché avec l'ex d'un proche non plus. Avec Pepper... C'était différent.

— Cette fois, tu t'es cru tout permis, c'est ça ?

— Ce n'est pas ça. Mais elle est vraiment... incroyable. Elle n'a rien à voir avec les autres femmes que j'ai rencontrées. En entrant dans ma vie, elle a immédiatement éclipsé toutes les autres femmes que j'ai connues par le passé. Il y a quelque chose en elle qui m'a transformé. Je ne sais pas comment...

— Oui oui, Pepper est incroyable, répétai-je d'un ton blasé qui frôlait la moquerie. Pourquoi crois-tu que j'ai choisi de l'épouser ? Pourquoi, à ton avis, est-ce que c'est ma meilleure amie ?

— Colt, je t'ai dit que j'étais désolé, et je suis sincère. S'il te plaît, accepte de faire un geste toi aussi.

— Tu oses me demander de « faire un geste », en plus ? Crétin, va !

Ses mains s'enfoncèrent à nouveau dans ses poches.

— Je ne sais pas quoi faire d'autre.

— Rien. C'est moi qui me sens con de t'avoir fait confiance.

— Je ne suis pas un connard, Colt... Les circonstances sont juste particulières...

— Ouais, c'est sûr. T'es pas un connard, mais t'as quand même trahi ton propre frère.

Il referma la bouche et sa mâchoire se contracta. Ses yeux me lancèrent des éclairs.

— Tu sais quoi ? ripostai-je. Au départ, j'étais super content que tu reviennes à Seattle, parce que j'avais espoir qu'on pourrait se rapprocher tous les deux. On s'est perdu de vue, quoi, quand j'avais seize ans ? C'est peut-être con, mais je t'admirais vachement quand j'étais plus jeune. T'étais pas seulement mon grand frère, mais aussi un héros de guerre et un médecin qui sauve des vies... Sauf que tu sais ce que j'ai réalisé, dernièrement ? Que t'en avais rien à foutre de moi ! Que t'avais jamais eu l'intention de renouer avec ton frangin !

— C'est complètement faux.

— Ah bon ? Parce que c'est ce que tu laisses à croire, répliquai-je, glacial. Tu as fait la pire chose qu'un type peut faire à son frère.

— Non, affirma-t-il avec fermeté. Si j'avais couché avec elle pendant que vous étiez ensemble, là ça aurait été la pire des trahisons qui soit. Mais jamais je ne t'aurais fait un sale coup comme celui-là.

— Ah ouais ? me récriai-je. Tu veux m'expliquer quelle différence il y a ?

— Ne fais pas l'idiot.

— Alors explique-moi, comment tu aurais fait pour te contrôler alors qu'aujourd'hui t'en as été incapable ?

— Je n'ai pas envie de m'amuser à ça, Colton.

Je fis un pas en arrière, contenant à peine ma rage.

— Tu sais quoi ? Moi non plus. Cette conversation est terminée.

Finn ne bougea pas d'un iota.

— Il faut qu'on arrive à démêler cette histoire.

— Non.

— On est frères.

— Je me sens plus proche de Pepper que de toi. Même Zach se rapproche plus d'un frère que de toi. Tu n'as même pas attendu deux mois avant de te taper mon ex-femme ! Zach ne m'aurait jamais fait ça, lui.

— À la différence près que Zach et Pepper ne ressentent rien l'un pour l'autre.

Je levai les yeux au ciel.

— Putain, elle pourrait être ton âme sœur que ça ne changerait rien. Tu as dépassé les bornes, et ce que tu as fait est impardonnable. Comment aurais-tu réagi, toi, si j'avais sauté ton ex-femme ?

— J'en ai pas.

— Mettons Pepper, alors. Imagine que vous vous aimez, tout ça, puis que je débarque d'un coup et que je la saute en douce dans ton dos.

Finn eut beau tenter de se contenir, ses joues s'empourprèrent notablement de rage.

— C'est bien ce que je pensais, sifflai-je. Maintenant, fous le camp.

Malgré le flot de colère qui montait en lui, Finn resta impassible. Il gronda toutefois :

— C'est quoi l'idée ? Et si Pepper et moi, on reste ensemble pendant longtemps ? Tu continuerais à m'ignorer jusqu'à la fin des temps ? Et si on se mariait, hein ?

Je ne pus réprimer un rire méprisant.

— Ça ne durera pas. Je te donne trois mois max. Fais-moi confiance.

Il fronça les sourcils, le regard noir.

— Pourquoi ? Parce que tu espères vraiment que je lui brise le cœur ?

— Non. Mais je m'y prépare, étant donné que ça va arriver.

3

PEPPER

Je traversai le couloir, puis poussai la porte de l'appartement où j'avais autrefois vécu. Je me souvenais encore de tout, de l'emplacement du sapin de Noël qu'on installait en décembre, de la petite console parquée dans l'entrée qui croulait sous une montagne d'enveloppes, et de tous ces moments heureux qu'on avait passés entre ces murs. Mais tout cela avait cédé la place à une montagne de cartons. Colton réinvestissait les lieux.

Notre relation s'était quelque peu détériorée ces derniers temps, tendue, en un sens, mais Colton ne semblant pas m'en tenir rigueur, j'évitais un maximum de lui parler de Finn. Pas question de remuer le couteau dans la plaie – surtout quand cette dernière était loin de se refermer.

J'ouvris un carton au sol et en sortis une pile d'assiettes.

— Qu'est-ce que ça fait d'être de retour chez soi ? demandai-je tout haut.

— C'est agréable, répondit Colton en déballant la cafetière qu'il plaça sur le plan de travail. Je suis surtout content de retrouver mon intimité, vu que je n'arrêtais pas de squatter chez Tom parce qu'il n'a pas de colocs. Maintenant, c'est moi qui vais pouvoir l'inviter à dîner.

— C'est super.

Il brancha la cafetière, puis s'attela au carton suivant.

— Et je suis content de me rapprocher à nouveau de toi. Bon, je sais que tu as tendance à dévaliser mon frigo, mais c'est pas grave. Je vais prévoir le coup et faire deux fois plus de courses.

Je levai les yeux au ciel.

— Tu parles de moi comme d'un vide-ordures.

— Ha ! Bien dit !

— Tu sais, je pourrais aussi bien te laisser tout déballer tout seul…

— Genre. En vrai, c'est surtout que t'as bien besoin de brûler des calories pour compenser tout ce que tu vas ingurgiter prochainement !

J'apportai la pile d'assiettes dans la cuisine et commençai à les ranger dans le placard, soupirant :

— Je te l'accorde, mais pour ça il faut que tu me cuisines de bonnes choses.

Après avoir tout rangé, je refermai la porte. Plus nous passions de temps ensemble, plus nos différends semblaient perdre en importance. Il nous suffisait de nous chamailler de la sorte pour oublier ce qui nous avait éloignés.

— Au fait… Ça a l'air de plutôt bien marcher entre Zach et Stella, lui lançai-je, la tête dans un carton.

— Il est fou d'elle, déclara-t-il avant d'aplatir le carton qu'il venait de vider. Et depuis toujours, aussi loin que je me souvienne. C'est grâce à moi qu'il est enfin avec elle.

— Grâce à toi ?

— Je lui ai conseillé de lui tenir tête, et de refuser qu'elle se serve de lui. Et il a suffi qu'il s'affirme un peu pour qu'elle commence à le respecter. Les femmes comme Stella ont besoin d'un homme de caractère.

— Bien vu, très bon conseil.

— Et ça a marché ! C'est grâce à moi qu'il s'éclate au lit.

J'ouvris un nouveau carton et tombai sur des photos encadrées. Dans le lot, il y en avait une de Colton avec ses parents, une autre où il posait avec Zach, et une troisième prise le jour de notre mariage. Je pris le temps de la regarder. Je portais une robe blanche sans bretelles, coupée en cœur au niveau du buste et se terminant sur une coupe sirène. Une robe parfaite pour une journée parfaite.

Colton s'approcha de moi.

— Tu veux bien les mettre sur la console dans l'entrée ?

— Celle-ci aussi ? demandai-je, étonnée en désignant la photo de mariage.

De mon côté, comme ces souvenirs m'avaient trop attristée après notre rupture, je les avais cachés.

— Pourquoi donc ? se défendit-il en me la prenant des mains pour la disposer sur le meuble. Ça reste le plus beau jour de ma vie.

C'était avant tout pour ce genre de remarques que j'étais tombée amoureuse de lui, et que j'avais eu tant de mal à me remettre de notre divorce. Il avait un grand cœur, si grand qu'il ne pouvait l'avoir sur la main tant il était lourd.

— Mais tu l'avais enlevée avant pourtant, non ? m'étonnai-je.

— Je l'avais mise dans la chambre. Mais dans l'idéal je préfère la mettre dans le salon plutôt que…

Sa phrase resta en suspens, mais je sus lire entre les lignes. S'il avait pris l'initiative de cacher cette photo initialement, c'était par délicatesse. Depuis notre rupture, le simple souvenir de notre mariage me faisait tellement souffrir que j'avais tout empaqueté dans un carton stocké ailleurs. Car replonger dans notre passé commun me rappelait trop vivement tout ce que j'avais perdu.

Gêné, Colton se racla la gorge puis passa au carton suivant.

— Et toi, demanda-t-il en changeant de sujet, t'es contente que je sois de retour, ou c'était mieux quand il y avait Damon ?

— La différence c'est que Damon ne m'a pas demandé de l'aider à s'installer, lui…

Il rit avant de sortir un assortiment complet de couverts, puis des tasses à café.

— Il avait tout d'un bon voisin, alors.

— Oui. Et il ne faisait jamais de bruit.

— En plus d'être canon.

Je haussai les épaules : c'était peut-être vrai, mais personne ne m'attirait hormis Finn.

Il porta le tout dans la cuisine et rangea chaque chose à sa place.

Finn était quelqu'un de plutôt renfermé, mais je voyais bien que sa dispute avec Colton le faisait beaucoup souffrir. Finn essayait par tous les moyens d'obtenir le pardon de son frère, mais ses efforts semblaient vains. J'étais partagée entre l'envie de raisonner moi-même Colton, et le désir, quelque peu égoïste, de préserver le peu de complicité qu'on avait retrouvé.

— Comment ça se passe avec Tom ? demandai-je, même si je me sentis légèrement hypocrite.

C'était effectivement un peu lâche de notre part de nous refuser à évoquer l'élément actuellement majeur dans nos vies à tous les deux – à savoir Finn. Je voyais mal comment cette histoire pourrait continuer ainsi. Colton s'attendait-il vraiment à ce que je fasse comme si son frère n'existait pas chaque fois qu'on se voyait ?

— Vraiment très bien. J'ai fini par lui avouer qu'il était mon premier mec. Il sait que je n'ai pas d'expérience, mais tout se passe super bien. On se parle de tout, et au lit, c'est génial. C'est parfait...

C'était exactement ce que je ressentais avec Finn.

— Je suis très heureuse pour toi. Est-ce que tu vas le présenter à tes parents ?

Il haussa les épaules.

— J'en sais trop rien. On a enterré la hache de guerre avec eux, mais c'est peut-être un peu tôt. J'ai peur que ma mère fonde en larmes en réalisant que tu es partie pour de bon.

Si elle découvrait que je voyais Finn, peut-être le prendrait-elle mieux. Ou alors, elle trouverait cela bizarre. Je n'en savais rien.

— Honnêtement, je plains Tom, parce que te succéder, ça ne va pas être facile, nota-t-il tout haut.

— Moi je suis sûre qu'il plaira à tes parents. C'est un chouette type. Au fait, vous avez déjà évoqué la possibilité d'emménager ensemble ?

— Non, pas encore. On préfère prendre notre temps.

Si Finn me demandait d'emménager chez lui, songeai-je, je n'hésiterais personnellement pas une seconde.

— On devrait sortir dîner tous ensemble, proposai-je. J'ai croisé

Tom une fois ou deux, mais je n'ai jamais eu l'occasion d'apprendre à le connaître.

— Ouais, ce serait cool. Demain soir, ça te va ?

— Je suis libre.

— Super. Vu qu'on aime tous les trois la cuisine italienne, je te suggère le petit resto italien où on va des fois. Ça t'irait ?

En entendant le chiffre trois, je me raidis d'un coup. Pensait-il vraiment que j'allais systématiquement exclure Finn de nos projets ?

— Euh, tu voulais dire quatre, plutôt, non ?

Colton se figea et se tourna vers moi en arquant un sourcil. Ce dernier s'abaissa de nouveau, puis sa surprise céda la place à une franche déception.

— Je sais que vous êtes en froid, insistai-je, mais je sors avec lui. Je ne peux pas l'exclure juste parce que tu lui en veux.

J'étais prête à soutenir Colton, mais pas s'il s'octroyait le droit de décider des modalités de cette relation.

Colton se détourna pour ranger des tasses dans le placard de la cuisine.

— Je comprends.

Au moins, il avait encore de la suite dans les idées.

— Oublions cette histoire de dîner, rétorqua-t-il en me tournant le dos. C'était une mauvaise idée.

Je parvins à réprimer un soupir, mais mon agacement sautait aux yeux.

— Colton, si tu veux vraiment mon bonheur, il va falloir que tu y mettes du tien. Parce que si tu continues comme ça, je vais sans cesse être obligée de choisir entre vous deux. Et c'est injuste, parce que je vous aime tous les deux énormément.

Il referma le tiroir, puis pivota enfin vers moi.

— D'accord.

— Tu sais, Finn s'en veut tellement pour...

— Arrête. Je ne veux pas parler de lui. C'est déjà assez difficile comme ça de te voir sans penser à lui.

— C'est juste que je te trouve un peu dur !

— Je suis loin de partager ton avis, grogna-t-il. Laisse tomber, Pepper. Je ne veux pas me réconcilier avec lui. On reste frères, alors je serai forcément amené à le croiser pendant les fêtes, et oui, j'irai à son enterrement le jour où il nous quittera. Mais ça ne m'oblige pas pour autant à être son ami. Je l'ai accueilli sous mon toit quand il a débarqué à Seattle. Et comment est-ce qu'il m'a remercié ? En couchant avec toi comme un enfoiré. Franchement, à part son physique, je ne vois pas ce que tu lui trouves.

J'aurais sans doute mieux fait, à partir de là, de couper court à la conversation pour tenter de sauver ce qu'il restait de cette si belle journée, mais je fus incapable de me retenir.

— Finn a tellement de qualités qu'il me faudrait des heures pour toutes les énumérer ! Tu ne peux pas résumer sa personnalité à une erreur qu'il a commise. Ce n'est pas juste.

— Erreur ? Le mot reste quand même faible.

— Peut-être, mais Finn n'en est pas moins quelqu'un de bien. Tu sais ce qu'il a fait quand ton ancien boss te faisait des misères au cabinet ? Il n'a pas hésité à rappliquer dans son bureau pour lui rectifier le portrait, et je sais que c'est la pure vérité, parce que j'étais là, moi aussi.

Colton ne réagit pas tout de suite, laissant à mes mots le temps de franchir sa dure carapace pour enfin atteindre son cœur. Puis son regard flancha, l'espace d'un instant.

— Il faut que vous trouviez un terrain d'entente, Colton. Si tu ne veux pas le faire pour Finn, fais-le au moins pour moi. Parce que je l'aime, tu comprends ? Et je t'aime aussi. Et en ce moment, tu me forces à trancher, alors que c'est impossible.

Il baissa les yeux au sol avant de s'éloigner.

— Je vais y réfléchir.

Au moins, on progressait. C'était déjà ça de pris.

— D'accord… Merci.

Je venais tout juste de rentrer chez moi quand j'entendis mon portable vibrer.

Où es-tu ?

Même à l'écrit, je décelai le ton ferme et pressant de Finn.

Chez moi.

Qu'est-ce que tu fiches là-bas ?

J'adorais passer du temps chez Finn, car sa maison était tout confort. Spacieuse, avec ses plafonds voûtés, ses jardins arborés et son élégant mobilier, elle ne me faisait pas l'effet d'une simple résidence, mais d'un véritable foyer. En plus, son chien me faisait craquer.

Il paraît que je vis là.

Je prenais un malin plaisir à faire la fine bouche, mais en réalité, j'adorais qu'il me demande de passer chez lui. Même sa manière de tourner l'invitation me plaisait : ce n'était jamais vraiment une question.

Ramène tes fesses.

Qu'est-ce qui te fait croire que je vais t'obéir ?

TOUT DE SUITE.

OK, OK. J'arrive !

Il cessa de rédiger un message, et son silence me troubla plus encore que ses mots.

Radieuse, j'enfilai une veste puis attrapai mon sac à main, mais pile quand j'allais sortir, je reçus un dernier texto.

Apporte de la lingerie.

Je faillis lui répondre par une plaisanterie mal placée, mais me ravisai à la dernière minute. J'étais heureuse d'être avec un homme qui souhaitait me voir dans de la dentelle, et qui me trouvait si sexy qu'il ne pouvait pas s'empêcher de me déshabiller à partir du moment où il posait les yeux sur moi.

LES FESSES maintenues par ses larges mains, je me laissai descendre sur son sexe. Cet homme d'un mètre quatre-vingt-dix aux bras musclés pouvait me soulever sans problème, et, debout au milieu de sa chambre, il me prenait avec une certaine fierté.

Les bras autour de son cou, je sentis ma chatte étroite glisser autour de sa queue jusqu'à la garde, puis remonter. J'ignorais ce qui me grisait le plus. L'énorme membre qui m'étirait de l'intérieur, ce corps puissant qui me portait à bout de bras depuis un bon quart d'heure, ou le regard de braise de Finn qui me dévorait des yeux ?

Toujours est-il que je jouissais en boucle – encore et encore.

— Finn...

C'était meilleur que dans tous mes fantasmes. Et bien sûr, ça dépassait de loin toutes mes expériences précédentes. S'il baisait toutes les femmes ainsi, pas étonnant qu'il reçoive autant de verres gratuits. Ce type était un vibro sur pattes... voire encore meilleur.

— Ça te plaît comme ça, hein ?

En sentant son sexe s'enfoncer à nouveau en moi, je me mordis la lèvre.

Il ralentit la cadence pour pouvoir m'embrasser, histoire de me rendre folle jusqu'au bout. Ses mains me maintenaient toujours aussi fermement.

— Dis-moi que tu aimes ça.

Je posai une main sur son cou.

— Oui...

En croisant ses yeux bleus, je chavirai. J'en oubliais tout, tout ce qui avait plombé nos retrouvailles. C'était pour ça que je me battais, pour connaître la passion avec cet homme si intense.

Il me souleva encore quelques fois avant de jouir en moi, tout en arborant l'expression la plus sexy que je lui aie jamais vue. Il me déversa tout son sperme en poussant un râle satisfait, me remplissant pour la seconde fois de la soirée.

J'aurais pu continuer non-stop sans jamais cesser de mouiller. Finn était de loin l'homme le plus canon de la création. Si j'avais dû imaginer l'homme parfait, c'est lui que j'aurais décrit.

Il me porta jusqu'au lit puis m'allongea en douceur avant de se retirer.

Aussitôt, je sentis sa semence s'écouler de ma fente et venir rouler le long de ma cuisse. J'avais revêtu un ensemble de lingerie noir, avec bas et porte-jarretelles. Ma culotte, elle, devait se trouver quelque part au sol.

— Je file sous la douche. Tu voudrais bien t'occuper du dîner ?

— Ça marche. Je vais commander des pizzas.

Il me sourit tendrement.

— C'est bon, je vais nous préparer quelque chose après la douche. Mais tôt ou tard, il va falloir que tu apprennes.

— Pourquoi cuisiner alors que je t'ai toi ?

Il se pencha pour m'embrasser puis s'éloigna vers la salle de bains.

J'en profitai pour me dépêtrer de ma lingerie et enfiler un t-shirt à lui, après quoi je descendis au rez-de-chaussée, talonnée par Soldier.

— Je t'ai pris un petit quelque chose pendant ma pause déjeuner, soufflai-je à ce dernier.

Ses oreilles se dressèrent, comme s'il avait compris la signification exacte de mes mots.

J'ouvris mon sac et en sortis le jouet que j'avais sélectionné au magasin. Après avoir défait l'emballage, je le lui lançai.

Soldier s'empressa de le ramasser en le coinçant entre ses crocs, puis se mit à jouer en agitant excessivement la tête de droite à gauche, comme pour déchiqueter une proie.

— Ça te plaît ?

Il grogna tout en secouant le jouet dans tous les sens.

— Tant mieux.

J'ouvris le frigo et me servis une bière, mais pour la décapsuler, je dus me munir d'un torchon. Quand je m'assis sur le canapé pour allumer la télé, Soldier bondit sur mes genoux en apportant aussi son joujou.

Finn ne tarda pas à arriver dans le salon, son jogging pendant bas autour de sa taille. Il nous observa tous les deux sur le canapé, puis repéra le jouet de Soldier.

— Où est-ce qu'il a trouvé ça ?

— C'est moi qui lui ai acheté.

Je l'attrapai par un bout pour faire jouer le chien. Ce dernier gronda à nouveau en plantant les crocs dans le tissu.

Finn secoua la tête.

— Il est vraiment pourri gâté.

— Pourri gâté ? m'offusquai-je. C'est son seul jouet ! Les balles de tennis, ça compte pas !

— C'est un chien adulte, pas un chiot je te rappelle.

Finn se retira dans la cuisine pour nous préparer le dîner.

— Qu'est-ce que tu nous fais de bon ? m'écriai-je derrière lui.

— Des tacos.

— Trop bien, j'adore !

Je me mis sous une couverture sur le canapé et regardai la télé tout en entendant Finn s'affairer en cuisine. Un fumet de plus en plus prononcé embaumait progressivement l'air, et bientôt, je commençai à saliver.

— Ça sent vachement bon.

Soldier, sur mes genoux, mâchouillait encore son jouet. Après avoir terminé, Finn dressa la table puis m'invita à le rejoindre.

— J'arrive, lui lançai-je depuis le sofa.

Soldier me suivit et s'installa à mes pieds. Décidément, il emportait son nouveau cadeau partout !

Finn préféra une bière à son habituel verre de scotch. Assise en face de lui, je voyais ses muscles se tendre chaque fois qu'il portait un taco à sa bouche.

Ce dîner en tête-à-tête me rappelait mon mariage et le plaisir que j'éprouvais à répéter de si simples rituels. Finn avait beau être moins bavard que son frère, nous n'avions pas besoin de combler le silence par des mots. Nous étions bien.

L'écran de son téléphone, posé sur la table, s'alluma. L'option de confidentialité devant être activée, seul le nom du contact s'afficha, et non le contenu du message qu'il venait de recevoir. Mais le nom en question, c'était celui de Layla.

Argh ! Cette pétasse me sortait par les yeux !

Je continuai mon repas comme si de rien n'était, malgré le nœud qui s'était formé dans mon ventre. Je n'avais aucune raison de m'en faire : Finn était d'une honnêteté rare, il ne me tromperait jamais, même s'il se faisait accoster par des bombasses nymphomanes. Mais l'idée qu'ils aient pu coucher ensemble me rendait folle de jalousie, et sapait ma confiance en moi.

Finn dû percevoir ce changement d'atmosphère, car il me demanda :

— Qu'est-ce qu'il y a ?

— Rien. Les tacos sont trop bons. C'est un de mes plats préférés.

Il s'arrêta de manger et m'adressa un regard franc.

— Bébé.

— Quoi ? M'étonnai-je, feignant l'innocence.

Voyant qu'il n'était pas dupe, je déclarai forfait.

— C'est juste que... Je n'aime pas Layla.

C'était la vérité, alors autant y aller franco. C'était peut-être immature et mesquin de ma part. Elle avait peut-être déjà réussi à coucher avec lui, qui sait, et dans ce cas, qu'est-ce qui la retenait de retenter sa chance ? Sa beauté, ses tatouages et son intelligence m'intimidaient. Comment faire le poids, à côté, moi qui peinais à faire vivoter une modeste boutique de lingerie ? J'étais loin d'être une dure à cuire dont le métier consistait à sauver des vies, moi !

Sans me répondre, il prit son téléphone et ouvrit le message avant de me le tendre par-dessus la table.

— Je n'ai rien à cacher. Lis, si tu veux.

Je m'y refusai.

— Non, je préfère pas. Je ne veux pas d'une relation où on se fait pas confiance.

Il laissa l'appareil à côté de moi.

— On n'a pas couché ensemble.

Mon corps se tendit d'un coup avant de se détendre tout aussi rapidement. Le soulagement qui affluait dans mes veines me dénoua complètement.

— Non ?

Il secoua la tête.

— Je croyais que Colton te l'avait dit. Mais apparemment, non.

— Non... Ça a dû lui échapper.

— L'autre jour au bar, elle avait juste trop bu. Elle m'a demandé de la raccompagner.

Alors j'avais pleuré toutes les larmes de mon être pour... rien ?

— Elle a tenté de me séduire une fois devant chez elle, mais il ne s'est rien passé.

L'imaginer tout mettre en œuvre pour attirer Finn chez elle me retournait l'estomac, mais en tout cas il était honnête.

— Est-ce que vous passez beaucoup de temps ensemble au travail ?

Finn haussa les épaules.

— Il arrive que nos horaires se chevauchent.

— Elle est vraiment belle...

— Oui, c'est vrai, reconnut-il sans une once d'indécision. Mais j'ai connu, et surtout je connais, mieux.

Il soutint longuement mon regard, comme pour me communiquer, à travers lui, tout son amour pour moi. Même si jamais je ne serai tranquille tant que cette femme lui tournerait autour, au moins, je pouvais cesser de m'affoler.

— C'est pour ça que tu as refusé les avances de Stella, l'autre jour ?

— Oui.

Il restait un taco sur son assiette, mais il le délaissa.

— J'avais peu d'espoirs qu'on finisse ensemble toi et moi, mais si j'avais couché avec Stella, toute histoire entre nous aurait été impossible, et je ne supportais pas cette idée. Alors j'ai préféré mettre la distance nécessaire.

Quelle douce attention...

— En parlant de Stella, Layla et de distance... Je voulais te dire que je suis désolée d'avoir tout avoué à Colton. Je venais de te voir quitter le bar au bras de Layla, et j'ai pété les plombs. Je n'avais pas les idées claires, tout est sorti d'un coup. Mais ce n'était pas correct vis-à-vis de toi, je m'en veux énormément.

— Ne t'en fais pas.

— Si, c'est à cause de moi que vous êtes en froid avec Colton.

— Non. Si ça ne va pas fort entre nous, c'est à cause de mes décisions passées. On se fout de savoir qui a raconté quoi, et dans quelles conditions. Tu n'as fait que lui dire la vérité, une vérité qu'il allait finir par découvrir dans tous les cas. Ce n'est pas ta faute, bébé. Ne culpabilise pas.

Finn avait beau chercher à me rassurer, ça ne changeait rien.

— Tu sais, dis-je pour tenter de le réconforter, ça finira par s'arranger entre vous. Ça prendra peut-être du temps, mais tout va rentrer dans l'ordre.

— Je n'en suis pas si sûr, soupira-t-il avant de baisser les yeux vers son assiette. Colton l'a vraiment très mal pris. J'ai déjà essayé de lui parler plusieurs fois, mais il s'emporte à chaque fois. Et je le comprends. Il a entièrement le droit de m'en vouloir. Je n'ai pas vraiment d'excuses.

— Je lui ai expliqué qu'on avait essayé de se retenir, mais qu'on n'avait pas réussi.

— Je doute qu'il en ait quelque chose à cirer.

— Je sais qu'il est énervé, mais il a un bon fond. Quand il aura digéré tout ça, il se fera une raison.

— Tu crois vraiment ? Le Colton que je connais est quand même assez buté.

Tout le monde m'avait dit, à l'époque où il m'avait quittée, que j'avais sincèrement de quoi le haïr... mais ma colère s'était heurtée à la force de mon amour.

— Tu sais, j'ai moi-même bien pardonné à Colton de m'avoir fait souffrir. Il m'a vraiment blessée – plus que je ne saurais l'expliquer. Mais je savais qu'il ne le faisait pas exprès. Il n'y pouvait rien, c'était comme ça. Et j'ai fini par l'accepter. Donc, je suis sûre qu'il te pardonnera... le jour où il sera prêt.

— C'est une belle théorie, mais le contexte n'est pas le même. On ne couche pas avec l'ex de son frère, c'est comme ça.

— D'accord, ça n'a rien à voir. Mais tu n'es pas malintentionné, Finn. J'ai l'impression que Colton prend tout ça trop personnellement, comme si ton attirance pour moi signifiait que tu l'aimais moins. C'est comme s'il pensait que si tu l'avais plus aimé, ça ne serait jamais arrivé.

Son regard se perdit vers la fenêtre dans mon dos. Il semblait traversé de réflexions en tout genre.

— Je crois que c'est ça qui le heurte, surtout, ajoutai-je.

— Tu as sûrement raison.

— Il était ravi de renouer avec toi quand tu as emménagé chez lui. Il ne tenait pas en place, je te jure, on aurait dit un gosse.

Finn inclina la tête.

— Il t'admire, insistai-je.

— Non, il m'*admirait*. Maintenant... Il ne peut plus me blairer.

— Son affection pour toi n'a pas pu disparaître du jour au lendemain. Tout n'est pas perdu.

— C'est possible... Mais rien n'est moins sûr.

— Autant te prévenir au fait : je lui ai raconté ce que tu avais fait à son ancien patron.

Finn releva le menton.

— Et qu'est-ce qu'il a dit ?

— Rien, mais il avait l'air ému.

Il ramassa sa fourchette, tritura ses haricots rouges.

— Je lui ai demandé de relativiser, au moins pour moi s'il refuse de se donner cette peine pour toi. Il m'a dit qu'il allait essayer...

Bon, j'extrapolais, sa réponse avait été à peine audible. Et même s'il avait accepté de dîner avec Finn un peu plus tôt, le cœur n'y était pas.

— Au fait, on va tous dîner ensemble demain soir. Tous les quatre.

— Est-ce qu'il sait que je viens ? s'enquit Finn, circonspect. Ou plutôt, même s'il est au courant, il a accepté quand même ?

— Oui. Je lui ai expliqué qu'il ne pouvait pas me demander de choisir entre vous. Que ce n'était pas juste.

Il opina doucement.

— Tu l'as forcé, quoi.

— Oui, mais uniquement pour l'encourager à faire un pas vers toi. Tu sais comment il est...

— En l'occurrence, c'est pas son caractère de cochon le problème. Le problème c'est surtout que je crois qu'il aimerait couper les ponts.

Personnellement, je préférais garder espoir. Ils finiraient bien par se réconcilier, un jour ou l'autre. Ça prendrait du temps, mais je refusais de baisser les bras. Oui, la tâche serait ardue, elle exigerait de nombreux efforts et une bonne dose d'ouverture d'esprit, mais ce n'était pas une cause perdue. J'osai cependant :

— Est-ce qu'il t'arrive d'avoir des regrets ?

Il me regarda à nouveau, un brin confus.

— Des regrets ?

— Oui, par rapport à la réaction de Colton.

Il me dévisagea, fourchette en main.

— Non. J'aurais préféré qu'on tire tout ça au clair avec plus de parcimonie, mais je ne regrette rien. Et toi ?

Je détestais me savoir à l'origine de leur brouillerie, mais je n'avais jamais été plus heureuse qu'avec Finn. À tel point qu'il m'était douloureux d'envisager un scénario alternatif où j'aurais fini avec quelqu'un d'autre, condamnée à ne connaître de la passion que sa version affadie, un bonheur amputé.

— Non… Mais j'aurais aimé que ça se passe différemment.

— On est deux. Cependant, je me demande si maman ne pourrait pas nous aider.

— Tu serais prêt à l'impliquer dans cette histoire ?

— Non, s'empressa-t-il de rectifier. Mais peut-être qu'en voyant mes parents sauter de joie en apprenant pour nous deux, ça lui forcerait un peu la main. Il ne pourrait pas rester en froid éternellement, pas si tout le monde se félicite de notre union.

— Tu n'as pas peur qu'elle trouve ça… bizarre ?

Il haussa les épaules.

— Colton répète tout le temps que son homosexualité ne change pas la donne, mais je ne suis pas d'accord. Il ne veut pas de toi, il ne peut même pas, alors qu'est-ce qui l'autorise à décider qui peut ou ne peut pas sortir avec toi ? Te savoir avec son frère aurait dû le rassurer, même s'il n'a pas l'air de voir les choses sous cet angle.

— C'est plus complexe que ça.

— Oui, je sais.

Il finit son assiette, puis but une gorgée de bière. Les bras sur la table, il posa les yeux sur Soldier au sol, qui protégeait jalousement son jouet de la patte.

— Il l'adore, ce machin, hein ?

— En même temps, ça se comprend : c'est son seul jouet ! rétorquai-je en jetant à Finn un regard accusateur tout en débarrassant les assiettes.

Comme Finn avait cuisiné, je me chargeai de nettoyer. Je frottai les poêles avant de les ranger dans le lave-vaisselle, puis essuyai le plan de travail.

— Qu'est-ce que tu préfères : regarder la télé ou aller au lit ? demanda finalement Finn.

— Ça dépend. Tu commences à quelle heure demain ?

— De bonne heure, ronchonna-t-il, les yeux plissés d'agacement. Je déteste ça.

— Pourquoi ?

— C'est super calme. La plupart des admissions se font dans l'après-midi.

Je lui souris, puis enchaînai :

— Puisque tu reprends tôt, allons plutôt nous coucher.

— La bonne nouvelle, c'est que je pourrai te déposer au boulot demain.

— C'est pas faux.

Il éteignit une à une les lumières du salon puis programma son réveil. Ensemble, on monta ensuite à l'étage avec Soldier sur nos talons, tel un couple de longue date pour qui cela aurait été une habitude bien ancrée. On se glissa sous les draps, et Soldier se roula en boule au pied du lit, prenant tout de même une place considérable. Par chance, il préférait mon côté, et comme j'avais de moins grandes jambes ça ne posait pas de problème.

On resta allongés côte à côte dans le noir, les visages collés bien que sur leurs oreillers respectifs. Au lieu de me câliner comme il le faisait toujours, Finn me contempla de ses yeux brillants, sans que je décèle le moindre signe de lassitude.

— Si seulement j'avais pu te rencontrer avant lui...

Nos vies auraient été nettement plus simples, je l'admets, mais pour rien au monde je n'aurais troqué ces moments passés avec Colton. Notre complicité puisait sa source si loin en nous qu'elle transcendait l'espace-temps. Il était pour moi ce qui se rapprochait le plus d'une famille, la force gravitationnelle qui maintenait mes pieds à terre. Il m'était indispensable, tout comme Finn – je ne pouvais me passer d'aucun des deux.

— Tout va finir par s'arranger, Finn. Ne perds pas espoir.

Il soupira en silence.

— Je m'en veux d'avoir blessé Colton. Mais pas d'être avec toi.

— Rien ne t'oblige à trancher.

— Peut-être... Mais j'aimerais tellement vous avoir tous les deux dans ma vie.

STELLA FIT un crochet à la boutique pendant sa pause déjeuner. Affublée de sa petite tenue de sport, elle se dirigea vers la caisse, d'un œil sévère. Elle en jetait, fringuée ainsi, assumant même la queue de cheval haute et le bandeau flashy très années quatre-vingt.

Mais ce qui m'interpella, bien sûr, ce fut son regard. Je flairais l'embrouille à vingt kilomètres à la ronde.

Elle fondit sur moi, écrasa sa main sur le comptoir puis explosa :

— Je n'arrive pas à croire que tu ne m'aies rien dit pour Finn et toi !

Je m'étais déjà préparée à avoir cette conversation.

— Je n'en ai parlé à personne.

— Ça ne m'étonne pas ! La vache, ma vieille, t'as réussi à te choper le plus beau mec de la ville ! Félicitations.

Je levai les yeux au ciel.

— Il ne se résume pas à son apparence, tu sais.

— Oui. Il est bien bâti aussi. Et au fait, son machin est gros comment ? Plutôt anaconda ou petite couleuvre ?

— Tu t'attends quand même pas sérieusement à ce que je te réponde ? m'énervai-je en fronçant les sourcils.

— Oh, allez !

— Je respecte son intimité, d'accord ? Je ne t'ai pas demandé de me décrire celle de Zach que je sache !

— Si tu veux tout savoir, il a tout ce qu'il faut là où il faut..., se réjouit-elle en inclinant un peu la tête, un sourire coquin aux lèvres. La marchandise m'a agréablement surprise, en gros.

J'affichai une mine dégoûtée.

— Ah non ! Trop de détails !

— Allez, on se parle toujours de ces choses-là. Tu m'as bien décrit celle de Jax !

— C'est pas pareil, ripostai-je.

— Comment ça ? s'étonna-t-elle, perplexe.

— J'en sais rien... Avec Finn, c'est différent.

— Ah bon ? demanda-t-elle en se penchant sur le comptoir. Ooh... Mais crache le morceau à la fin !

L'agacement de Stella ne me surprenait pas des masses ; elle m'en voulait de lui avoir si longtemps caché ma relation avec Finn. D'autant qu'elle l'avait convoité elle aussi, mais sans grand succès. Et le fait qu'il me choisisse n'arrangeait pas vraiment les choses.

— Je me doutais bien que tu m'en voudrais, soupirai-je.

— Je t'en ai un peu voulu au début, c'est vrai, admit-elle. Mais ensuite, j'ai compris pourquoi tu ne voulais pas ébruiter l'affaire. Tu avais peur que Colton l'apprenne par un tiers, je me trompe ? De toute façon, je ne suis pas très fiable avec les secrets.

Stella pouvait se montrer étonnamment pragmatique par moments.

— Tu ne m'en veux pas, alors que tu l'avais dans le viseur ?

Elle leva les yeux au ciel.

— Meuf, sois pas gourde ! Ce n'est pas comme s'il s'était passé quelque chose entre nous. Maintenant au moins je sais pourquoi..., minauda-t-elle en enfonçant son index dans mon poignet. Parce qu'il n'avait d'yeux que pour toi. C'est assez romantique finalement.

— Ouf, ça m'enlève un poids.

— Je ne t'en veux pas du tout. Comment pourrais-je en vouloir à ma meilleure amie d'avoir cherché à prendre son pied ?

En réalisant qu'elle était sincère, je souris.

— Contente de pouvoir compter sur ton soutien.

— Bon, reprit-elle en donnant un nouveau coup au comptoir. Maintenant, raconte ! Il est comment ? Tu peux au moins me dire ça, non ?

Je piquai un fard pour toute réponse.

— C'est plutôt bon signe, s'esclaffa-t-elle.

— Disons qu'il… comble mes attentes.

— Oh… pas mal.

— Ouais, « pas mal » comme tu dis.

Et bien plus encore.

— Et… comment il est, au lit ? Tendre et doux ? Ou fougueux comme un soldat en permission ?

— Ça dépend, il peut être les deux.

— Hmm… De mieux en mieux, approuva-t-elle, rêveuse. Rien ne vaut un bon partenaire.

— Qualificatif que tu accordes aussi à Zach ?

Elle fit basculer sa queue de cheval sur une épaule.

— Franchement ? Ouais. Dire que je ne l'avais jamais remarqué auparavant…

— C'est clair. En tout cas, je suis contente que tout se passe bien entre vous. Ça fait des plombes qu'il te court après.

— Je sais, admit-elle sans le moindre scrupule. J'ignore où ça nous mènera, mais ça me convient très bien pour le moment. On s'est déjà mis d'accord pour rester amis si jamais ça ne marche pas.

— Tant mieux. Le groupe est déjà bien assez déchiré comme ça depuis cette histoire avec Finn.

— Ouais. Colton nous a fait part de ses… réserves.

— J'en doute pas une seconde.

Colton avait dû d'emblée leur annoncer la couleur.

— Qu'est-ce que tu en penses, toi ?

— De quoi ? demanda-t-elle, tout en sachant parfaitement ce que j'entendais par là.

— Est-ce que tu désapprouves, toi aussi ?

Elle haussa les épaules puis baissa les yeux vers un article étendu sur le comptoir.

— C'est mignon, ça. Tu l'as pris pour faire une surprise à Finn ?

Voulait-elle esquiver ma question ?

— Dois-je en déduire que oui ?

Elle se retourna en soupirant.

— Eh bien… Ouais, un peu.

Dans ce cas, Zach aussi devait soutenir Colton.

— Écoute, ma vieille…., commença-t-elle. Qu'est-ce que tu ressentirais toi, si Finn et toi vous vous mariez, que vous divorciez, et que six mois plus tard j'en profitais pour me le taper ?

— C'est pas pareil…

— Si, précisément. Tu pourrais préférer les femmes que ça ne changerait rien : tu te sentirais trahie. T'en serais même complètement retournée. Et si j'avais poussé le vice jusqu'à ne pas t'en parler, tu remettrais notre amitié en question. Ne prétends pas le contraire.

Non, effectivement. Elle venait de marquer un point.

— Je suis certaine que ça se passe super bien entre vous. Vous aviez déjà l'air de super bien vous entendre avant ça. Mais ça ne vous donne pas tous les droits. Estime-toi heureuse que Colton n'en veuille qu'à Finn, et pas à toi.

— J'aimerais que si, qu'il m'en veuille : ce serait plus équitable. J'ai ma part de responsabilité là-dedans.

— Peut-être, mais Colton pense que vous êtes quittes maintenant, après ce qu'il t'a fait endurer.

— Je culpabilise quand même. Je voudrais qu'ils puissent recommencer à se parler... Qu'ils redeviennent amis.

Elle haussa les épaules.

— Je ne suis pas sûre que ça arrive un jour.

— J'essaie de rester optimiste.

— Tu sais, Colton est très blessé.

Ce bourgeon de relation, désormais supposé fleurir, se trouvait terni par la querelle tenace et douloureuse qui séparait ces deux hommes. Finn pourrait-il vraiment être heureux avec moi si son frère décidait de couper les ponts ? Étions-nous condamnés d'avance ?

4

COLTON

— T'es prêt ? s'enquit Pepper en entrant chez moi.

Ce dîner, je l'avais redouté toute la journée. Partager un repas avec mon frère dans un tel climat de tension serait forcément une mauvaise idée. Dire qu'au départ, je me faisais une joie de traîner avec Tom et Pepper, histoire qu'ils apprennent à se connaître, voire qu'ils tissent des liens ! Mais la présence de Finn allait tout gâcher.

— J'ai faim, c'est déjà ça.

Pepper balaya ma remarque et rebondit :

— Tiens, au fait, Stella m'a raconté comment ça se passait entre Zach et elle… sans m'épargner les détails, si tu vois ce que je veux dire, grimaça-t-elle. On s'est toujours tout raconté, c'est vrai, mais c'est nettement plus gênant depuis qu'elle fréquente Zach.

— À qui le dis-tu : moi, j'ai eu droit à une description détaillée du corps de Stella… De son grain de beauté au-dessus de la hanche droite à son piercing au nombril. Bienvenue au club.

Je me saisis de mes clés, de mon portefeuille, puis fourrai le tout dans mes poches.

— C'est parti ?

— Grave. Je crève la dalle : je n'ai pas déjeuné aujourd'hui.

— Finn ne t'accompagne pas ?

J'aurais préféré faire comme si ce dernier n'existait pas, mais j'étais parti du principe qu'on ferait le trajet ensemble.

— Il va nous rejoindre sur place. Il a été retenu au travail.

— S'il est débordé, il n'est pas obligé…

Ses yeux s'emplirent d'une vive déception, comme si elle s'était attendue à ce que ma colère ait disparu.

On était loin du compte.

— Il a envie de venir, affirma-t-elle. Pour apprendre à connaître Tom.

— Il est passé plusieurs fois chez Finn, mais ce n'est pas pour autant qu'il s'en est donné la peine.

— Vous veniez à peine de vous rencontrer !

Ça virait à la dispute chaque fois qu'on mentionnait Finn. Impossible de parler de lui sans heurter les sentiments de l'autre.

— Bon, et si on décollait ? proposai-je pour changer de sujet.

Elle étouffa un soupir, déçue qu'on soit partis d'un si mauvais pied.

— D'accord.

On quitta donc l'immeuble ensemble pour longer à pied les avenues qui menaient au restaurant. Il avait fait chaud cet après-midi-là, mais l'air du soir avait rapidement rafraîchi l'atmosphère. Pour autant, on n'était pas à plaindre : pour une fois qu'il ne pleuvait pas…

— C'était comment, au travail ?

— Animé, à vrai dire. Avec l'arrivée du printemps, c'est bientôt la saison des mariages.

— Tant mieux pour toi, non ?

— Oui, mais ça représente une sacrée charge de travail..., soupira-t-elle en faisant la moue.

Et aussi moins de temps libre pour voir Finn, hein..., songeai-je, amer.

— Mais ça te rapporte plus, non ?

— Si on reporte ça en rémunération horaire, c'est à peine si je m'y retrouve.

— Est-ce que tu as déjà envisagé de te lancer dans autre chose ?

Elle réfléchit à ma question, marchant à mon côté.

— Ça m'a déjà traversé l'esprit, mais je ne m'imagine pas faire autre chose. Le magasin me demande beaucoup de temps et d'énergie, mais je préfère encore ça à une autre activité... Même si ça me rapporte peu.

On arriva au restaurant où Tom nous attendait déjà. Quand il nous repéra, ses yeux s'illuminèrent de plusieurs teintes et il se leva d'un bond pour m'embrasser.

— Salut, bébé. En retard, comme toujours...

— C'est à cause de Pepper.

Je lui rendis son baiser, heureux et soulagé d'avoir le droit d'être moi-même. Cette liberté était une chance, j'étais vraiment verni. J'avais pendant si longtemps refoulé qui j'étais que ma joie n'en était que plus grande. Je pouvais enfin m'assumer sous le regard tendre et bienveillant de Pepper, qui me souriait franchement.

— Tu es magnifique ce soir, dit Tom à cette dernière, avant de l'embrasser sur la joue.

— Merci.

Elle l'étreignit doucement et lui adressa un immense sourire qui laissait à penser qu'elle l'appréciait sincèrement, pas juste pour me faire plaisir. Elle nous demanda ensuite à tous les deux :

— Dites, vous avez faim ? Moi je suis affamée ! Stella est passée me voir pendant l'heure du déjeuner, et bavarde comme elle est, je n'ai même pas eu le temps de croquer dans mon sandwich à la confiture et au beurre de cacahuète. Je crève la dalle !

— On n'attend pas Finn avant d'aller manger ? s'enquit Tom.

Et mince, moi qui avais espéré que tout le monde l'ait oublié...

— Il m'a suggéré qu'on l'attende autour d'un verre, précisa Pepper. Histoire qu'on ne poireaute pas trop longtemps dans l'entrée.

— Ça marche.

Tom partit en éclaireur pour nous réserver une table près de la fenêtre. Le restaurant n'étant pas loin de la côte, on entrapercevait les lumières du port à l'horizon. Sur les tables voisines figuraient des bols de gressins et de la sauce marinara, et des peintures originales ornaient les murs, représentant toutes des plats à base de pâtes.

Pepper s'installa en face de nous, dans un très joli chemisier turquoise sur lequel retombaient ses cheveux ondulés pour l'occasion. C'était une femme splendide, ce que je ne pouvais nier malgré mon attirance pour les hommes. Qu'elle se maquille ou non, c'était pareil. Je comprenais presque pourquoi mon frère avait été incapable de se réfréner.

— Qu'est-ce que vous allez commander ? demanda Pepper en parcourant la carte des boissons. Je sais que c'est un restaurant italien ici, mais je passe sur le vin. Un mojito à la grenade, ça me tente bien plus.

— Mmm, ça m'a l'air bon ça, renchérit Tom. Je prends la même chose.

Quand le serveur arriva, on commanda nos verres. Pepper n'oublia pas Finn, et lança au serveur :

— Pour mon copain, ce sera un scotch.

Cette piqûre de rappel produisit un effet immédiat. Je tournai la tête vers la fenêtre, heureux que ce crétin ne soit pas encore là.

Tom posa discrètement la main sur ma cuisse, pendant que Pepper épluchait le menu.

— Je sais déjà ce que je vais prendre, dit-elle tout haut. Les lasagnes. Finn ne cuisine que des plats hyper sains, alors ça va me faire un bien fou.

Pas moyen d'y échapper. Même absent, Finn parvenait à être au centre de l'attention.

— Heureusement que Colton cuisine bien, rebondit Tom. Parce qu'on ne peut pas en dire autant de moi.

— Mais tu as une voiture, toi, répondis-je. Tu m'aides à ta façon. Tu fais les courses, et moi je les cuisine.

— Ça me dirait bien d'avoir une voiture, glissa Pepper. Mais ça coûte une blinde.

— Finn en a une, non ? s'enquit Tom.

— Oui, confirma Pepper. Mais on ne quitte jamais la maison et encore moins la chambre, alors on s'en sert jamais…

Elle avait semblé réaliser son erreur au beau milieu de la phrase, mais l'avait tout de même terminée jugeant que le mal était fait. Elle détourna le regard et prit une longue gorgée de mojito pour chasser son malaise.

Les imaginer ensemble au lit avait eu raison de mon appétit.

Tom, le seul que la scène n'avait pas gêné, continua :

— Comment va Soldier ?

— Très bien.

Pepper s'empara de sa question comme d'une bouée de sauvetage.

— Finn s'en sert pour aller courir et garder la maison, alors c'est moi qui le gâte surtout. Je lui ai acheté une peluche à mordiller, et il l'adore. Faut le voir avec : on dirait un chiot !

Ce chien était la seule chose qui me manquait de mon séjour chez Finn. J'adorais jouer avec lui et qu'il me fasse la fête à mon retour à la maison.

— Est-ce qu'il dort avec Finn ? demanda Tom.

— Oui, répondit Pepper. Il se roule en boule et se cale au pied du lit. C'est trop craquant.

On continua à parler de Soldier, car c'était un sujet sûr, jusqu'à ce que Finn nous rejoigne quelques minutes plus tard. Il avait troqué sa blouse contre un t-shirt et un jean, et vu ses cheveux légèrement humides, j'en déduisis qu'il avait dû se doucher en vitesse. Bien entendu, il était aussi bel homme qu'à son habitude.

Il salua d'abord Tom.

— Salut, mec. Ça roule ? lui lança-t-il, la main tendue.

Tom lui sourit en acceptant sa poignée.

— Super. Ça fait plaisir de te revoir.

Contrairement à moi, Tom semblait vraiment apprécier mon frère. Je ne pus m'empêcher de me sentir trahi, mais comme je ne pouvais pas influencer ses opinions, je laissai couler.

— Ça a été au travail ?

— C'était cauchemardesque aujourd'hui, déplora Finn. Mais comme souvent, donc ça ne change pas.

Il leva les yeux vers moi, et l'aura d'assurance charismatique qu'il dégageait en permanence s'éteignit d'un coup comme une étoile venant de mourir. Il soutint mon regard tout en pinçant les lèvres, paraissant déceler ma rage avant même de m'avoir adressé la parole.

— Salut, Colt.

L'ignorant, je portai mon verre à mes lèvres.

Tom et Pepper se tournèrent tous les deux vers moi. Qu'ils pensent ce qu'ils voulaient – je n'en avais rien à battre.

Finn m'observa un court moment avant de s'attabler à côté de Pepper.

— Salut, bébé.

Au lieu de l'embrasser comme il l'aurait sans doute fait si je n'avais pas été là, il se contenta de lui caresser le dos puis retira aussitôt sa main.

— Tu m'as pris un scotch ?

— Oui, je commence à bien te connaître !

Quand elle posa les yeux sur Finn, son regard s'illumina notablement. L'affection qu'elle lui témoignait se voyait comme le nez au milieu de la figure. Submergée par un flot d'hormones, elle se laissait aller à le contempler intensément, à l'image de toutes les femmes qui croisaient son chemin.

C'était la première fois que je les revoyais ensemble depuis que j'avais découvert leur secret. Les signes me crevaient les yeux depuis le départ, pourtant. Elle le regardait exactement comme elle m'avait autrefois regardé – si ce n'est que je n'avais jamais remarqué une telle intensité émaner de ses yeux. Une chose était sûre : Pepper n'avait pas exagéré lorsqu'elle m'avait confié ses sentiments pour lui. Elle était folle amoureuse, ça ne faisait aucun doute.

Finn la fixait d'une façon particulière, sans jamais promener son regard sur une autre qu'elle. Seule la jolie brune assise à ses côtés semblait aujourd'hui l'intéresser ; cette femme aussi belle à l'intérieur qu'à l'extérieur.

Putain, c'était pire que tout.

Les voir si heureux ensemble ne rendait la situation que plus difficile encore. J'avais aimé cette femme pendant de longues années, et jamais je n'aurais imaginé que ça puisse se terminer de cette façon, qu'on se retrouverait autour d'une table alors que c'était désormais mon frère qui se la tapait.

De tous les hommes du monde, pourquoi avoir choisi celui-là ?

Mon frère, ce tombeur, ce Casanova.

Comme je n'étais guère d'humeur à faire la conversation, Tom s'en chargea à ma place.

— On parlait justement de Soldier, et de son nouveau jouet.

— Ah, rétorqua Finn. Tu veux dire du fait que Pepper le gâte beaucoup trop ?

— Je lui ai acheté *un* jouet, s'exclama-t-elle, incrédule. À t'entendre, on dirait que je lui ai ramené un collier incrusté de diamants !

— Je suis sûr que tu en serais capable ! contra-t-il.

— Je ne peux même pas m'en payer à moi, dit Pepper. Explique-moi pourquoi je dépenserais une telle somme pour un chien ?

Finn se tourna vers Tom.

— Soldier est censé dormir par terre la nuit. Puis il s'est approprié le bout du lit. Progressivement, il essaie de se faire une place entre nous… Et elle le laisse faire, grommela-t-il en désignant Pepper d'un hochement de tête. Résultat : quand elle est pas là, il s'attend à pouvoir dormir à côté de moi, et il ne comprend pas que je lui dise non.

— Il y a pire, s'esclaffa Tom.

— Maintenant imagine quand il n'a pas été lavé, continua Finn. Ah, et en plus il ronfle !

Pepper sourit.

— Comment lui dire non ? Il est si mignon !

— Moi, quand je ronfle, elle me file des coups de pied, rouspéta Finn. Et pas des petits, en plus.

— Parce tu ronfles vraiment trop fort, se défendit Pepper. On dirait entendre un avion à basse altitude !

Finn haussa les épaules et reprit une gorgée de son verre. Tom, de son côté, se fendit d'un rire.

Le serveur s'approcha pour prendre nos commandes. Finn demanda illico un second scotch, puis opta pour des blancs de poulet au marsala, et tous les trois, on choisit des plats variés à base de pâtes.

En dépit de mes efforts, j'avais du mal à ne pas être gêné par l'idée qu'ils couchent ensemble. J'avais dormi avec Pepper pendant cinq années d'affilée. Je me souvenais encore qu'elle parlait pendant son sommeil, et même parfois, il lui arrivait de rire. En plus, c'était une voleuse de couverture. Elle avait d'autres manies, plus agaçantes, comme reprogrammer son réveil de cinq minutes en cinq minutes. C'était vraiment la plaie, ça, surtout pendant les jours de congé.

Mais en même temps ça me manquait.

Et savoir que Finn avait droit à tout ça alors qu'il ne le méritait pas me dérangeait. Il m'avait bassement trahi pour obtenir ce qu'il voulait, tout ça pour en fin de compte un jour lui briser le cœur. Il ne la chérissait pas comme je le faisais moi, comme elle méritait de l'être. S'il avait accepté de se mettre en couple, c'était uniquement parce que Pepper l'aurait rejeté autrement, refusant de n'être pour Finn qu'une aventure sans lendemain.

Je contemplai mon mojito en faisant distraitement tourner la paille, plus attentif aux mouvements des feuilles de menthe qui venaient affleurer la surface qu'au reste du monde. Il fallait sans doute que je m'habitue à passer de telles soirées… Mais pour combien de temps encore ? Ce n'était pas comme s'ils allaient se marier, ou avoir des enfants. Finn ne serait que le dernier homme en liste à lui avoir brisé le cœur avant qu'elle ne se case avec le bon.

Finn n'était qu'un tremplin vers son avenir.

Pepper pivota vers moi.

— Comment ça se passe au cabinet ?

J'étais tellement en rogne que je faillis ne pas lui répondre juste parce que Finn était là.

— Bien. Je m'y plais. L'ambiance est bien meilleure que là où je bossais avant.

Évidemment, apprendre ce que Finn avait fait pour moi m'avait beaucoup ému. Comment ne pas l'être, en même temps ? Il avait défendu mon honneur sans même m'en toucher le moindre mot. Par contre, quand il s'agissait de baiser, là la question de « défendre mon honneur » ne se posait plus.

— C'est une grosse boîte, mais il y a du travail pour tout le monde. Je suis rémunéré au mois, donc qu'importe le temps que je consacre à un dossier, ou le nombre de dossiers que je prends en charge. La semaine prochaine, je serai au tribunal.

— Dans le cadre de quelle intervention ? demanda Finn, les doigts enroulés autour de son verre.

Je le dévisageai, ma colère revenant en bloc. En dînant avec eux, je me sentais piégé, comme si je leur donnais ma bénédiction, même tacite, alors que je m'opposais toujours autant à leur relation. L'espace d'un instant, la tentation de lui balancer mon verre à la figure me chatouilla sévèrement.

— Une des grosses compagnies maritimes à Seattle viole la réglementation relative à la pollution atmosphérique. Même s'ils en sont techniquement exempts en vertu des anciennes règles en vigueur lorsqu'ils ont monté l'entreprise, vu qu'ils en abusent de leur privilège, on se doit d'agir. On verra bien ce que ça donne...

— Ça m'a l'air costaud, comme affaire, commenta Finn. Ça va les nerfs ? C'est pas trop stressant ?

Je n'appréciais pas du tout ses piètres tentatives pour m'amadouer.

— Tu ne t'es jamais intéressé à mon travail, alors ce n'est pas la peine de faire semblant.

— Parce que tu faisais du droit immobilier, répondit calmement Finn. C'était ennuyeux à mourir. Là c'est intéressant.

Il but de son verre, puis un silence pesant s'abattit sur la table. Pepper, qui nous observait à tour de rôle, tenta de changer de sujet.

— Une femme est passée à la boutique hier pour acheter des menottes et un fouet. J'ai dû lui expliquer que je ne proposais pas ce genre d'articles, débita-t-elle avec l'air de ne pas trop savoir quoi dire d'autre.

Mais ses efforts se révélèrent vains en ce qui nous concernait Finn et moi ; rien ne pouvait dissiper cette gêne. J'en voulais énormément à Finn, ce qui l'énervait à son tour. L'un comme l'autre, nous étions trop fiers pour plier. La moindre de mes piques mettait le feu aux poudres. Tom, en revanche…

— Est-ce qu'elle trimbalait aussi un exemplaire de *Cinquante Nuances de Grey* ? s'enquit-il en riant.

— Non, décréta Pepper. Mais elle m'a demandé si je le vendais…

Tom rit à nouveau.

Tandis que Pepper et Tom se remettaient à discuter, Finn et moi demeurions piégés dans ce duel silencieux. Peut-être aurait-il été préférable qu'ils dînent en tête-à-tête, loin des mauvaises ondes qui émanaient de mon côté de la table ? Car manifestement, Finn et moi n'étions pas prêts à nous retrouver dans une même pièce.

Quand le serveur nous apporta nos plats, j'eus l'impression de recevoir des pierres dans l'estomac. Le dîner ne faisait que commencer… Et il nous faudrait supporter encore longtemps ces désagréables jeux de regards entrecoupés de répliques cinglantes. J'avais du mal à croire que j'avais un jour apprécié ce type. À présent, je voyais mon frère comme un ennemi juré, et ne pouvais plus le blairer.

Je me focalisai sur mon repas même si je n'avais pas faim.

Sans une once d'appétit.

Sur le trottoir devant le restaurant, on se dit tous au revoir. Tom enlaça Pepper.

— Merci d'avoir accepté de dîner avec nous. Colton me dit tout le temps tellement de bien de toi ! Un de ces quatre, il faudra que tu me racontes des histoires un peu plus embarrassantes sur lui.

— Oh, bien sûr, répondit-elle en souriant. J'en ai des tonnes en réserve.

Debout, les mains cachées dans les poches de ma veste, je sentis peser le regard de mon frère sur moi mais continuai à fixer la chaussée, comme si cette dernière était cent fois plus captivante que la teinte bleutée des yeux de Finn.

— Tu manques beaucoup à Soldier, finit-il par me dire. Tu devrais peut-être passer chez moi pour lui faire coucou.

J'étais triste, moi aussi, de ne plus le croiser, mais ma colère envers Finn était plus forte.

— Pepper n'a qu'à l'amener chez nous, un de ces quatre.

— Il est bien trop gros pour rester dans un appartement.

— On ira le promener au parc alors, repris-je en prenant soin d'éviter son regard.

Finn décrivit un pas vers moi.

— Et pour les fêtes, qu'est-ce que tu comptes faire, hein ? Continuer à faire comme si je n'existais pas sous le regard malheureux de nos parents ? Ouais... C'est tout à fait l'esprit de Noël, ça.

— Quand ils sauront ce que tu m'as fait, ils comprendront ma colère.

— Sauf que tu oublies un détail : s'il y a bien une chose que maman veut, c'est le bonheur de Pepper. Si je rends Pepper heureuse, maman le sera aussi. Mais avec ton égoïsme, comprendre une telle mécanique est peut-être un peu trop complexe pour toi.

Je pivotai lentement vers lui.

— Répète ce que tu viens de dire ?

— J'ai dit que t'étais égoïste.

— Moi, égoïste ? m'étranglai-je en me désignant de l'index. Moi aussi je veux le bonheur de Pepper, c'est pour ça que je lui ai dit de faire ce qu'elle voulait ! Mais ça ne change rien à la haine que je te porte. C'est toi le sale égoïste de merde qui n'a pas été foutu de se la garder dans le pantalon, même avec l'ex-femme de ton frère ! Alors fais gaffe, connard, si tu veux te lancer dans ce débat.

En nous entendant nous disputer, Pepper poussa un long soupir.

— Cette soirée était peut-être une mauvaise idée, ajouta-t-elle à l'attention de Tom.

Celui-ci opina, visiblement de son avis.

— C'est pas un peu poussé, de parler de haine ? rétorqua Finn en me jaugeant du regard.

— En l'occurrence, le mot est faible.

Je tournai les talons et me dirigeai vers le parking où Tom me trouverait aisément.

— Que veux-tu que je fasse, Colton ? s'époumona Finn tandis que je m'éloignais vers la voiture. Que j'arrête de la voir ? C'est ça que tu veux ?

Je fis volte-face, de plus en plus énervé par le manque de discernement de mon frère.

— Non ! Je voudrais que tu puisses remonter le temps et avoir un peu d'égard pour moi, cette fois. Que tu fasses l'effort d'essayer de comprendre ce que c'est que la loyauté envers un frère, ce que signifie avoir une famille. Parce que de toute évidence, tu n'as aucune idée de l'importance que ça a.

5

PEPPER

Au lieu de s'acheminer vers sa maison en banlieue, Finn me reconduisit chez moi. Garé au pied de mon immeuble, il resta immobile, une main sur le volant, comme s'il attendait que je descende du véhicule sans un mot de plus.

Je ne défis pas ma ceinture.

— Qu'est-ce que tu fabriques ? soupirai-je.

— Je te raccompagne.

Je passais le plus clair de mon temps chez lui, alors ce comportement n'avait rien d'habituel.

— Je ne monterai chez moi que si tu me suis.

Un soupir lui échappa en contemplant la rue vide droit devant.

— Pour me retrouver dans l'appartement voisin d'un type qui me hait ? Je passe.

— Allons plutôt chez toi alors.

Il soupira à nouveau, comme si l'idée le débectait.

— J'ai envie de rester un peu seul.

— Ne dis pas de bêtises.

— Crois-moi, si. J'ai été seul la majeure partie de ma vie.

— Mais tu n'es *plus* seul, répondis-je, les mains sur les cuisses, tout en l'observant. Alors on peut soit continuer à se chamailler à ce sujet pendant que le moteur tourne, et gaspiller de l'essence, soit rentrer à la maison et retrouver Soldier qui nous attend.

Il serra la mâchoire, grinça légèrement des dents, pressa la pédale de l'accélérateur et nous emmena loin de l'immeuble.

Les yeux perdus de l'autre côté de la vitre, je savourai cette maigre victoire.

— Il ne te déteste pas, murmurai-je.

— Ce n'est pas ce qu'il a dit.

— Il s'est emporté, c'est tout.

— Non, c'était sincère, Pepper.

— Écoute, je le connais mieux que personne. Fais-moi confiance, il ne te déteste pas. Il a juste beaucoup de mal à canaliser ses émotions en ce moment. Nous voir ensemble lui rappelle ce que tu lui as fait, réveille sa douleur et l'empêche d'aller de l'avant. Il ne sait pas comment réagir face à la complexité de la situation.

Finn continua à rouler le long des larges avenues de la ville en direction de la banlieue, sans trop rien répondre. Il finit par grommeler :

— Et qu'est-ce que je suis censé faire, moi ?

— J'en sais rien… Lui laisser le temps.

— Il aurait besoin d'une éternité tout entière…

— Je sais que ce n'est pas facile, mais essaie d'être patient. C'est dur pour lui aussi. On a été mariés pendant trois ans. Ça doit lui faire tout drôle de me voir avec son frère, et ça aurait été le cas même si tout s'était mieux passé.

Il bifurqua à un croisement, puis s'engagea dans l'allée qui menait à sa maison. Une fois dans le garage, il referma la portière.

Les jappements de Soldier, resté chez lui, parvinrent jusqu'à nous.

Finn s'en alla sans m'attendre et entra dans la cuisine en ignorant son chien, qui pourtant faisait tout pour attirer son attention.

Sensible à ses lamentations, je me baissai pour le cajoler avant de rejoindre Finn dans sa chambre.

Il s'était déjà mis en caleçon et glissé sous les draps. Un bras derrière la tête, il fixait le plafond.

J'allai me débarbouiller dans la salle de bains avant de le retrouver, quelques minutes plus tard, avec Soldier qui s'installait au pied du lit. Je me fis tant bien que mal une place sur le matelas, prise en étau entre ces deux êtres massifs.

Néanmoins, je ne tentai pas de me rapprocher de Finn, car il n'en avait manifestement pas envie.

Les yeux rivés au plafond, il finit par grommeler :

— Je ne sais plus quoi faire.

— La réponse est simple : rien.

— Je ne veux pas que mon propre frère me déteste...

— Il finira par se faire une raison. C'était la première fois qu'il nous voyait vraiment ensemble. Laisse-lui le temps de s'y faire.

— Tu crois que je devrais essayer de lui parler ?

— Je ne sais pas... Il vaut peut-être mieux le laisser tranquille pour le moment.

Il avait les yeux grands ouverts, et sa poitrine soulevait ses plaques militaires à chacune de ses inspirations. La culpabilité l'empêchait d'être pleinement heureux avec moi. Cet homme avait consacré toute sa vie aux autres, et pour une fois qu'il désirait ardemment quelque chose, on la lui interdisait.

— J'aurais tellement aimé que ça se passe autrement…

— Je sais, murmurai-je en me rapprochant de lui sous les draps pour lui caresser le torse. Moi aussi.

— Comment est-ce que je suis censé être heureux dans une situation pareille ?

— Concentre-toi sur l'idée que ça va finir par s'arranger.

— Mais quand ?

Je n'avais aucune réponse concrète à lui apporter.

— Un jour ou l'autre.

Le lendemain matin, sans maquillage et dans ma tenue de la veille, je montais les marches de chez moi. En m'approchant de ma porte, je vis Colton sortir de son appartement avec un grand sac poubelle à la main.

Il se figea en m'apercevant, réalisant immédiatement que j'avais passé la nuit chez Finn et qu'il venait de me déposer ici. Une fois remis de ce constat, il s'avança vers le vide-ordures en me saluant du bout des lèvres.

— Bonjour, répondis-je tout haut.

Il lâcha le sac dans le conduit puis se tourna vers moi. J'avais beau comprendre les sentiments de Colton, il me décevait.

— Tu as fait beaucoup de peine à Finn hier soir.

— Oh, vraiment ? ironisa-t-il d'une voix qui empestait le sarcasme. Mince alors, j'en suis terriblement désolé.

Il pivota les talons pour rentrer chez lui.

— Ce n'est pas pour te faire souffrir que Finn a voulu se mettre avec moi. Par contre, toi, c'était pour lui faire mal que tu lui as dit que tu le haïssais hier. C'est très différent.

Il se figea.

— Je n'ai pas dit ça pour le blesser. C'est ce que je ressens, c'est tout.

Je fronçai les sourcils.

— Je sais que c'est faux.

— Depuis qu'il est de retour à Seattle, il me rend la vie impossible.

— N'en fais pas tout un fromage non plus.

— Je suis sérieux. Finn et toi êtes les deux seuls à trouver normal ce que vous avez fait. Et ça, c'est uniquement parce que vous arrivez à vous débarrasser de la culpabilité en baisant comme des bêtes. Les autres sont tous d'accord avec moi : Finn a dépassé les bornes, et c'est irréparable.

Je commençais à me demander si on allait un jour trouver une solution… Ou si tout était irrémédiablement gâché entre nous.

— Tu m'as dit que tu voulais que je sois heureuse, non ? sifflai-je enfin.

— Oui. Et je le pensais.

La sincérité brillait comme un phare dans ses yeux. Pourtant.

— Difficile à croire quand on voit ta façon d'agir.

— C'est compliqué ! Je veux te savoir heureuse, même si c'est avec lui. Mais quand je vous vois ensemble je me souviens automatiquement de tout ce qu'il m'a fait, qu'il est avec la femme que j'avais épousée. Je trouve ça limite incestueux.

— Ça ne s'est pas passé comme ça, Colton.

— Peut-être, mais ça reste bas. Tu pensais vraiment que j'allais passer l'éponge si rapidement ?

— Non. Mais je te croyais moins désobligeant… Lui balancer à la figure que tu le hais, c'est pas classe du tout.

— Mais sincère.

— Non, Colton, le repris-je brutalement. Tu es la personne la plus bienveillante que je connaisse. Je refuse de te croire capable d'une méchanceté pareille, encore moins vis-à-vis de ton propre frère. Tu as le droit d'être en colère, mais ne dis pas des horreurs comme ça. Finn s'est mal comporté, oui, mais pas pour te faire du mal. S'il a agi comme ça, c'est parce qu'il tient à moi.

Colton se détourna, les yeux emplis de colère et de rancœur. Il s'arrêta devant sa porte, les mains sur les hanches, arborant son état d'esprit comme un manteau venant dissimuler le t-shirt et le jogging qu'il portait ce jour-là.

— Colton, me risquai-je à l'appeler encore une fois.

Mais il refusa de me regarder.

— Il faut que tu dises à Finn que tu ne le pensais pas.

Silence.

— Colt…

Il finit par se retourner, la mâchoire serrée.

— Tu ne le détestes pas, insistai-je. Je sais que c'est faux. Alors assure-toi qu'il le comprenne aussi. Il était vraiment mal en point hier.

Il m'observa longuement, mais son regard s'emplissait lentement de remords.

— Laisse-moi te dire une chose, Colton, soupirai-je. Ça n'a pas été facile pour moi non plus quand je t'ai vu avec Aaron, la première fois.

Comme mes paroles s'imprimaient progressivement en lui, Colton baissa la tête avant de pivoter le reste de son corps vers moi. J'avais piqué sa curiosité.

— Ce n'est pas que j'étais spécialement jalouse, ou blessée, mais c'était... Dur. On faisait tout ensemble, autrefois, on partageait nos vies. Et quand je t'ai vu avec lui, j'ai réalisé que ce ne serait plus jamais comme avant. Tu as été mon mari pendant si longtemps que j'ai eu du mal à accepter que tu ne m'appartiennes plus, du mal à lâcher prise. Comme un parent qui dépose pour la première fois son enfant à l'école. Mais j'ai su qu'il fallait que je te laisse partir, que je sois heureuse pour toi. Alors c'est ce que j'ai fait... Et cette pensée m'a aidée à tenir le coup.

Colton croisa les bras.

— Je comprends, mais ce n'est pas pareil. Moi aussi j'ai eu du mal à accepter Jax au début.

— Écoute, je me suis pliée en quatre pour que Tom se sente à l'aise. Je vois bien qu'il te rend heureux, alors je l'aurais accepté même s'il me sortait par les yeux. Tu as radicalement changé, entamé un nouveau chapitre de ta vie, et j'ai toujours été là pour te soutenir. Même quand tu m'as brisé le cœur en m'annonçant que tu aimais les hommes... Même là, je t'ai épaulé.

Ses yeux s'embuèrent, chargés de larmes, et cette mince pellicule réfléchissait la lumière du plafond.

— Je sais...

— Et je serai toujours là, quoi que tu fasses, même si tu décides qu'en fait, tu es un extraterrestre venu d'une galaxie lointaine.

Parce que c'est ça, l'amour : aimer sans conditions, peu importe ce que ça nous coûte. J'aimerais juste que... tu fasses un peu plus d'efforts pour accepter la situation. Je sais que c'est compliqué à cause de Finn, mais il me... Je n'arrive même pas à mettre de mots dessus. On devrait être en train de vivre une sorte de lune de miel, vivre notre passion, mais ta réaction l'angoisse tellement que c'est impossible. Je ne veux pas que cette histoire meure avant d'avoir eu le temps de commencer. J'aimerais juste...

— Je vais essayer, Pepper.

Enfin, j'avais percé une brèche dans sa robuste carapace extérieure et atteint l'homme doux et bienveillant qui se tenait tapi dessous.

— J'en ai fait une affaire personnelle..., admit-il. Et je n'aurais pas dû.

— Je suis très amoureuse de lui, Colton. Et tu as peut-être raison, peut-être que ça ne mènera nulle part, mais je veux quand même essayer.

Il acquiesça discrètement.

— Je vais faire un effort, alors, confirma-t-il en tentant de chasser ses larmes de quelques battements de cils. Pardon d'avoir été si dur avec vous. Cette histoire m'a retourné, et j'ai eu du mal à faire la part des choses. Il faut que j'arrive à dissocier ma colère envers Finn de ce que je ressens vis-à-vis de votre couple.

— Merci... et j'espère qu'un jour tu trouveras la force de lui pardonner. Il n'a jamais eu l'intention de te faire du mal. Il tient beaucoup plus à toi que ce que tu crois. Il serait prêt à sacrifier sa vie pour toi.

— Il ne m'a jamais donné cette impression, souffla Colton d'un ton surprenamment calme pour une fois, comme si c'était à présent son cœur qui lui dictait ses répliques, et non sa rage.

— Eh bien moi, je t'assure que si.

Il me contempla un moment, puis baissa les yeux au sol.

Je l'observai à mon tour, voyant tout ce qui m'avait fait tomber sous son charme ressurgir en lui. Il possédait la frêle délicatesse d'une rose, mais il arrivait que sa tige présente de douloureuses épines.

— Je ferais mieux de me mettre en route. J'ai une boutique à faire tourner.

— Oui… J'ai du boulot moi aussi.

Je lui souris en lui pressant affectueusement le bras.

— Cette conversation m'a fait du bien.

— Oui, reconnut-il en passant un bras autour de mon épaule pour me serrer contre lui et déposer un baiser sur mon front. Je t'aime.

Blottie contre son torse, je fermai les yeux et soupirai, oubliant immédiatement tout ce que je venais de lui reprocher.

— Je t'aime aussi.

FINN ENTRA dans sa tenue de sport après être passé à la salle de gym. La sueur maculait son t-shirt sous les aisselles et autour du cou, et je n'avais jamais vu de taches plus sexy. Cet homme était torride quoi qu'il fasse.

Je regardais la télé avec Soldier sur le canapé. Il était si bien qu'il ne se leva pas pour accueillir son maître.

— C'était comment, le sport ?

Finn pénétra dans la cuisine, but goulûment à sa gourde.

— Dur.

Puis il repéra Soldier, toujours confortablement installé.

— Traître, siffla-t-il, mi-amusé mi-sérieux.

Soldier posa le menton sur ma cuisse, tout penaud.

— Il est calé, c'est tout, le défendis-je en lui grattant les oreilles.

Finn abandonna sa gourde dans l'évier puis s'approcha de moi.

— Vous vous passez très bien de moi à ce que je vois.

— Ben... Oui.

Il fronça les sourcils, mais ses lèvres s'étirèrent en un sourire.

— Tss... Si ce chien devait sauver l'un d'entre nous dans l'urgence, ce serait toi.

— Seulement parce que c'est ce que tu lui demanderais, toi aussi.

Son sourire se dissipa, voilé par un éclair de tendresse.

— C'est vrai.

— Au fait, je suis allée parler avec Colton hier...

— Super, ironisa-t-il.

— Et il m'a confirmé que non, il ne te déteste pas. Il est juste à fleur de peau en ce moment, et il s'est emporté.

Les mains sur les hanches, debout dans la pièce, Finn eut beau afficher un masque d'indifférence à cette nouvelle, son regard brillant le trahissait.

— Je doute qu'on se réconcilie pour autant.

— Oui, mais laisse-lui du temps.

Il nous regarda, le chien et moi, avant de finalement se focaliser sur moi.

— Bon, tu te lèves pour m'embrasser oui ou merde ?

Je baissai la tête vers Soldier, qui, à le voir, n'aurait bougé pour rien au monde, puis relevai le menton, défiante.

— Je ne veux pas le déranger.

Finn leva les yeux au ciel et laissa échapper un ricanement.

— Ma femme me préfère mon chien !

— Ben… C'est vrai qu'il est plus câlin…

Il se dirigea vers la cage d'escalier.

— Je vais prendre une douche. Au fait, on a un évènement au boulot ce soir. Tu voudrais m'accompagner ?

— Au boulot ? Tu as déjà bossé ce matin !

— Mais non, c'est pas pour bosser. C'est un genre de dîner festif. Le service a réservé une salle dans un resto pour qu'on se retrouve, comme si on se voyait pas déjà assez… Il va y avoir des récompenses à la con, des trucs comme ça.

— Eh ben ! Ça a l'air fun…

— Je voulais te prévenir, c'est tout. Ça te tente ou pas ?

— C'est à quelle heure ?

Il jeta un coup d'œil à l'horloge.

— Dans une heure environ.

— Quoi ? m'étranglai-je. Tu ne me laisses qu'une heure pour me préparer ?

— Tu ne peux pas y aller comme ça ?

— Je porte un t-shirt à toi…

Il haussa les épaules.

— Garde-le. Tu seras de loin la plus sexy de la soirée.

Je levai les yeux au ciel.

— J'en doute.

— Comme tu voudras, trancha-t-il en s'arrêtant sur la dernière marche de l'escalier. Mais quoi que tu décides de mettre, choisis de la jolie lingerie.

— Pourquoi ?

— Parce qu'on risque de se faire chier au dîner. Et comme ça, je pourrai m'occuper l'esprit.

PAR CHANCE, j'avais laissé une robe potable chez Finn. C'était une robe mi-longue, évasée sur le bord, avec des manches trois-quarts et un pan de tissu à nouer autour de la taille. Elle était simple mais juste assez élégante pour une belle paire d'escarpins.

Et parfaite pour dissimuler ma guêpière en dessous.

Quand je rejoignis Finn dans le séjour, il me lorgna de haut en bas.

— Cette soirée devient de plus en plus intéressante.

Il glissa une main dans mes cheveux et m'embrassa tendrement, d'un baiser si langoureux que j'en eus des picotements jusqu'aux orteils. Ses doigts se plantèrent dans ma nuque, et son autre main trouva refuge sur ma chute de reins.

Soldier, assis par terre à nos pieds, poussa un petit grognement. Finn s'écarta aussitôt pour le regarder, effaré.

— Je rêve, ou tu viens de me grogner dessus ?

Même si son baiser m'avait plongée dans une certaine torpeur et donné un aperçu de ce qui m'attendait après le dîner, je ne pus m'empêcher de rire en voyant la scène.

Soldier remuait la queue, tout content. Finn se retourna vers moi, dans un t-shirt gris coupé en V, affublé d'une veste noire.

— On dirait que t'as un nouvel admirateur.

— On s'est beaucoup rapprochés ces derniers temps.

— Ça se voit, souffla-t-il avant de se pencher pour m'embrasser à nouveau.

Soldier se remit à grogner. Et cette fois, Finn se tendit.

— C'est une blague ?

— C'est peut-être de moi qu'il est jaloux ? proposai-je, amusée.

Il leva les yeux au ciel.

— On sait tous les deux pour qui il en pince ici, décréta-t-il en attrapant clés et portefeuille, qu'il rangea dans sa poche. On se met en route ?

Il poussa la porte du garage et Soldier le suivit.

— Eh non, mon p'tit bonhomme, fit-il en direction du chien tout en secouant la main. T'as choisi ton camp.

Soldier se mit à pleurnicher à grands coups de couinements plaintifs. Je me penchai pour l'embrasser sur le museau.

— On revient dans quelques heures. Je te rapporterai des restes s'il y en a.

Voyant qu'il agitait la queue, rasséréné, je montai en voiture au côté de Finn.

Une montre argentée à son poignet, il nous conduisit en ville. Son parfum embaumait le truck, ce qui était d'autant plus notable qu'il n'en portait jamais.

— Alors, ils sont comment, tes collègues ?

Il haussa les épaules.

— Des intellos, assez barbants, surtout.

— Parce que t'es pas un peu intello, toi aussi ?

— Mon Dieu, non, s'esclaffa-t-il. Je suis le moins instruit de l'hôpital.

— Je ne suis pas convaincue.

— Ils ont tous des années d'études derrière eux et ont fréquenté de très grandes écoles avant ça, enfin, tu vois le genre. Je suis le seul de tout le département à avoir choisi un parcours un peu différent. Alors on n'a pas grand-chose en commun, non.

— Ça n'a pas vraiment d'importance, si ? Il y a plein d'astronautes qui étaient pilotes dans l'armée avant leur reconversion. Ils n'ont pas eu la même formation que les autres, mais ils s'en sortent aussi bien.

— Sauf que médecin, ça en jette moins qu'astronaute, mais merci pour la comparaison.

On se gara dans le parking avant d'entrer dans le restaurant. C'était un grand bâtiment non loin de la côte, disposant d'une salle privée à l'arrière, dotée de sa propre terrasse séparée et de grands chauffages d'extérieurs. De petites lumières blanches parsemaient l'espace de réception, et un buffet immense croulait sous des mets en tout genre. Les convives frayaient joyeusement, debout avec des verres à la main, ou installés à une table.

— Ouah ! T'en as, des collègues ! m'ébahis-je.

— Et encore, ils n'ont pas tous pu se libérer.

— Pourquoi ? Ils sont où ?

Il m'adressa un sourire taquin.

— À ton avis ? Ils bossent. Aux urgences.

— Oh… Oui, c'est logique…

Il rit puis m'embrassa sur le front.

— Viens, on va se chercher un verre, puis je te présenterai à des gens.

Un bras autour de ma taille, il me tenait comme on tient sa femme, et pas comme une simple conquête qu'il aurait entraînée à la soirée. Il me donnait l'impression d'être bien plus spéciale à ses yeux.

Il me présenta à plusieurs collègues médecins, et aux aide-soignants avec lesquels il s'entendait le mieux. La conversation tournant surtout autour d'anecdotes relatives aux patients, je ne suivis pas tout, mais j'étais heureuse d'être introduite au sein de son petit univers. Il parlait peu de son quotidien, mais comme je m'en étais doutée, il était très populaire. Tout le monde l'adorait.

Non que cela m'étonne.

On alla remplir nos assiettes au buffet avant de s'installer à une table vide. C'est à ce moment que je repérai Layla.

Merde. Pourquoi n'était-elle pas bloquée aux urgences, elle ?

Splendide, dans une robe rouge dos nu, elle affichait fièrement son corps de rêve recouvert de tatouages. Ses yeux se posèrent sur Finn, et un tel désir s'y devina que personne n'aurait pu s'y méprendre.

J'avais envie de lui en coller une. Je la méprisais encore plus depuis que j'avais appris qu'elle avait essayé de se faire mon mec le soir où il l'avait gentiment raccompagnée chez elle. Était-elle vraiment torchée, ce soir-là ? Je la soupçonnais d'avoir tendu un piège à Finn.

— Alors, cette entrecôte ?

La question de Finn me détourna de cette guerre que je venais de déclarer.

— C'est bon. Tout est délicieux.

Soirée boulot oblige, Finn buvait du vin, boisson qu'il ne consommait jamais. Lorsqu'il ne mangeait pas, cependant, il n'hésitait pas à poser sa main sur ma cuisse, tendre et attentionné même devant ses collègues.

— Tout le monde a l'air super sympa.

— Oui, globalement. Mais c'est surtout à cause de la nourriture et de l'alcool à volonté… Et puis, ils ne sont pas au travail, là. Quand c'est le rush aux urgences, c'est pas la même ambiance. Chacun fait ce qu'il a à faire, un point c'est tout.

— Ça doit être très dur. Moi, mes problèmes se résument à savoir si j'ai tel ou tel modèle en telle taille.

— Eh, ton travail est important lui aussi, me dit-il en se penchant vers moi. Très important. C'est littéralement ce qu'il y a de plus important pour moi en ce moment, ta lingerie.

Je ris de bon cœur.

— Je crois que ton boulot est quand même un tout petit peu plus important.

Il fit semblant, de ses mains, de peser le pour et le contre.

— Le sexe ou la santé… ? On connaît tous le grand vainqueur.

Layla quitta sa chaise pour venir à notre rencontre, ondulant des hanches comme pour un défilé. Sa robe était quelque peu osée dans le cadre d'une soirée entre collègues, et personne n'était dupe : c'était pour Finn qu'elle l'avait enfilée.

Comment rester courtoise et lui sourire quand je rêvais de lui défoncer la mâchoire ?

— Salut, Finn, ronronna-t-elle en s'arrêtant face à nous. Comment trouves-tu l'entrecôte ?

— Mon assiette est vide, alors plutôt bonne.

Même sans le faire exprès, il était irrésistible.

— Tu as bien mangé ? s'enquit-il à son tour.

— Très bien. J'envisage de me resservir.

Où stockait-elle tout ça, nom de Dieu ?

— Vaillante à ce que je vois ! s'amusa Finn. T'as bien raison.

Finn nous avait déjà présentées l'une à l'autre, au bar, une fois, mais j'ignorais si elle me reconnaissait. Sans doute me prenait-elle pour une énième femme tombée sous le charme de Finn... une insignifiante conquête de plus. Elle devait se dire que je n'avais aucune importance, que je ne ferais pas long-feu, ce qui expliquait son assurance.

— Tu te souviens de Pepper, non ? demanda Finn. Vous vous étiez croisées au bar.

— Ah, oui..., répondit-elle en opinant lentement, faisant mine de se souvenir même si ce n'était pas le cas. Quel plaisir de vous revoir.

— Oui... Pareillement.

Ça me rendait malade de penser qu'elle tentait son coup dès qu'ils se croisaient. Mais Finn était si beau que c'était normal, en même temps. Quelle femme n'aurait pas essayé d'y planter les griffes à la première occasion venue ? Elle se fichait pas mal de savoir si on était ensemble ou non. Puis j'aurais pu n'être qu'une amie, après tout.

— Je me suis dit qu'il était temps que je présente ma copine à tout le monde, reprit Finn. Je ne peux pas la garder rien que pour moi.

C'était la première fois que Finn m'appelait sa copine. Une vague de bonheur me traversa de part en part, tel un antidote au venin que Layla venait de répandre dans mes veines. Je me sentais flotter au-dessus des nuages, dans un tiède cocon de béatitude. J'ignorais si Finn avait sciemment employé ce terme pour éloigner Layla ou si l'inspiration l'avait visité naturellement, mais dans tous les cas, j'étais euphorique.

Layla ne parvint pas à masquer sa déception.

— T'as raison... Bon, perso, je vais prendre l'air. Amusez-vous bien tous les deux.

Elle s'éloigna, d'un pas nettement moins assuré. Sa détermination s'était volatilisée.

Rien n'aurait pu effacer ce sourire de mon visage.

Finn prit une gorgée de vin puis balaya la salle du regard, regardant ses collègues boire et manger.

— Ta copine, hein ? ironisai-je.

Il se tourna vers moi, innocent.

— Pourquoi, ça te dérange ? Tu es déjà avec Soldier ?

Mon bras attrapa le sien, et ma tête se cala sur son épaule.

— C'est juste que je ne savais pas que tu me voyais comme ça.

— Tu dors avec moi tous les soirs. Que voudrais-tu que tu sois d'autre ?

— J'en sais rien. Mais tu m'as dit que tu n'avais jamais eu de copine.

Il haussa les épaules.

— Il y a une première fois à tout, hein ?

Toujours en appui sur lui, je caressai son bras sans me préoccuper du monde présent. Mon cœur battait comme jamais auparavant. En arrivant sans prévenir dans ma vie, il m'avait fait éprouver des choses que je n'avais, jusque là, vues que dans les livres. Il était le Prince Charmant, seulement plus ténébreux.

— J'aime bien être ta copine.

— Tu en es sûre ? J'ai parfois peur que tu me quittes pour mon chien.

— Je ne peux pas vous aimer tous les deux ? m'enquis-je, feignant la tristesse pour me prêter au jeu.

— Si. Mais ça risque d'être un peu gênant au lit.

— Sans blague, t'es vraiment jaloux de ton chien ?

— Non. Mais ça m'énerve que tu aies réussi à le retourner contre moi, grommela-t-il, bougon.

— Mais pas du tout ! protestai-je en riant.

— En tout cas, il est fou amoureux de toi.

— Tu veux un petit conseil ? Achète-lui un jouet de temps en temps.

— Non. Hors de question que j'en fasse une chochotte.

En parlant, il m'effleura la cuisse du bout des doigts, ce qui me donna envie de rentrer en vitesse pour me jeter nue dans son lit.

— Je ne suis pas sûre de pouvoir attendre qu'on soit rentrés..., lui susurrai-je. Les sièges de ton truck sont plutôt confortables, non ?

Il se tourna lentement vers moi, m'adressant ce regard si troublant dont lui seul avait le secret.

— C'est exactement pour ce genre de répliques que je suis heureux de t'avoir choisie.

— Vraiment ? Parce que j'ai comme l'impression que toutes les femmes de la soirée t'auraient dit exactement la même chose.

— D'accord... Il y a d'autres raisons aussi.

— Lesquelles ?

J'évitais d'ordinaire un maximum de lui parler de sentiments ou de l'avenir de notre relation, de crainte de lui faire peur. Mais il me présentait publiquement comme sa copine, et n'avait pas manqué d'enfoncer le clou devant une femme qui, de toute évidence, ne demandait qu'à lui sauter dessus. Il aurait pu se la faire sans problème, mais au lieu de ça, il avait préféré me rester fidèle.

— Si je sors avec toi, c'est parce que tu es la seule que j'ai envie de fréquenter. Je crois que ça en dit long.

— Et pourquoi moi ?

— Je n'ai pas la réponse à cette question, admit-il platement. Mais c'est peut-être mieux comme ça… Faut-il vraiment pouvoir expliquer ses sentiments, les justifier ?

Je n'avais jamais vu Finn comme un virtuose de la langue, et pourtant il se révélait parfois capable d'un romantisme sans pareil. Il n'avait pas besoin de se forcer pour me communiquer son amour : il me suffisait de l'observer pour comprendre que j'étais la seule femme qui comptait pour lui. Jamais il ne s'intéressait à une autre en ma présence ; au contraire, il mettait un point d'honneur à s'afficher en couple. Et ce n'était même pas par jalousie qu'il se comportait ainsi, mais par fierté. Il voulait que tout le monde sache qu'il était avec moi.

Je posai les doigts sur son menton puis tournai son visage face au mien. Je me perdis un instant dans la profondeur de son regard avant de me pencher pour l'embrasser doucement sur les lèvres pendant plusieurs longues secondes.

— Je veux que tu me fasses l'amour dès qu'on sera rentrés, lui soufflai-je lorsque je trouvai enfin la force de me départir de sa bouche.

Il frotta son nez contre le mien puis m'embrassa sur la commissure des lèvres.

— Oui, bébé.

Ma robe gisait désormais au sol et je ne portais plus que ma guêpière noire ouverte au niveau de l'entrejambe, ainsi que des escarpins, dont les talons se plantaient dans le dos de Finn chaque fois qu'il ruait en moi. La chevelure en pagaille et la respiration détraquée, je me cramponnais à lui de toutes mes forces, tandis qu'il poussait des gémissements rauques et sexy.

Me tenant les cheveux d'une main, le visage planté au creux de mon cou, il m'enfonçait profondément sa queue plus dure que jamais, le souffle court. Elle pulsait en moi telle une bombe à retardement.

— Tu es tellement bandante comme ça...

Les bras enroulés autour de son dos musclé, le menton relevé, je le sentais me percuter de toute sa puissance, m'envoyant planer doucement dans une transe extatique, réduite à mes émotions les plus primaires, incapable de formuler une pensée cohérente. L'amour et le désir embuaient mon esprit. L'unique chose que j'étais encore en mesure de percevoir était son membre, abîmé tout au fond de moi, l'intimité de nos corps rejoignant celle de nos âmes. Je savais déjà que je le voulais pour la vie entière, lui et personne d'autre. Vivre chaque jour à son côté et sentir, chaque fois qu'on ferait l'amour, le contact métallique de ses plaques contre mes seins. Il me complétait comme Colton n'avait jamais pu le faire. Il m'avait toujours manqué quelque chose avec lui, mais je n'avais réalisé cela qu'en le trouvant avec Finn.

Finn venait de relever la tête pour plonger son regard dans le mien, son corps sculpté continuant ses va-et-vient, les muscles bandés par l'effort. Son souffle chaud, aux notes de vin rouge, caressait doucement mon visage.

Je mouillais plus que d'habitude, plus attisée encore à l'idée que c'était avec moi qu'il passait cette soirée – et que Layla n'avait aucune chance car j'étais la seule que Finn désirait. Il m'était fidèle depuis le tout début, avant même qu'on ne couche ensemble pour la première fois. Malgré toutes les options qui s'offraient à lui, il avait choisi de se retrouver au lit avec moi ce soir, de me faire l'amour, peau contre peau. Layla devait enrager d'avoir si lamentablement échoué.

C'était moi qui avais gagné.

— Bébé, tu es trempée, grogna Finn en empoignant mes cheveux, continuant à aller et venir en moi.

— Tu m'excites vraiment beaucoup.

Il rapprocha son visage du mien et m'embrassa, remuant méticuleusement les lèvres sans jamais que son bassin ne perde le rythme. Il actionnait ses hanches pour me pénétrer bien profondément, me prenant comme il n'avait jamais pris une femme auparavant. J'étais spéciale à ses yeux, pour un million de raisons. J'étais une première dans sa vie. La première à qui il s'était attaché, la première à avoir éclipsé les autres.

Les lèvres tremblantes plaquées contre les siennes, j'atteignis soudain l'orgasme. Un nouvel afflux de mouille vint irriguer mon sexe et aussitôt recouvrir le sien.

— Finn…, laissai-je échapper d'une voix faible, les cuisses refermées autour de lui, alors que je plantais les griffes dans son dos.

Cet homme me donnait les meilleurs orgasmes de toute mon existence, le genre qui vous cause des crampes aux orteils. Il me procurait un plaisir tel qu'il m'arrivait d'en être endolorie le lendemain. Et j'avais comme l'intuition que c'était censé se passer ainsi, que l'amour, c'était aussi ne jamais être rassasié de son partenaire, indépendamment du nombre d'orgasmes reçus. Je n'avais pas connu cela avec Colton. Jamais je ne m'étais sentie si désespérément avide de son corps.

Finn effectuait toujours les mêmes mouvements lorsqu'il était sur le point de jouir. Il ralentissait la cadence et me pénétrait plus profondément, comme pour aller s'enterrer le plus loin possible en moi avant d'exploser. Sa respiration devenait de plus en plus saccadée, puis, au moment de jouir, il frémissait.

Je l'attrapai par les fesses pour mieux l'enfoncer en moi, afin qu'il m'emplisse d'autant de sperme que possible. Quand Jax m'avait proposé qu'on arrête la capote, l'idée qu'il jouisse en moi ne m'avait pas plu des masses, mais avec Finn, c'était hyper excitant. Je voulais qu'il me remplisse de sa semence, qu'il dépose entre mes reins le fruit de son désir.

Il poussa un grondement de plaisir et ferma brièvement les paupières. Tous les muscles de son corps se tendirent en même temps, y compris ceux de son fessier que je sentais à pleines mains. Quelques secondes plus tard, un poids m'alourdissait. Il me déversait son jus. Doucement, il commença à ramollir, mais ses râles ne cessèrent pas. Tout, de cette expérience, touchait au sensationnel.

— Quelle chatte...

Son visage trouva refuge dans mon cou, où il récolta du bout des lèvres quelques gouttes de transpiration. Il semblait me vénérer, comme pour me remercier de l'extase dont il se remettait à peine, alors que je n'avais rien fait hormis rester couchée sous lui à me laisser gâter.

Les yeux clos, j'enfouis une main dans ses cheveux et savourai pleinement l'instant, succombant à ses baisers. Jamais on ne m'avait à ce point désirée. Jamais je ne m'étais sentie plus belle.

Une fois qu'il eut récupéré, il se retira de moi puis s'allongea à mes côtés. Son beau corps tatoué était encore plus torride ainsi recouvert de sueur. Au lieu de me laisser l'occasion de me rafraîchir, il enroula ses bras autour de moi et cala son torse contre mon dos, son sexe plaqué contre mes fesses.

Ses plaques métalliques, que je sentais dans mon dos comme un gage de sa présence, me procuraient un agréable sentiment de sécurité. À chacune de ses inspirations, elles s'enfonçaient contre ma peau, me rappelant son parcours de vie et les services qu'il avait rendus à la nation.

Soldier se mit à geindre derrière la porte, comprenant que nous avions fini nos ébats. J'entendis Finn soupirer.

— Je déteste partager.

— Pareil pour lui. T'es son maître adoré, après tout.

— T'as tout faux. C'est *toi* qu'il ne veut pas partager avec moi, pas l'inverse.

Il se leva à contrecœur et ouvrit au chien, qui s'empressa de gagner son spot habituel. Finn me rejoignit sous les draps et m'enlaça à nouveau. Même s'il transpirait, ce contact me faisait planer.

— Il nous aime autant l'un que l'autre, tempérai-je.

Il rit contre mon oreille.

— N'essaie pas de me faire croire que tu le penses vraiment.

— Je t'assure que si.

Son bras se resserra autour de mon ventre, et une fois confortable, il poussa un soupir d'aise.

— Finn ?

— Oui, bébé ?

J'étais tombée amoureuse de cet homme il y a déjà bien longtemps. Mais je refusais de le lui avouer, pas quand je savais qu'il ne me le dirait pas en retour. Il était trop tôt pour sonder le terrain. En revanche, Finn, malin, l'avait peut-être compris tout seul.

— Tu m'avais dit, il y a longtemps, que tu ne te voyais pas te marier. C'est toujours vrai ? demandai-je, les yeux rivés sur le mur de la chambre.

Il demeura silencieux.

J'aurais peut-être mieux fait de m'abstenir. Il avait suffi qu'il m'appelle sa petite amie pour que j'entende résonner les cloches de l'église. Jusque là, je m'étais pourtant contentée de vivre notre histoire au jour le jour, ignorant si cela durerait, mais la soirée que nous venions de passer avait quelque peu changé le cours des choses.

— J'en sais rien, finit-il par répondre. Je ne pense pas souvent à l'avenir.

Sa réponse était la meilleure qu'il puisse me donner, en l'occurrence. Mine de rien, le simple fait qu'il ne refuse pas cette idée en bloc constituait une nette amélioration.

— C'était juste par curiosité..., voulus-je le rassurer.

— C'est par principe que je ne me projette pas. J'ai passé ces dix dernières années avec l'idée que je pouvais mourir du jour au lendemain. L'avenir a toujours été pour moi un mirage imprévisible, alors j'ai tendance à ne pas trop y réfléchir. Ce qui doit arriver arrivera, je préfère n'avoir aucune attente en particulier, de peur d'être déçu, de me mettre trop la pression.

— Bonne philosophie de vie.

— Ah bon ? J'avais peur que tu attendes une tout autre réponse.

— Non. Ma seule inquiétude, c'était que tu me sortes un « non » catégorique, que tu refuses complètement un éventuel mariage. Que tu t'obstines, quitte à te retrouver dans l'impasse si un jour l'envie de te marier te prenait. Là, je suis d'accord avec toi : l'avenir est imprévisible. Il ne faut pas tirer des plans sur la comète.

Il me serrait toujours dans ses bras, muré dans un silence regorgeant de tendresse. À aucun moment il n'avait mal réagi à cette conversation.

— J'ai su que j'étais fichu dès l'instant où je t'ai rencontrée. Il a suffi que je pose les yeux sur toi pour comprendre à quel point... J'ai voyagé dans le monde entier sans jamais rencontrer de femme aussi belle, aussi pragmatique, aussi compréhensive que toi. Je comprends mieux la jalousie de Colton... Oui, parce qu'à quoi bon se voiler la face : il est jaloux. Il aurait aimé pouvoir te garder, aimé être hétéro... mais c'est impossible. Il est obligé de te laisser partir.

Finn commençant de bonne heure ce matin-là, je me réveillai seule dans le grand lit double, Soldier couché contre mon flanc. Ce dernier s'était empressé, à peine son maître levé, de s'accaparer sa place.

J'ouvris doucement les yeux et sentis quelque chose peser dans ma main gauche. Étendu en travers du matelas, mon bras dépassait du lit, ma paume ouverte face au plafond. En refermant légèrement le poing, je reconnus en celui-ci une texture métallique, puis un relief semblable à des inscriptions gravées. Voulant confirmer de mes propres yeux, je rapprochai ma main de mon visage.

Ses plaques.

Il m'avait laissé ses plaques.

Ses plaques, avec son nom ainsi que le reste de ses informations personnelles, gravés dans le métal...

Il me fallut un moment pour comprendre ce que je voyais, et réaliser que cette chaîne que je tenais à la main était bel et bien celle qu'il ne quittait jamais.

Je me redressai aussitôt dans le lit pour mieux la regarder, imaginant ce que Finn devait ressentir sans le contact de ces deux médaillons pendant entre ses pectoraux. Il les portait sous la douche, au travail et même pour dormir. Quand il me faisait l'amour, je les sentais arpenter ma peau, encore et encore.

Et voilà qu'ils étaient en ma possession.

J'attrapai mon téléphone sur la table de nuit et ouvris notre conversation pour lui écrire un message. Mais il m'avait devancée.

Je veux que ce soit toi qui les aies.

Aucun doute possible.

Je pris donc le collier, le plaçai autour de mon cou, et sentis immédiatement son poids, provenant tant de la chaîne que des médaillons. Le métal était froid au toucher, mais une étonnante chaleur en émanait : celle de Finn. Dès qu'il entra en contact avec ma peau, je pus presque ressentir sa présence. Recevoir ce cadeau qu'il n'avait fait à personne me donna l'impression d'être privilégiée. Aimée, véritablement.

Certes, il refusait de se prononcer sur l'avenir, de se projeter avec moi… Mais aujourd'hui, même s'il ignorait comment les formuler, ses sentiments étaient indéniables. Rien n'aurait pu m'émouvoir davantage que ce geste. Pour moi, il s'était séparé d'un objet chargé de signification, auquel il tenait plus que tout au monde ; et il me l'avait offert… parce qu'il tenait aussi à moi, autant – sinon plus.

6

PEPPER

J'ÉTAIS RENTRÉE ME DOUCHER APRÈS LE TRAVAIL, N'AYANT PAS EU l'occasion de le faire plus tôt. Debout devant la glace, nue et constellée de gouttes, je ne pouvais pas ôter mes yeux des plaques militaires de Finn. Elles retombaient bien plus bas sur mon buste, un peu en dessous de mes seins, ce qui n'était guère étonnant vu que j'étais loin d'être aussi grande que lui.

Pour rien au monde je ne les aurais retirées.

Même pas pour épargner Colton.

Je venais d'ouvrir une bouteille de vin quand je reçus un texto de Finn.

Puis-je t'inviter à dîner ?

Depuis qu'on était ensemble, on n'était jamais vraiment sortis Finn et moi, à l'exception du dîner organisé par ses collègues. L'avantage de se voir à la maison, c'était qu'on pouvait se jeter l'un sur l'autre dès que l'envie nous en prenait, et baiser sur le canapé ou n'importe quel meuble assez solide pour supporter nos poids.

Volontiers.

Je passe te chercher dans un quart d'heure.

J'étais bien trop heureuse pour me soucier de Colton, pourtant dans l'appartement d'en face. J'attendais de ce dernier qu'il se montre plus bienveillant à l'égard de notre relation, mais je ne comptais pas pour autant laisser sa froideur interférer avec mon bonheur. J'étais aux anges.

Dès son arrivée, Finn braqua les yeux sur la chaîne autour de mon cou, dépassant du col de mon chemisier. Il la contempla un moment avant de me regarder en face, impassible en apparence mais en réalité ému.

Je me hissai sur la pointe des pieds et l'embrassai dans l'entrée.

— Salut.

— Salut, répondit-il en me prenant dans ses bras, les mains sur ma chute de reins.

Prenant appui sur lui, les paumes ouvertes sur son torse, je me hasardai :

— Merci pour le collier. Je l'adore.

Un remerciement qui me sembla bien faible en comparaison de la valeur de son cadeau. Vu l'importance de ce dernier, je me sentais dans l'obligation de m'épancher un peu, mais les mots me manquaient. Comment lui exprimer tout ce que cela représentait pour moi ?

Il baissa le front puis le pressa contre le mien. Ses paupières se refermèrent en même temps que son étreinte.

Je nous sentais si proches, si intimement connectés, que je pris le temps de savourer cet instant. Je voulus lui ouvrir mon cœur, lui avouer que je l'aimais, que je voulais passer le restant de mes jours avec lui. Mais je bloquai cette impulsion et gardai la bouche scellée.

— Tu es ma femme, souffla-t-il en rouvrant les yeux. Et je veux que tout le monde le sache.

Il m'emmena dans un restaurant que nous ne connaissions pas.

Finn commanda une bouteille de vin, même s'il aurait sans doute préféré un verre de scotch, et les efforts qu'il déployait pour rendre la soirée romantique m'allèrent droit au cœur.

En jean et en t-shirt, il consulta le menu. Ses bras tatoués étiraient le tissu de son haut, et la lumière tamisée venait sublimer ses traits marqués. Il était si beau que je n'en voulais même plus aux femmes de le dévorer des yeux.

Qu'elles le convoitent, je m'en fichais ! Il était à moi.

Ses yeux balayaient les suggestions, voguant de gauche à droite, jusqu'à ce qu'il repère un plat à son goût. Il posa alors la carte et me regarda.

— C'est notre premier rencard officiel, non ? me demandai-je à voix haute.

Il haussa les épaules.

— Ça dépend de ce que tu entends par rencard. Pour moi les folles soirées de sexe rentrent dans cette catégorie.

— C'est sûr qu'on est loin d'être au premier, dans ce cas…

Le coin de sa bouche s'étira en un sourire.

— Très très loin, confirma-t-il.

En sirotant mon verre de vin, je fus tentée de me pincer pour voir si je ne rêvais pas. Le divorce que je venais de traverser avait été l'épreuve la plus difficile de ma vie, et j'avais dû m'en remettre seule, sans pouvoir compter sur mon meilleur ami – car il était celui dont je me séparais. Mais j'y étais parvenue, et depuis, il ne m'arrivait que de belles choses… Comme la rencontre de cet homme incroyable.

— Ça t'arrive souvent d'inviter des femmes à dîner ?

— T'as vraiment envie de parler de mes conquêtes passées ? demanda-t-il, étonné.

— Oui, mais pas par jalousie, je te rassure. Je n'ai aucune raison de l'être.

Ses yeux s'attardèrent longtemps sur les miens avant qu'il ne me réponde.

— Non. Les fois où je suis sorti avec des femmes doivent pouvoir se compter sur les doigts de la main. Et c'était généralement par malentendu. D'habitude, je les rencontre dans un bar, puis on file tout de suite chez moi. Inviter une femme à sortir, c'est prendre le risque de m'ennuyer ferme, de devoir supporter une conversation barbante, tout ça pour une sombre inconnue.

Sa franchise avait beau être quelque peu déroutante, il avait le mérite d'être honnête.

— Et moi, je ne t'ennuie pas ?

Il secoua la tête.

— J'adore discuter avec toi. Tu es mon interlocutrice préférée.

— Parce que mon boulot, c'est de vendre de la lingerie ?

— J'avoue que ça a quelque chose de fascinant. Mais c'est avant tout parce que tu portes à merveille tes produits. Si tu ne risquais pas de te faire arrêter pour ça, je te conseillerais de ne porter qu'eux la majeure partie du temps.

— À Seattle ? m'étonnai-je. J'aurais beaucoup trop froid !

Il lorgna ma poitrine.

— Encore mieux.

— Donc ça ne te dérangerait pas que ta copine se balade à moitié à poil, à la vue de tous ? résumai-je, circonspecte.

— Si, vu qu'on est ensemble, répondit-il. Ça peut se limiter à des défilés privés. Mais si j'étais pas là, tu pourrais.

— On me prendrait pour une prostituée.

— Auquel cas tu pourrais facturer très cher tes services !

Je levai les yeux au ciel.

— Non merci, je préfère les offrir gratuitement, mais rien qu'à toi.

Il me sourit.

— Bonne réponse, bébé.

Il tendit la main à travers la table, me caressa les phalanges, puis la retira.

— Alors... C'était comment au travail ? dis-je pour changer de sujet.

Il haussa les épaules.

— Toujours la même merde. Infections urinaires, douleurs à la poitrine causées par le stress et tous les patients pour qui les urgences sont le seul moyen de consulter un médecin, parce qu'ils n'ont pas d'assurance.

— Ça t'énerve ?

— Non. Tout le monde devrait avoir accès aux soins. Ce qui me tape sur les nerfs par contre, c'est tous ceux qui exploitent le système en préférant venir aux urgences au lieu de consulter leur médecin de famille, alors qu'on est là pour les cas... urgents, justement. C'est sûr, c'est plus rapide. On est habilités à effectuer des IRM, des bilans sanguins et toutes sortes d'examens complexes. En faisant ça dans les règles, avec une assurance et tout, ça peut prendre des mois pour qu'un examen aboutisse... Alors qu'aux urgences, tout peut être bouclé en seulement quelques heures. Le problème, c'est que ça nous fait trop de patients à voir. C'est impossible avec nos effectifs actuels. Trop compliqué...

Il prit une gorgée de vin.

L'intelligence de Finn ne faisait aucun doute. Il était capable d'expliquer avec éloquence une conjecture pourtant complexe, de manière simple et logique. Il avait connu des situations si stressantes dans sa carrière qu'il semblait toujours étonnamment calme, par contraste.

— Tu crois que ça pourrait évoluer, un jour ?

Il haussa les épaules.

— Je n'en sais rien. Mais je pense qu'il va falloir améliorer le système de soins.

— Les assurances santé, ça coûte une blinde. Je paie cinq cents dollars par mois, et c'est frustrant, parce que je ne vais jamais chez le médecin.

— Tu finiras par devoir y aller, et à ce moment-là, tu seras bien contente de pouvoir compter dessus. Et toi, ta journée de travail ?

— C'était pas trop mal. Mais j'étais un peu distraite.

— Pourquoi ?

— Parce que je n'arrêtais pas de penser à ce collier, admis-je en touchant la chaîne pendant autour de mon cou.

Après tout, il n'avait laissé qu'une mini note, à peine une maigre explication par texto. Et je ne pouvais pas m'empêcher de trouver romantique ce geste spontané.

Il saisit du bout des doigts le pied de son verre.

— Qu'est-ce qui t'a poussé à me le donner ?

Les yeux rivés sur moi, il fit tourner son vin.

— J'en ai eu envie, c'est tout.

— Mais ça fait dix ans que tu ne l'as pas retiré !

Il haussa les épaules.

— Va savoir. Je crois que j'avais envie que tu emportes une partie de moi, où que tu sois. J'ai envie de te voir le porter pendant que je te fais l'amour. T'as pas idée comme ça m'excite de savoir que tu m'appartiens.

En réalité, je comprenais parfaitement ce sentiment. Après un long silence, il reposa son verre.

— Je vais me rafraîchir un coup.

Il recula sa chaise, quitta la table puis se dirigea vers le fond du restaurant.

Rêveuse, je me repassais ses mots en tête tout en triturant la chaîne sur ma clavicule, songeant à ce que ça ferait de sentir ses pendentifs entre mes seins pendant qu'il me prendrait, imaginant l'érection monstrueuse qu'il aurait en me voyant les porter, comme un gage de mon appartenance à lui.

J'étais tellement perdue dans mes pensées que je ne remarquai même pas l'homme qui s'approchait. Cheveux bruns, yeux verts et sourire en coin, il semblait, contre toute attente, heureux de me voir. Il n'avait pas changé d'un poil ; ses beaux bras musclés venaient parfaire son corps sculpté, d'un mètre quatre-vingt-dix.

— Pepper ?

Je me retrouvai face-à-face avec Jax, incapable de croire qu'il se tenait bel et bien devant moi, alors que je fantasmais sur Finn.

— Eh ben… Ça fait un bail.

On ne s'était plus donné de nouvelles depuis cette fameuse soirée pluvieuse où il m'avait posé un ultimatum sur le pas de sa porte, me demandant de choisir entre Colton et lui, ce qui n'avait pas tourné en sa faveur.

— Comment est-ce que tu vas ?

— Bien. Je viens de dîner avec une connaissance. Tu es ravissante… Quoique, ça ne m'étonne pas.

Étrange : j'aurais plutôt supposé que ça l'agacerait de tomber sur moi. Il aurait dû préférer m'éviter, en passant devant ma table comme s'il ne m'avait pas remarquée. Moi, je n'avais pas remarqué qu'il était là.

— Tu as l'air en forme, toi aussi. Comment se porte le marché immobilier ? Bien ?

— Toujours. Les gens chercheront toujours un endroit où se loger.

— Et ta sœur, comment est-ce qu'elle va ?

— Elle s'est installée en ville, avec son mari.

— Tu dois bien profiter de ta garçonnière grand luxe, alors !

Il haussa les épaules.

— Je ne suis pas à plaindre. À la boutique, ça se passe comment ?

— Bien. Ça aussi c'est plutôt lucratif comme marché : les femmes cherchent toujours à séduire leur partenaire, et moi, j'en récolte les bénéfices.

Il rit.

— En voilà un business qui ne connaît pas la crise !

— Possible, oui.

Après cet échange de banalités, je m'attendais à ce qu'il s'en aille. Idéalement, avant le retour de Finn. Je n'avais pas envie d'assister à la rencontre entre mon ex et mon nouveau copain. Finn n'était pas spécialement jaloux, mais il n'allait certainement pas apprécier.

— À vrai dire, je suis content d'être tombé sur toi. J'ai l'impression d'avoir un peu... excessivement réagi, pendant notre rupture.

— Ne t'en fais pas, m'empressai-je de répondre, dans l'espoir d'abréger la conversation. De l'eau a coulé sous les ponts depuis.

— C'était il y a cinq mois...

Cela me semblait être une éternité. Certes, ma relation avec Finn était plus que récente, mais tout se passait si bien que j'avais l'impression que nous avions toujours été ensemble.

— Si j'ai réagi comme ça, hésita-t-il, c'est parce que je tenais beaucoup à toi. Je me suis montré trop possessif avec toi... et je m'en excuse.

— T'en fais pas, Jax. Sans rancune.

Merde. Finn sortait des toilettes, et revenait maintenant vers moi en contournant le bar.

— J'ai merdé sur tous les plans, au lieu de t'offrir ce que tu me demandais.

Décidément, il était d'humeur bavarde. Il me serait impossible de le chasser en douceur avant l'arrivée de Finn.

D'ailleurs, il était trop tard : ce dernier venait d'arriver, armé d'une expression méfiante. Il s'approcha de sa chaise sans quitter

Jax des yeux, s'attendant manifestement à ce qu'il s'agisse d'un homme lambda en train de me draguer. Il fallut plusieurs secondes à Finn pour enfin le reconnaître.

À en juger par son regard, Jax fut tout aussi surpris que lui.

— Finn… Comment ça va ?

Mon Dieu, la gêne…

Finn ne souffla mot. Ce qui n'arrangeait rien.

Au bout d'un moment, Jax finit par se tourner vers moi.

— Bon, et ben moi je vais vous laisser profiter de votre petite soirée. Je voulais juste passer dire bonjour, en toute amitié.

— « En toute amitié », c'est nouveau, intervint Finn qui se s'était toujours pas assis. Les amis ne se posent pas d'ultimatums, si ?

Étonnamment, je notai par là que ce n'était pas la jalousie qui prévalait chez Finn. Ce dernier en voulait sincèrement à Jax de m'avoir obligée à choisir entre Colton et lui. Au lieu de s'énerver, il voulait me protéger. Mais un climat de tension s'était malgré tout installé.

Jax se figea sur place, décontenancé par l'intervention subite de Finn.

— Je viens justement de lui présenter mes excuses…

— C'est un peu dérisoire, après tout ce temps, tu ne trouves pas ? répliqua sèchement Finn. C'est trop tard. Je pense que tu ferais mieux de partir.

Jax hésita un moment, mais eut finalement l'intelligence de déposer les armes et de s'éloigner. Il avait beau être fort, il ne ferait pas le poids face à un militaire. Il tourna donc les talons et poussa la porte du restaurant.

Finn se décida à s'asseoir.

— Il suffit que je te laisse seule deux minutes...

— Il était juste venu me dire bonjour.

— Parce que tu y crois ? demanda-t-il, incrédule. Ne t'attends pas à ce que j'avale ça. Je vois mal comment un homme pourrait sortir avec toi sans te regretter par la suite. S'il est venu te parler, c'est parce qu'il sait qu'il a merdé. Il a dû rencontrer d'autres femmes depuis votre histoire, et aucune n'a retenu son attention. Il a vécu quelque chose de fort avec toi, et il aurait dû se battre au lieu de lâchement baisser les bras.

Il visait drôlement juste, mais je n'allais quand même pas confirmer ses craintes.

— Il est reparti maintenant, alors ça n'a pas d'importance.

— Tu as raison, ça n'a pas d'importance, reprit Finn. Ou plutôt, c'est *lui* qui n'a aucune d'importance.

Il prit son verre et le porta à ses lèvres, mais posa une dernière question :

— Est-ce que tu lui as parlé de nous ?

— J'en ai pas eu l'occasion, mais c'est pas grave. C'était évident qu'on dînait en tête-à-tête, non ?

Il secoua lentement la tête.

— Ce qui est évident pour toi ne l'est pas forcément pour les autres. Parfois, il faut être très explicite – comme j'ai dû l'être avec Layla.

Je m'en voulus aussitôt en songeant à tout ce qu'il avait fait pour faire comprendre à Layla qu'on était ensemble. J'aurais volontiers rendu la pareille à Finn en clarifiant les choses devant Jax, mais ce dernier ne m'en avait pas laissé le temps.

— On ne se reverra plus, alors ce n'est pas grave.

— D'accord, mais si on le recroise, j'aimerais bien que tu lui dises.

C'était un côté de Finn que j'affectionnais particulièrement. Il n'était pas vraiment jaloux, il voulait juste qu'on le présente correctement.

— Si ça arrive, je lui parlerai. Promis.

7

COLTON

Je traversai le couloir de l'immeuble puis pris soin de frapper avant d'entrer. Vu que c'était devenu sérieux entre Pepper et mon frère, je ne voulais pas courir le risque de les surprendre en plein acte sur le canapé. Cela dit, ils semblaient passer la majeure partie de leur temps chez Finn, et au moins, ainsi, ils m'épargnaient le fait de les voir non-stop ensemble.

Pepper m'ouvrit dans un pantalon de pyjama et un t-shirt qu'elle mettait pour dormir. Visiblement, elle n'avait rien de prévu ce soir.

— Salut, quoi de neuf ?

— Est-ce que je pourrais t'emprunter du sel ? J'en ai plus.

— Oui, bien sûr.

Elle se détourna en direction de la cuisine. Après avoir farfouillé dans son garde-manger, elle me brandit un grand carton de gros sel.

— Il est là depuis un moment… Mais ça ne périme pas, le sel, n'est-ce pas ? commenta-t-elle en me rejoignant sur le seuil.

Mon intérêt se posa automatiquement sur le collier à son cou, d'autant plus remarquable qu'elle ne portait rien de ce genre en temps normal. N'étant ni de l'or ni de l'argent, le bijou avait, d'ici, quelque chose de brut et d'assez masculin.

— Ça fera l'affaire. Je voulais juste me faire des pâtes.

— Alors tant mieux. Et garde-le, au fait. Je n'en aurais pas besoin.

— Merci.

Je jetai un nouveau coup d'œil à sa chaîne.

— Qu'est-ce que c'est ? lui demandai-je en désignant mon torse. Tu as un nouveau pendentif ?

Je remarquais toujours chaque changement chez Pepper, et pas parce que j'étais gay : comme je la connaissais par cœur, il lui suffisait de modifier un élément de son apparence pour que ça me saute aux yeux.

— Aah…, roucoula-t-elle en posant la main sur la chaîne métallique, un brin rêveuse. C'est celui de Finn…

Elle sortit les plaques de son t-shirt pour me montrer les inscriptions gravées.

— Il me l'a donné.

Médusé, j'étudiai les plaques rectangulaires, car je ne l'avais jamais vu sans. Il ne les retirait jamais, et même lorsqu'il portait un haut la chaîne restait visible. Ce cadeau n'était pas à prendre à la légère. Il n'aurait offert ces plaques qu'à une personne très spéciale.

— Aah, d'accord…

Elle les rangea sous son t-shirt.

— Désolée. Je ne voulais pas te mettre mal à l'aise.

— Non. Je suis surpris, c'est tout. Il n'a pas retiré ce collier depuis dix ans.

— Je sais…

L'esquisse d'un sourire s'inscrit sur ses lèvres, et ses yeux s'emplirent d'amour tandis qu'elle jouait machinalement avec la chaîne.

— Je me suis réveillée un matin avec ce collier dans la main. C'était super mignon…

Pepper m'avait déjà confié être tombée amoureuse de mon frère. Maintenant, il me fallait voir la vérité en face : mon frère était lui aussi tombé amoureux d'elle. Mon frère, le pire tombeur que j'aie jamais connu, était tombé amoureux pour la toute première fois de sa vie.

Et pas de n'importe qui. De mon ex-femme.

— Ça te va mieux qu'à lui, notai-je, en prenant exprès un ton enjoué.

En réalité, j'étais secoué par cette déconcertante découverte. Il semblait que leur relation n'allait pas, contrairement à ce que je m'étais répété, se terminer en un rien de temps, dans les larmes et la douleur. Il y avait une possibilité pour que ça dure… et que ça marche.

— Je ne suis pas d'accord… mais merci.

— Bon, eh ben… Je ferais mieux d'aller me faire à manger. À plus, lui glissai-je en retraversant le couloir dans l'autre sens.

— Ouais, à demain.

INSTALLÉ DEVANT LA TÉLÉ, une bière à la main, je commençais enfin à me détendre. Tom étant sorti retrouver des amis, j'avais mangé seul. Cet appartement me semblait trop grand pour une personne à présent. J'avais si longtemps cohabité avec Finn que je n'avais plus l'habitude de la solitude.

J'entendis un coup à la porte.

Il était plus de vingt heures, alors excepté Pepper, je devinais mal qui cela pouvait être.

J'ouvris donc rapidement, m'attendant à voir sa belle chevelure brune et ses iris verts, ainsi que ce pyjama qu'elle rendait stylé rien qu'avec son chignon relevé.

Mais ce fut sur mon frère que mes yeux se posèrent.

À en juger par sa tenue, un sweat à capuche sombre et un jogging assorti, sa visite n'avait rien de prémédité. C'était à se demander s'il ne s'était pas soudain souvenu de quelque chose alors qu'il regardait tranquillement la télé, et qu'il n'avait pas résisté au besoin de venir me parler en face, pour me coincer entre quatre yeux peut-être ? Cela faisait des semaines qu'on ne s'était plus adressé la parole, depuis cet atroce dîner à quatre.

Je fis un pas de côté pour le laisser entrer, préférant empêcher Pepper de nous entendre discuter dans le couloir.

Il entra donc et jeta un regard circulaire à la pièce.

— C'est exactement comme avant. Tu as tout remis à sa place on dirait.

— Ça me paraît différent pourtant. J'avoue que je me suis vite habitué à vivre en coloc. Je ne sais plus vivre seul.

— Ouais, je vois ce que tu veux dire.

Il s'avança dans l'appartement, les mains dans les poches.

Je ne pus m'empêcher de lorgner son cou à la recherche de sa chaîne, même si je savais pertinemment qu'il s'en était défait.

Après avoir inspecté cuisine et salon, il se retourna pour me faire face. Ses bras se croisèrent lentement sur son torse, puis il m'observa en silence, comme s'il attendait que je parle le premier, alors que c'était lui qui s'était pointé à l'improviste. Je finis par faire le premier pas.

— Je ne te déteste pas. Je suis désolé de t'avoir dit ça.

Je m'étais emporté... mais ça restait bas. Ma colère avait eu raison de moi, me faisant dire des choses que je ne pensais pas.

— Je t'en veux encore, mais tu es mon frère.

Son regard s'attendrit, me laissant penser qu'il ne prenait pas mes excuses à la légère.

— Merci... Ça me touche.

— Ça n'a pas été facile, tu sais, de te voir avec elle. C'est gênant, voire sacrément humiliant. Mais il est temps que je tourne la page et que j'essaie d'accepter la situation. Je suis encore blessé que tu te sois permis de sortir avec elle sans m'en parler, mais je veux être là pour Pepper... Surtout vu comment elle a été là pour moi.

— Heureux de te l'entendre dire. Elle n'a pas eu une vie facile, et elle mérite d'être heureuse.

— Oui... Je sais.

Il fit un pas vers moi, le menton légèrement baissé.

— Pepper et moi, on vit quelque chose de beau. Je t'épargne les détails, mais disons qu'on est tous les deux comblés l'un grâce à l'autre. Avec elle je me sens... vivant. Mais tu es mon frère, et malgré tout ce que je ressens pour elle, si je dois te perdre pour ça, ça n'en vaut pas la peine. Alors si tu veux vraiment que je la quitte, je le ferai.

J'en restai sans voix.

— Tu es sérieux ?

— Oui, décréta-t-il en levant les yeux vers les miens. Je vois mal comment je pourrais être heureux en couple si mon propre frère me déteste.

— Je te l'ai dit, je ne te déteste pas…

— Enfin, tu vois ce que je veux dire. C'est quand même très dissuasif. J'ai beau la vouloir de tout mon cœur, je suis prêt à renoncer à elle si c'est pour garder mon frère. Ça me tuerait de la quitter, mais je le ferais. Bien sûr, cette fois, je lui dirais la vérité, je ne te couvrirais pas, mais je le ferais. Je ne veux pas que tu t'imagines qu'elle compte plus que toi dans ma vie, parce que ce n'est pas le cas. Je t'aime, Colton. Je suis désolé si je ne sais pas te le montrer. Tu me connais, je ne fais pas dans le sentimentalisme… J'ai du mal à mettre des mots sur ce que je ressens. J'ai tendance à partir du principe que mes sentiments crèvent les yeux, mais je réalise, avec le recul, que c'est complètement con comme postulat. Tout ça pour dire que si je dois rompre pour qu'on se reparle tous les deux, je le ferai. Est-ce que c'est le cas ?

S'il m'avait posé cette même question il y a trois semaines de cela, j'aurais répondu oui, sans l'ombre d'un doute. J'aurais tout donné pour éloigner ces deux individus l'un de l'autre. Mais maintenant, c'était la dernière chose que je voulais – et pas uniquement par amour pour Pepper.

— Non… ne fais pas ça.

— Est-ce que tu en es sûr ? Parce que sinon, il faut que tu me le dises maintenant. Je ne peux pas prendre le risque de m'attacher davantage. Après, ce sera trop tard.

— Non, vraiment. Ce n'est pas ça, que je veux.

Comme ces mots s'échappaient de mes lèvres, je sentis mon corps se détendre pour la première fois depuis longtemps. Toute ma colère s'était dissipée, et enfin, je ne ressentais plus de peine suite à la trahison de Finn.

— Vous êtes heureux, Pepper et toi... Et je suis heureux pour vous.

Malgré sa réserve, je pus déceler une lueur d'émotion dans son regard.

— C'est vrai ?

J'opinai du chef.

— Elle m'a montré ton collier.

Il resta de marbre, et me dévisagea de ses yeux grands ouverts pendant plusieurs longues secondes, sans même respirer.

— Je sais que tu ne lui aurais jamais offert si elle n'était pas très importante pour toi, admis-je.

Il finit par expirer l'air retenu captif dans ses poumons.

— Et c'est vrai. Si on m'avait raconté, il n'y a pas si longtemps, qu'une femme allait me faire changer d'avis sur le célibat, me rendre adepte de la monogamie et me transformer en une petite mauviette complètement dépendante du bon vouloir de sa copine, je ne l'aurais jamais cru. Et j'aurais encore moins cru être heureux dans une situation comme celle-ci. Mais je le suis... au point d'avoir eu envie d'offrir à Pepper la chose qui me tenait le plus à cœur au monde.

Il baissa à nouveau la tête, le regard brillant de souvenirs refoulés.

— Ça ne me dérange vraiment pas, Finn. Je me suis fait à l'idée.

Il releva les yeux, l'air soulagé.

— J'avais peur que tu ne l'acceptes jamais.

— Moi aussi je le craignais. Mais en voyant combien vous tenez l'un à l'autre... Enfin, disons qu'on se fiche pas mal de mon avis. Si cette relation est vraiment spéciale, je vais devoir mettre mes objections de côté et vous soutenir. J'aurais préféré que ça se passe autrement... mais je te pardonne.

— Ça me soulage vraiment que tu me dises ça, mec.

— Ouais...

Rester en colère contre lui me demandait bien trop d'énergie. Cela n'en valait pas la peine. La rage avait envenimé mes entrailles, et propulsé dans mes veines à chaque battement de cœur un sang gorgé de haine. J'étais devenu un être aigri, aux antipodes de celui que je voulais être. Peut-être mon ressentiment avait-il été légitime – Finn m'avait, après tout, trahi –, mais pas question non plus de constituer un obstacle à leur bonheur.

— Ma colère s'est évanouie d'un coup quand Pepper m'a expliqué qu'elle était amoureuse de toi. Ses mots m'ont fait l'effet d'un électrochoc. Elle ne dit jamais de choses comme ça. Elle ne ressent jamais de choses comme ça. C'était à peine si elle supportait l'idée d'être en couple avec Jax, mais quand elle a cru qu'il se passait un truc entre Layla et toi, elle s'est retrouvée à sangloter toute seule sous la pluie, à me dire à quel point elle était folle amoureuse de toi, qu'elle ne savait plus ce qu'elle allait devenir. Alors comment est-ce que je pourrais lui en vouloir ?

Finn me regardait fixement, les yeux écarquillés, gonflant le torse à chaque puissante inspiration. Il sembla respirer plus fort, mais ne cilla pas.

— Elle t'a dit ça ?

— Oui.

Ne lui avait-elle pas fait part de ses sentiments ? J'avais cru comprendre qu'il lui avait offert son collier en réponse à cette déclaration, pour lui prouver lui aussi son amour. Leur amour se voyait à des kilomètres, et je refusais de m'interposer entre deux êtres si proches. À côté, mes réserves sur la durée potentielle de leur relation ne valaient pas grand-chose.

Ses mains se posèrent sur ses hanches, et il détourna les yeux, visiblement concentré.

— J'ai arrêté de lui en vouloir depuis qu'elle m'a confié ça. Pepper est trop pragmatique pour tomber amoureuse de n'importe qui. Elle est exigeante. Patiente. Mais avec toi, elle a plongé tête la première... Te voir t'en aller avec une autre femme lui a fait complètement perdre la tête. Si elle éprouve des sentiments d'une telle puissance pour toi, pas question que je lui interdise de te voir. Et ça vaut aussi pour toi. De te voir amoureux d'elle... ça me fait réaliser que votre relation dépasse nos petits différends. Alors je dois laisser couler... et passer à autre chose.

Il continua à fixer le mur, le souffle court. Avait-il bien entendu tout ce que je venais de lui dire ?

— Finn, ça va ?

Il finit par se retourner vers moi, les bras tombant doucement le long de son corps.

— Oui, pardon... j'étais en train de réfléchir.

Je m'avançai vers le canapé, m'assis, puis lui proposai :

— Tu veux t'asseoir ?

Il s'affala dans le fauteuil le plus proche, celui où il avait l'habitude de lire quand il vivait chez moi. Son regard était éteint ; il semblait absent, comme si je l'avais pris de court. Il se racla la gorge, les yeux rivés sur moi.

— Je suis content qu'on ait pu tirer tout ça au clair... Tu sais, ça me pesait. Je ne supportais pas l'idée que tu puisses m'en vouloir à ce point. Je ne me serais jamais cru capable de te faire un coup pareil, moi non plus... Et pourtant, je n'ai pas réussi à garder mes distances avec elle. Ce n'était même pas une question d'attirance physique ou de désir. C'était bien plus profond.

— Oui, j'ai fini par le réaliser. C'était très mesquin de ma part de t'accuser de vouloir profiter d'elle. J'aurais dû te prendre au sérieux. Je suis désolé. C'était injuste de ma part, et vraiment pas sympa… Et je tenais à te présenter mes excuses.

Mon frère me contempla, les bras sur les accoudoirs.

— T'inquiète, Colton. Je comprends.

— Je comprends mieux ton insistance, maintenant que je sais que c'est sérieux entre vous. Et c'est quelque chose dont je devrais me réjouir. D'une certaine manière, c'est la garantie que Pepper fera toujours partie de la famille. On continuera à passer les fêtes de fin d'année ensemble. Ses enfants seront mes neveux et nièces. Si on voit les choses sous cet angle, je n'aurais pas pu rêver d'un meilleur scénario.

Pepper continuerait ainsi à faire partie de ma vie. On aurait encore le même nom de famille, et notre lien ne s'arrêterait pas là. Le sang de ma famille coulerait dans les veines de ses enfants. Au lieu d'amèrement ressasser la trahison de Finn, il valait mieux que je me concentre sur les avantages que cela présentait. N'était-il pas préférable qu'elle finisse avec mon frère plutôt qu'avec un type comme Jax, à qui notre complicité posait problème ?

— Je crois que tu t'emballes un peu trop vite. On n'en est pas encore là, la question du mariage et des marmots ne se pose même pas pour le moment. On commence à peine à sortir ensemble.

— Mais si vous êtes amoureux, c'est la suite logique, non ?

Il tourna la tête, fixant d'un air absent l'écran noir de la télé. Je poursuivis :

— Et ça me fait plaisir, franchement. C'est justement ce que j'essaie de te dire. Je crois vraiment que je me suis fait à l'idée. J'avoue que j'étais mal à l'aise à l'idée que vous fricotiez tous les deux, si c'était pour une histoire sans importance, si tu te permettais de mettre notre amitié en danger pour ce que n'importe qui aurait pu t'offrir. Cependant, si vous êtes amoureux, ça change la donne. Ça change tout.

Les yeux vissés sur la télé, il se frotta la mâchoire sans rien dire. J'eus beau l'examiner, je n'arrivais pas à déterminer ce qu'il ressentait.

— Tu es drôlement silencieux.

Il tourna doucement la tête vers moi.

— Je... C'est juste que je ne sais pas quoi dire.

— Alors, ne dis rien. C'est derrière nous maintenant. On peut passer à autre chose.

— Oui... C'est super, fit-il en agrippant les accoudoirs, hochant lentement la tête. Mais pour être honnête, il y a quelque chose qui me tracasse.

— Quoi ?

— Si jamais je ne l'épouse pas, est-ce que tu m'en voudras toujours ?

— Non, ce n'est pas ce que j'ai dit.

— C'était fortement sous-entendu quand même.

— Non. Je suis tout simplement soulagé de savoir que tu ne te sers pas d'elle. C'est sérieux entre vous, votre relation a de l'avenir. Vous vous aimez. Tu n'as qu'à voir ma réaction comme celle d'un père : j'avais besoin de te savoir bien intentionné vis-à-vis d'elle. Maintenant que c'est le cas, je suis heureux. C'est tout ce que je voulais dire.

Il opina.

— Compris.

Je me sentais soulagé d'un poids immense. Cette conversation épineuse était enfin derrière nous.

— Zach et moi, on comptait aller au match des Mariners demain, proposai-je en détournant la conversation. Tu veux te joindre à nous ?

Ça faisait une éternité que je n'avais pas traîné avec mon frère. Et chaque fois qu'on s'était vus, on n'avait fait que se crier dessus.

Finn se détendit en m'entendant changer de sujet.

— Carrément. Ça me dit bien.

— Tu peux inviter Pepper si tu veux. Elle adore le base-ball.

— Nan… Ça fait un bail qu'on n'a rien fait ensemble… entre mecs.

8

PEPPER

En entrant à Mega Shake, je repérai bientôt Colton, installé à notre table habituelle. Deux menus nous attendaient déjà devant lui, ainsi que deux *root beers*.

— J'adore arriver après toi, lui lançai-je en m'approchant de lui.

Je posai mes fesses sur la chaise en plastique et pris sans plus de manières mon burger à deux mains. Son costard-cravate noir faisait honneur à sa profession. Il suffisait de le voir pour comprendre qu'il était avocat.

— Parce que c'est moi qui paie pour la bouffe ? ironisa-t-il.

— Ouais. Et que je n'ai pas à attendre.

Je croquai à pleines dents dans la viande bien juteuse. Les buns étaient toastés à la perfection, réalisés avec pile la bonne quantité d'huile, et le ratio viande-pain ajusté par une parfaite dose de condiments.

— Je vais m'efforcer d'arriver en retard plus souvent.

— Eh, je te rappelle que je t'ai offert du sel l'autre jour !

Il leva les yeux au ciel.

— Du sel qui avait au moins trois ans, t'as oublié de le préciser !

— Et alors ? Ça t'a bien dépanné quand même, non ?

— Mes spaghettis n'avaient pas d'arrière-goût, si c'était ce que tu te demandais.

Je saisis une poignée de frites que j'enfournai fissa dans ma bouche. À quoi bon faire semblant d'avoir de bonnes manières, quand cet homme me connaissait par cœur ?

— C'était comment, au travail ?

— Normal je dirais, rien de très intéressant. En revanche, j'ai une nouvelle qui t'intéressera peut-être davantage.

— Concernant Tom ?

— Mieux.

— Tu as reçu des coupons de réduction pour Mega Shake ?

— Non non. Finn est passé chez moi hier soir.

— Ah bon ? m'ébahis-je.

Finn s'était retrouvé à quelques mètres de ma porte, mais n'avait pas jugé bon de passer m'embrasser ? Et pour couronner le tout, il n'avait pas trouvé bon de m'en parler ?

— Ouais, confirma-t-il. On a longuement discuté. Je lui ai présenté mes excuses pour toutes les saletés que je lui avais dites.

— C'est bien. Ça a dû lui faire plaisir.

— Ouais, c'est ce qu'il m'a dit. On a parlé pendant un bon moment, et ça y est, on est réconciliés.

— Pour de bon ? demandai-je, peinant à en croire mes oreilles.

— Ouais. En voyant que c'était sérieux entre vous, j'ai compris qu'il était temps d'enterrer la hache de guerre. Il m'a dit qu'il était prêt à te quitter si c'était ce que je voulais, mais je lui ai assuré que c'était loin d'être mon souhait.

— C'est super !

— Alors on a fini par faire la paix, et on s'est mis d'accord pour passer à autre chose. On va au match des Mariners cet aprèm.

— Eh ben ! C'est génial que vous recommenciez à vous voir... J'avais commencé à perdre espoir !

— J'ai eu besoin d'un peu de temps pour trouver la force de me concentrer sur les aspects positifs de la chose. Parce que si on y réfléchit bien, je suis gagnant moi aussi.

— C'est-à-dire ?

— Si vous vous mariez un jour, ça veut dire qu'on redeviendra une famille, et que nos enfants seraient cousins ! On continuerait à passer les fêtes ensemble, sans jamais avoir peur qu'un mec nous force à moins nous voir. Tu serais ma belle-sœur ! C'est génial, non ?

Sa sincérité me fit sourire.

— Oui. Ce serait génial.

— Tu vois ? J'ai décidé d'être positif.

— Tes projections me font rêver, à vrai dire.

Il souleva son burger et en prit plusieurs bouchées.

— En tout cas, ce n'est plus la peine de vous soucier de moi. Profitez pleinement.

— Merci Colton. J'aimerais beaucoup qu'on se refasse une soirée match, ou quelque chose du genre, vu qu'on a arrêté de traîner tous ensemble depuis toute cette histoire. Si tu savais comme je suis soulagée de savoir qu'on va pouvoir se détendre !

— Oui. Moi aussi.

— Et surtout, je suis ravie de savoir que vous vous êtes réconciliés, Finn et toi. Il t'aime énormément, tu sais ?

— Oui... Je sais.

Je sirotai mon soda, sentant un poids immense s'ôter de mes épaules. Fini le temps où je devais marcher sur des œufs ! J'allais enfin pouvoir me confier à mon meilleur ami, lui dire combien j'aimais Finn, lui faire part de mon bonheur.

— Finn et moi, on est allés à un dîner organisé par son service, et...

— Attends, il t'a emmené à un évènement organisé par son taf ? s'étouffa-t-il, hébété.

— Il m'a offert le collier qu'il ne quittait jamais, mais c'est ce détail-là qui te choque ?

— Je t'accorde que c'est un peu con ! remarqua Colton avant de reprendre une bouchée. Alors, qu'est-ce que tu voulais me raconter ?

— On a croisé cette pimbêche de Layla.

— Putain... Quelle pétasse, j'te jure !

— Fallait voir sa robe ! Complètement indécente, surtout dans un contexte pro. La panoplie parfaite de la nana en mode chasse ! Elle s'est langoureusement approchée de lui, puis elle a fait ce truc, là, genre « je fais voltiger mes cheveux façon pub pour shampoing » tout en battant des cils exagérément. La nana tranquille en train d'essayer de le séduire sous mon nez, comme si j'existais pas !

— Dis-moi que tu lui en as collé une ! trépigna Colton en attrapant quelques frites. Va vraiment falloir qu'elle se calme, celle-là ! Elle essaie désespérément de se faire Finn depuis le jour où il a emménagé !

— J'en ai pas eu besoin : Finn lui a dit que j'étais sa copine, et elle s'est cassée.

— Waouh ! Ça m'étonne de lui !

— Moi aussi. Il a été très explicite en plus... C'était vraiment craquant ! On n'avait encore jamais parlé de notre couple jusque là. J'évitais le sujet pour ne pas lui faire peur. Tu sais comment il est, vis-à-vis de l'engagement, hein ? Il a passé sa vie à papillonner. Je me suis dit que pour avoir mes chances, il fallait que j'attende, que je laisse l'idée germer toute seule. Et c'est ce qui a fini par arriver.

— Je n'arrive pas à croire qu'on parle toujours du même Finn. Il est métamorphosé.

— Je sais.

— Et je le préfère comme ça.

Il continua à manger tranquillement. Cette conversation ne semblait pas le mettre mal à l'aise.

— Moi aussi. Ah, puis devine quoi ! L'autre soir, au resto, on est tombés sur Jax.

— Merde... Ça a dû être gênant.

— Un peu. Finn était parti aux toilettes, et Jax en a profité pour venir s'excuser pour la manière dont il avait réagi vis-à-vis de toi... Même si je t'avoue que je m'en fiche, en fait. Je n'ai pas pensé une fois à lui depuis notre rupture. Mais enfin bref, Finn est revenu à ce moment-là et il y a eu comme un malaise.

— Tu m'étonnes, s'esclaffa Colton. Qui aurait envie de se frotter à un type comme Finn ?

— C'est sûr. D'ailleurs, Jax n'a pas tardé à partir. Puis Finn m'a reproché de ne pas lui avoir dit qu'on était ensemble, mais l'occasion ne s'est pas présentée sur le coup. Ça s'est passé très vite, en deux minutes à peine.

— Finn a bien trouvé le temps de dire ça à Layla, pourtant…

— Mais il travaille avec elle. Jax, c'est même pas sûr que je le recroise un jour !

— C'est pas faux.

Je repris mon burger et en dévorai la moitié, avant de faire passer le tout avec ma *root beer*. Que j'étais heureuse de retrouver mon ami et de pouvoir lui parler de tout et de rien comme au bon vieux temps !

— Je me demande quand il en parlera à mes parents, fit-il tout haut.

— J'en sais rien. C'est un détail qu'on n'a pas encore évoqué.

— Tu sais, je pense qu'ils vont être ravis. Vu qu'ils t'aiment comme leur propre fille, je suis sûr qu'ils vont sauter de joie en apprenant que tu ne quittes pas la famille.

— J'espère. J'ai peur qu'ils trouvent ça bizarre…

Il haussa les épaules.

— Quand ils vous verront ensemble, ils comprendront que non. Ma mère a toujours eu peur que Finn finisse seul. Elle sera contente de voir qu'il a trouvé quelqu'un, surtout qu'elle t'adore déjà.

— Oui, tu as sûrement raison, notai-je. Je vais attendre qu'il m'en parle. Le secret, avec Finn, c'est de ne jamais le presser à faire quoi que ce soit – il faut lui laisser le temps de faire son bout de chemin.

— Il m'a l'air prêt, à moi, affirma Colton. Ce collier comptait énormément pour lui, et il n'a pas hésité à te l'offrir. Ce qui ne peut signifier qu'une chose.

Je passai distraitement mes doigts sur la chaîne en me remémorant ce matin, où, au réveil, je l'avais trouvé dans le creux de ma main. Finn me l'avait offert comme ça, sans raison apparente. Il n'était pas doué pour exprimer ses sentiments, mais je savais lire dans son regard. Même s'il ne m'avait jamais dit qu'il m'aimait, voire s'il n'en était pas encore tout à fait là, je me savais spéciale à ses yeux, unique. J'étais sienne. D'ailleurs, il n'aurait jamais confié ces plaques à quelqu'un qu'il ne voulait pas voir chaque jour.

Je n'avais guère besoin d'une déclaration pour deviner ce qu'il ressentait vraiment.

Car son amour, il me l'exprimait autrement – à sa manière.

En rentrant du travail, je lui passai un coup de fil.

— Salut, bébé, me lança-t-il en décrochant, de sa jolie voix rauque qui faisait fondre toutes les femmes.

Moi y compris.

— J'ai déjeuné avec Colton. Il m'a parlé de votre conversation.

J'entendis en arrière-plan un son de clés puis quelques pas, suivis par les jappements de Soldier.

— Ouais. Ça s'est très bien passé. Je vais passer le prendre, justement. On va voir un match des Mariners.

— Il m'a raconté, oui. Je suis super contente que vous vous soyez réconciliés !

— Moi aussi. Je ferais mieux de me mettre en route. Je suis déjà à la bourre.

— D'accord. Est-ce que ça te tente de passer chez moi après l'avoir raccompagné ?

Je n'avais déjà pas vu Finn la veille ; deux soirs d'affilée, ça commençait à faire beaucoup. Pour la plupart des couples en début de relation, c'était chose normale, mais le sexe était si bon avec lui que j'avais du mal à m'en passer pendant plus de vingt-quatre heures.

— Non merci, refusa-t-il. Je bosse encore de bonne heure demain, alors vu que je vais rentrer tard, je pensais rentrer directement chez moi.

— OK…, répondis-je, échouant lamentablement à masquer ma déception.

— Mais je suis de congé le lendemain. Tu pourrais toujours venir à ce moment-là ?

C'était mieux que rien, j'imagine.

— Ça marche. Je vais essayer de patienter jusque là alors.

— Je te manque déjà ?

Son adorable ton enjoué me fit me liquéfier sur place. Je brûlais de lui dire combien je l'aimais, que je l'aimais si fort que ça me faisait peur. Alors que je n'étais pas comme toutes ces femmes obsédées par le mariage, cette idée me terrifiant même depuis mon divorce, voilà qu'aujourd'hui tout d'un coup je n'avais plus que ça en tête : sauter le pas, aussi vite que possible. Rentrer tous les soirs à la maison et le retrouver à la porte. L'embrasser tous les matins.

— Tu me manques tout le temps…

Le silence se fit sur la ligne, amplifiant l'émotion contenue dans ces quelques mots.

— Tu me manques aussi. On se revoit vite, finit-il par répondre.

Avant de brusquement raccrocher.

— Comment était le match ?

Colton était passé me voir au magasin pendant sa pause déjeuner, et venait de me tendre la moitié de son sandwich.

— Bien. On s'est empiffrés de bière et de hot-dogs. Il y a eu des prolongations, alors on est rentrés assez tard. Je te raconte pas la fatigue, ce matin. Mais bon, ça en valait la peine.

Il porta son sandwich à sa bouche puis croqua dedans.

— Tant mieux si vous vous êtes amusés. C'était pas trop gênant, au début ?

— Un peu, oui. Finn n'était pas très bavard. Mais il est toujours comme ça, au final.

— Oui, tu n'as pas tort.

— On a reçu plein de bières gratuites, toutes offertes par des femmes…

— *On* ? C'était surtout pour Finn, j'imagine, relevai-je en levant les yeux au ciel.

Je fulminais intérieurement : il ne pouvait pas mettre un pied dehors sans se faire alpaguer ! Colton haussa les épaules.

— Je tournais ça comme ça pour pas te froisser.

— Je vais devoir m'y habituer… Mais j'ai encore du mal.

— Tu verras, ça te paraîtra futile après un temps. Mais je te comprends. Ça m'énerverait qu'on drague Tom sans arrêt. Mais si ça peut te consoler, Finn ne se prête jamais au jeu.

— Je sais.

Finn était honnête et particulièrement loyal. Il ne me tromperait jamais, même s'il pensait pouvoir me le cacher. Il était comme ça. S'il s'engageait auprès de quelqu'un, ce n'était pas à moitié.

— Il m'a raccompagné assez tard, puis il est rentré.

— Je lui avais proposé de passer chez moi, mais il m'a expliqué qu'il travaillait tôt ce matin.

— Ah bon ? s'étonna Colton. À moi, il m'a dit qu'il ne commençait qu'à onze heures.

— Tu as dû mal entendre.

Finn ne me mentirait pas, et s'il avait fait une erreur sur son emploi du temps, il m'en aurait informée.

— Possible.

Il termina son demi-sandwich puis regarda sa montre.

— Je vais devoir retourner travailler. Je me disais qu'on pourrait organiser une soirée jeux de société chez moi ce week-end. Ça te tenterait ?

— Carrément. Mais comment est-ce qu'on va faire pour les équipes ? On l'emporte toujours quand on est tous les deux.

— Je me disais qu'on pouvait se mettre par couples. Toi et Finn, moi et Tom, Zach et Stella.

— Et Tatum, on en fait quoi ? Elle ne voit personne en ce moment. Je ne voudrais pas qu'elle se sente exclue.

Il haussa les épaules.

— Je lui dirai d'inviter quelqu'un. Si elle ne peut pas, tant pis. On jouera quand même.

Il se pencha par-dessus le comptoir pour m'embrasser sur la joue, puis ajouta :

— À plus, chérie.

Cela faisait si longtemps qu'il ne m'avait plus appelée ainsi que j'avais oublié l'effet que ça me faisait. Il y avait tant d'affection et de complicité dans ce simple mot que j'eus soudain l'impression que tout était de nouveau comme avant, qu'on était redevenus les meilleurs amis du monde.

— Oui... à plus.

EN RENTRANT CHEZ MOI, je sélectionnai un joli ensemble de lingerie et me préparai pour aller chez Finn. Ayant prévu d'y passer plusieurs jours comme le week-end approchait, je rangeai quelques affaires dans un sac. J'avais tellement pris l'habitude de dormir chez lui que mon lit me semblait inconfortable à présent, et je ne trouvais plus le sommeil sans le rythme berçant de ses respirations. Sans cela, je me retournais sans cesse dans mes draps, jusqu'à ce que l'épuisement l'emporte.

Il m'appela quelques heures plus tard.

— Salut, bébé.

— Salut. Je viens de finir de faire mon sac. Tu veux que je t'apporte quelque chose ?

— ... À vrai dire, ça te dérange si on remet ça ?

Ma déception fut pire encore que la fois précédente.

— Pourquoi ? Tout va bien ?

— Oui... J'ai une horrible migraine depuis hier soir, et je ne suis pas vraiment d'humeur à recevoir du monde.

N'étais-je que cela, pour lui ? Du *monde* ?

— Tu as besoin de quelque chose ? J'ai de l'aspirine à la maison.

— J'en ai déjà pris. Ça ne fait pas effet.

— Tu devrais peut-être aller aux urgences dans ce cas.

— Non. J'en suis pas là, s'amusa-t-il à l'autre bout du fil. T'inquiète, je me sentirai mieux demain. De toute façon la maison est en bordel. J'ai des lessives en retard.

Sans vouloir l'accuser de se chercher des excuses, je ne pouvais pas m'empêcher d'avoir quelques soupçons.

— Finn, je sais que tu ne me mentirais pas, alors je croirai ta réponse, quelle qu'elle soit… Mais est-ce que tout va bien ?

Il se tut un long moment. Ce qui n'était pas bon signe.

Quand il finit par me répondre, son ton avait considérablement changé.

— Je t'ai déjà dit que j'avais une migraine.

Il parut agacé de mon insistance, et ne tarda pas à reprendre :

— On passe déjà beaucoup de temps ensemble. Je peux bien me prendre un moment pour moi, non ?

C'était la première fois qu'il me parlait sur ce ton. À l'entendre, on aurait pu croire que j'étais hyper collante.

— Non mais dis donc, quand j'ai mes règles, je ne me comporte pas comme une connasse, moi ! Ta migraine ne t'autorise pas à mal me parler.

Certes, j'aimais cet homme plus que de raison, mais hors de question que j'accepte un tel comportement pour autant. Je continuai, dépitée :

— Vu ton attitude, j'en déduis qu'il y a un problème que j'ignore, mais apparemment tu n'as pas le courage de m'en parler directement. Alors tu inventes des excuses à la con pour m'éviter, comme un lâche. Je te croyais différent.

— Je t'interdis de…

— Ciao.

Je lui raccrochai au nez. Et puisque c'était à mon tour de faire la difficile, j'éteignis carrément mon téléphone.

APRÈS PLUSIEURS JOURS sans nouvelles de sa part, je commençais à me faire du souci.

Finn étant aussi têtu que son frère, qu'il refuse de me rappeler par fierté après que je lui ai raccroché au nez ne m'étonnait pas des masses.

Ce qu'il ignorait, en revanche, c'est que j'étais plus têtue encore. S'il voulait jouer à ce petit jeu, d'accord, mais il n'en sortirait pas vainqueur.

Pourquoi céder ? Je n'avais rien fait de mal après tout ; c'était lui qui s'était comporté comme un con. Tout ce que je voulais, c'était passer plus de temps avec lui. On passait le plus clair de notre temps ensemble, alors comment aurais-je pu deviner que quelque chose avait changé ?

Mais en dépit de ma colère, la peur s'installait peu à peu.

Son comportement ne présageait rien de bon. Tout allait si bien jusque là… Qu'avait-il pu arriver pour qu'il vrille à ce point ? Je commençais à me demander s'il n'y avait pas un quelconque rapport avec sa conversation récente avec Colton. Y avait-il quelque chose qu'on m'avait caché ?

Finn allait-il me quitter ?

C'était pourtant impossible. Il venait de m'offrir son collier, collier auquel il tenait par-dessus tout. Donc non, ça ne pouvait pas être ça.

Mais alors, quel était le problème ?

Alors que je venais de dîner, et de descendre à moi toute seule une bouteille de vin, j'entendis frapper à la porte.

Finn avait ainsi flanché le premier.

Tant mieux. Parce que je ne l'aurais pas fait.

Je me penchai sur le judas et le vis sur le palier, une légère repousse voilant son menton. Il portait un sweat noir, contrastant avec la pâleur de son teint, et fixait le sol.

M'étant blindée, juste au cas où, je lui ouvris.

— Oui ? demandai-je sèchement en gardant volontairement une main sur la poignée, de sorte à lui signifier qu'il n'était pas le bienvenu chez moi.

Il releva le nez pour me regarder. Ses yeux étaient éteints et son visage fermé.

Je laissai un silence s'installer, refusant de lui tendre une perche. C'était là l'arme la plus redoutable de Finn, mais à force, j'y étais devenue insensible.

Il finit par expirer un coup par les narines.

— Je peux entrer ?

— Non.

Il fronça les sourcils.

— Tu veux vraiment qu'on ait cette conversation dans le couloir ?

— Ça ne change rien. Colton dort de toute façon.

— Comment est-ce que tu le sais ?

— Je le sais, c'est tout, rétorquai-je en faisant le geste de commencer à refermer. À moins que tu sois venu me présenter tes excuses, je n'ai rien à te dire. Clairement, ce n'est pas à moi de le faire – vu que je n'ai rien fait de mal.

Il enfonça les mains dans les poches de son jean.

— J'aimerais entrer, qu'on puisse avoir une vraie conversation.

— Je t'ai déjà dit que...

Mais sans me laisser finir ma phrase, il poussa la porte grande ouverte et s'invita à l'intérieur, me forçant à reculer. Il referma derrière lui puis s'avança dans la pièce.

— Oui, je me suis mal comporté. J'ai mal géré la situation, et j'ai dit des choses que je regrette. J'aimerais qu'on puisse passer à autre chose maintenant.

Démaquillée et pas coiffée, je croisai les bras. Passée une certaine heure, j'avais cessé de m'attendre à ce qu'il surgisse à l'improviste.

— Tu t'attends vraiment à ce que je passe l'éponge sans même avoir droit à des excuses, ou une explication au moins ?

— Je suis désolé, dit-il en me regardant droit dans les yeux.

Au moins, il semblait sincère.

— Je me suis comporté comme un con sans aucune raison valable. Je n'ai pas vraiment d'explication à te donner, alors je ne vais pas t'inventer des bobards. Mais j'aimerais un joker. Est-ce qu'on ne pourrait pas, juste pour cette fois, tout oublier et passer à autre chose ? Si je suis là, c'est parce que tu me manques. Je suis là parce que ça fait des jours qu'on n'a pas baisé, et que je rêve d'une réconciliation sur l'oreiller. Je suis là parce que j'ai envie de dormir avec toi, et d'oublier ces quelques jours horribles.

Déjà, il n'allait pas me quitter. Ouf !

— Pourquoi est-ce que tu refuses de me dire ce qui n'allait pas ?

Il détourna les yeux.

— Je ne veux pas en parler. C'est tout.

— Mais qu'est-ce que j'ai fait qui t'a mis en colère comme ça ?

Il baissa la tête et poussa un gros soupir.

— Je t'ai dit que je ne voulais pas en parler. Viens, on oublie toute cette histoire.

— Mais si ça se reproduit, hein ?

Il releva le menton, s'enfermant dans le mutisme.

— Dis-moi, Finn, insistai-je. Je vois mal comment on pourrait passer à autre chose sans en parler d'abord. S'il y a quelque chose qui t'embête dans mon comportement, je préfère que tu me le dises. J'arrêterai. Est-ce que je passe trop de temps chez toi ? Est-ce que mes produits prennent trop de place dans ta salle de bain ? Est-ce que ça t'énerve vraiment quand j'achète des cadeaux à ton chien ?

— Non. Tu n'as rien fait de mal.

— Alors qu'est-ce qui t'a fait vriller comme ça ?

J'étais de plus en plus perdue. Qu'est-ce qui avait pu pousser Finn à me mentir et à me repousser ?

— Tu m'as dit que tu devais travailler de bonne heure l'autre jour, mais Colton m'a assuré le contraire. Est-ce que tu m'as menti ?

Il ferma momentanément les paupières, comme s'il était gêné.

— Si tu te sens obligé de me mentir, c'est qu'il y a quelque chose qui coince, clairement, le pressai-je.

— J'avais juste besoin d'être un peu seul.

— Mais pourquoi ? Tout allait si bien entre nous, et tout d'un coup, tu nous fais tout un cinéma pour je ne sais quelle raison...

Je portais encore son collier, que pour être honnête, je ne retirais jamais. Même quand il m'avait énervée en me parlant mal, j'avais préféré le garder.

Il resta silencieux, refusant de me répondre.

— Finn, tu me fais peur. Tout allait parfaitement bien entre nous jusqu'à récemment. Si quelque chose te dérange, je veux le savoir.

Il recula d'un pas et sortit les mains de ses poches.

— Oublie, s'il te plaît, bébé.

— C'est impossible.

Il me scruta un long moment, d'un regard gêné.

— Très bien.

J'attendis donc une explication qui m'aiderait à comprendre ce qui avait pu se passer.

— Pendant notre conversation, l'autre soir, Colton m'a raconté que tu lui avais dit que… tu étais amoureuse de moi.

Sa révélation me plongea subitement dans l'embarras. Je n'aurais jamais cru Colton assez stupide pour aller raconter cela à son frère. Voilà que je rougissais comme une tomate, sans avoir nulle part où me cacher. Cela ne faisait que deux mois qu'on sortait ensemble Finn et moi. Il était bien trop tôt pour parler d'amour… surtout avec quelqu'un comme lui. Tout s'expliquait à présent. Colton lui avait fait peur, et maintenant, il était si gêné qu'il ne savait plus quoi faire.

— Est-ce que c'est vrai ?

Vu les récents évènements, il ne partageait pas mes sentiments, alors j'eus envie de lui mentir, faire comme si rien ne s'était passé. Si j'avais mis Colton dans la confidence, c'était parce que j'étais partie du principe qu'il ne révélerait pas mon secret. Pourquoi donc cette andouille avait jugé bon de tout répéter à Finn, sans même se poser de question ?

— Disons que Colton a un peu exagéré mes propos.

— Ah bon ? s'étonna Finn, sourcil levé. Parce qu'il semblait sûr de lui.

— Quand tu as quitté le bar avec Layla l'autre jour, c'est vrai que je me suis mise à pleurer. Et j'ai dit beaucoup de choses, dehors sous la pluie. Il a dû mal interpréter certaines.

Pas terrible comme mensonge ! Mais là, au pied du mur, je paniquais. Mon cœur battait à mille à l'heure.

— Donc tu ne m'aimes pas ? demanda-t-il de but en blanc, éludant complètement le sujet de Colton.

C'est en le regardant droit dans les yeux que je lui sortis un magnifique bobard :

— Non. Pas encore, du moins.

Il inclina légèrement le chef, songeant à ce que je venais de dire.

— Quand Colton m'a dit ça... ça m'a fait peur. Parce qu'il commençait à parler de mariage et de gosses...

Je vais lui arracher la tête à ce crétin.

— Genre, il s'emballait d'un coup, en me disant que nos enfants seraient ses nièces et neveux. Et ça m'a fait tout drôle. On n'a pas encore parlé de ce genre de choses, notamment parce que je ne sais pas ce que je veux dans la vie. J'ai du mal à me projeter. Je suis resté nomade pendant une grande partie de ma vie adulte. L'idée de m'installer quelque part et d'y rester... me terrifie. C'est la seule chose qui me fait peur. Une vie mondaine, normale.

Il se passa les mains sur le visage.

— J'ai flippé. J'ai eu besoin de temps pour moi.

— Je comprends mieux. Merci de m'en avoir parlé.

Malgré toute la diplomatie dont je faisais preuve, mon cœur s'était un peu brisé. Je savais bien que Finn ne voulait pas de tout ça, du moins pas pour l'instant, mais qu'il réagisse si négativement à une déclaration d'amour, même indirecte... C'était douloureux.

— Colton s'est fait des films. En me voyant avec ton collier, il a dû s'imaginer que tu étais amoureux de moi.

Cette explication tenant la route, je m'y accrochais comme à une bouée de sauvetage. Finn m'observa longuement, une myriade d'émotions traversant simultanément son regard.

— Il ne s'est rien imaginé… C'est vrai que je t'aime…

J'entendais distinctement chacun de ses mots, et pourtant, je peinais à leur conférer ne serait-ce qu'un semblant de crédibilité. Il avait eu si peur en apprenant que je l'aimais qu'il était passé à ça de couper définitivement les ponts, alors se pouvait-il vraiment qu'il ressente la même chose ? Je le scrutai en silence pendant plusieurs longues secondes, tentant de jauger la sincérité de son expression en quête d'une preuve.

— Quoi… ? finis-je par balbutier, déconcertée.

— C'est justement ce qui me perturbe. Tout s'est déroulé si vite, et je ne suis pas certain d'être prêt. Ça m'allait très bien quand on se contentait de profiter de notre relation au jour le jour, mais d'imaginer nos futurs enfants ou des conneries de ce genre, ça me rend fou. Je sais bien que l'amour débouche généralement sur ça, et comme je suis amoureux… J'ai peur que mon avenir soit tracé d'avance. Parce que c'est une vie dont je ne veux pas, mais d'un autre côté, je n'ai pas envie de te perdre.

Rien de ce qu'il pouvait dire n'avait d'importance depuis qu'il avait prononcé ces mots magiques. Peut-être qu'il n'avait pas gobé mon mensonge maladroit, visant à lui faire croire que je ne l'aimais pas, ou peut-être que cela n'avait aucune incidence sur ses sentiments.

— Je suis désolée si Colton t'a retourné la tête avec tout ça. Je ne veux pas me fiancer pour le moment ni avoir d'enfants. Ça fait moins d'un an que je suis divorcée. On a largement le temps de profiter. Pour le reste, on verra plus tard.

Ses épaules se détendirent quelque peu.

— Je ne suis pas certain de vouloir ces choses un jour. Je n'arrive pas à m'imaginer avec des enfants. Et je sais que tu en veux, toi...

— Oui, Finn, je ne vais pas te mentir : je veux fonder une famille. Je veux me coucher chaque soir de ma vie avec le même homme. Je veux avoir des enfants avec lui, puis, un jour, des petits-enfants. Je veux, à soixante-dix ans, ressentir encore de l'amour pour mon partenaire. Mais on n'est pas obligés d'évoquer tout ça maintenant. Je suis désolée... C'est à cause de Colton que tu te retrouves à devoir me parler de tout ça, alors qu'on n'est pas prêts.

Il mit les mains sur les hanches.

— Je suis désolé de m'être si mal comporté.

— Ne t'inquiète pas. Mais la prochaine fois, parle-moi plutôt. Tu verras que je suis très compréhensive.

— Oui... C'est ce que je commence à réaliser.

Il pressa son front contre le mien et ferma les yeux.

— J'ai l'impression qu'on ne peut pas parler d'amour sans aussitôt devoir réserver un lieu pour la cérémonie de mariage. Mais peut-être que nous, on pourrait juste continuer comme avant ? Continuer à tenir très fort l'un à l'autre ?

Il recula la tête pour mieux me regarder, me révélant une facette de lui que j'étais la seule à connaître : sa vulnérabilité.

À présent, je regrettais de lui avoir menti. J'aurais dû être honnête dès le départ.

— Tu sais, j'ai menti tout à l'heure... Je t'aime...

Sous l'effet de la gêne, je baissai un peu la tête, le regard fuyant. J'avais honte de lui avoir caché mes sentiments par peur de sa réaction.

Du bout des doigts, il me força à relever le menton.

— C'est vrai ?

Les yeux perdus dans le bleu infini des siens, je me sentis flancher.

— Oui…

— Pourquoi ne pas me l'avoir dit plus tôt ?

— Parce que j'avais peur que tu ne ressentes pas la même chose, avouai-je.

— C'est vrai que je ne suis pas toujours très prévisible. Mais tu crois vraiment que je t'aurais donné un objet avec une si grande valeur sentimentale pour moi si je n'étais pas complètement fou de toi ? Tu crois vraiment que j'aurais pris le risque de perdre mon propre frère pour toi, si tu n'étais pas la femme de mes rêves ? Tu crois que j'accepterais de ne voir que toi si mon cœur ne t'appartenait pas déjà ? Bébé, je suis tombé amoureux de toi dès l'instant où mes lèvres ont goûté les tiennes. Et depuis cet instant-là, mon amour n'a fait que grandir.

Désarçonnée par sa confession, je sentis mon corps se tendre. Ses paroles étaient si romantiques, si inattendues de la part d'un homme comme lui, si froid et détaché la majeure partie du temps que c'était à peine si on pouvait le croire capable de tels sentiments ! Mon rêve devenait réalité ; cet homme parfait était amoureux de moi ! Mon cœur venait tout juste de cicatriser des blessures de ces quelques jours, et déjà, la récompense était de taille.

— Je t'aime aussi.

L'air, en quittant mes poumons, laissa la place à un immense soulagement. Sans cet étau qui me comprimait, je pouvais respirer. Mes yeux s'embuèrent d'un voile d'émotion, annonçant d'irrépressibles larmes de bonheur. Je l'aimais de tout mon cœur, et enfin je pouvais le lui dire.

— Et parce que je t'aime, ça m'a totalement anéantie de te voir quitter ce bar au bras de Layla, lui confessai-je. J'ai eu tellement mal que je suis sortie sous la pluie, sans plus savoir où aller. Quand Colton est venu me rejoindre, inquiet, je lui ai expliqué à quel point je t'aimais, combien j'étais dévastée de te savoir avec cette fille, à tel point que plus rien d'autre n'avait plus d'importance, même pas le fait de lui avouer toute la vérité. C'est pour cette raison qu'il ne m'en a pas voulu autant qu'à toi… C'est parce qu'il savait combien je t'aimais.

Finn me contempla un long moment, fasciné tant par mon expression que par les mots qui venaient de quitter mes lèvres.

— Oublie Layla. Elle ne t'arrive pas à la cheville. Oui, elle est belle, et elle a des tatouages, elle semble me correspondre vu de l'extérieur, mais je ne veux pas d'elle. Il n'y a qu'une seule femme qui ait réussi à me faire ressentir quelque chose… et je la regarde en ce moment même.

Il posa la main sur ma joue, puis la pulpe de son pouce vint retracer la courbe de ma lèvre inférieure.

— Qui d'autre aurait pu obtenir ma fidélité avant même d'avoir couché avec moi ? Depuis que Jax est parti, je n'ai plus pensé qu'à toi, et j'aurais tout mis en œuvre pour t'avoir. Rien ne m'obligeait à ne plus coucher avec d'autres femmes, mais j'ai quand même arrêté, parce que je n'en avais plus envie. Mon désir pour les autres s'est évaporé comme un filet d'eau en plein désert. Ma vie précédente, ma vie de coureur, m'a d'un coup semblé épuisante, vaine… Une succession d'histoires insignifiantes se répétant inlassablement, sans intérêt.

Ses mains migrèrent vers mon haut et le passèrent par-dessus ma tête, révélant ma peau nue, puis il ôta le sien, et je pus admirer son incroyable torse sculpté qui rendait toutes les femmes folles.

— Est-ce qu'on pourrait juste se contenter de s'aimer ? demanda-t-il doucement. Sans penser à l'avenir ? Sans être influencés par nos passés ?

J'aurais pu me battre, arracher à tout prix la garantie d'obtenir l'avenir dont je souhaitais, mais Finn avait déjà comblé beaucoup de mes attentes. De plus, j'étais encore jeune, alors tant pis si au final je faisais fausse route. Dans l'éventualité où il changerait un jour d'avis, il avait amplement le temps. Rien ne pressait.

— Oui…

On finit de se déshabiller avant de se diriger vers la chambre. Je m'allongeai sur le matelas et Finn prit place sur moi, séparant sans attendre mes cuisses des siennes, décidé à me pénétrer. Il ne m'avait même pas embrassée, progressant à son rythme. Ses yeux se posèrent sur son collier à mon cou, dont la chaîne se faufilait entre mes seins.

— Il te va nettement mieux qu'à moi.

— Je ne suis pas d'accord.

J'avais toujours adoré sentir ce collier arpenter ma peau quand il me faisait l'amour. Il recelait tant d'histoires que j'en frissonnais parfois. J'appliquai mes mains sur son ventre de béton puis remontai doucement jusqu'à son torse dur, avide de sa peau tiède et tatouée que mes doigts aimaient tant parcourir.

Les yeux rivés sur mes traits, il forçait déjà son membre à l'intérieur de moi, pressant lentement contre mes lèvres jusqu'à m'étirer de plus en plus. Lorsque son gland enflé entra en contact avec ma mouille, il étouffa un râle guttural. Puis il entama sa progression, me déchirant de part en part, fendant mon humidité comme pour assiéger une terre maintes fois conquise.

Je m'agrippai à ses biceps en le sentant me pénétrer de plus en plus profondément. Le souffle court, je laissais mon corps s'accoutumer à son sexe, les parois étroites de ma chatte s'étirant le plus possible autour de lui. On prenait notre temps, profitait de chaque seconde, comme si c'était la toute première fois qu'on baisait.

Quand il se retrouva tout au fond de moi, il pencha ses lèvres sur les miennes pour m'embrasser.

Au contact de sa bouche, je haletai malgré moi. Comblée par son amour, j'avais l'impression d'être la seule femme qui compte pour lui. J'étais la seule à l'avoir touché de si près, sans latex, sans rien ; la seule qu'il ait aimée, à l'avoir amené à s'engager. Et pour toutes ses raisons, je me sentais exceptionnelle. Layla ne me faisait plus peur. Elle ne pourrait jamais rivaliser.

Sans cesser de m'embrasser, il se mit à œuvrer du bassin, me gratifiant de lents et profonds coups de reins. S'il semblait accorder plus d'importance à la danse de nos lèvres qu'à celle de nos corps, à chaque assaut, cependant, il s'enfonçait jusqu'au bout.

— Je t'aime, bébé.

J'enroulai les bras autour de son cou et le ramenai contre moi. Déjà, je perdais pied. Alors que je croyais ne pas pouvoir l'aimer plus, une vague d'amour plus puissante encore que la précédente venait déferler en moi. Emmitouflée dans la douceur de son affection, j'éprouvais un plaisir nouveau, décuplé.

— Moi aussi je t'aime.

9

COLTON

Le lendemain matin, Pepper fit subitement irruption chez moi sans frapper.

— Faut qu'on parle, tous les deux.

Elle referma brusquement la porte puis fondit sur moi, assis à la table de la cuisine où je prenais mon petit-déjeuner. J'étais sur le point d'avaler une gorgée de café, mais décidai de reposer ma tasse, par précaution.

— Qu'est-ce que j'ai encore fait ?

Son expression semblait hésiter entre deux émotions contradictoires. Le sourire qui flottait sur ses lèvres laissait à penser qu'elle n'avait jamais été plus heureuse, mais ses yeux en revanche étaient si noirs que j'eus peur qu'elle me file une gifle.

— Comment as-tu osé dire à Finn que j'étais amoureuse de lui ? vociféra-t-elle. Qu'est-ce qui t'a pris, putain ?

— Bah... Je croyais qu'il le savait déjà !

— Tu ne peux pas te baser sur ce genre d'a priori, Colton. C'était censé être un secret !

— Attends, tu sais bien que je ne répète jamais ce que tu me dis en privé d'habitude ! Le seul truc, c'est que je croyais que vous aviez déjà atteint ce stade, c'est tout. Tu sais bien que je ne te trahirais pas comme ça !

— Oui, je sais ! Mais pour être honnête, je ne sais pas si je dois t'en vouloir ou te remercier.

Il arqua un sourcil.

— OK. Là je ne te suis plus.

— Quand tu as raconté ça à Finn, ça l'a fait flipper, alors il m'a évitée pendant plusieurs jours. Il a fini par accepter de me parler, et m'a confié qu'il n'était pas prêt à ce que ça devienne trop sérieux. Le mariage, les enfants, tout ça, ça lui file la frousse. Mais il m'a aussi avoué qu'il m'aimait… ce qui ne serait pas arrivé si tu ne lui avais pas fait peur. Donc je suis à la fois furax contre toi, et reconnaissante.

— Dans ce cas… Désolé et de rien.

Elle se servit une tasse de café puis s'assit.

— Merci et je te pardonne.

Elle ajouta du sucre dans son breuvage, puis en prit une gorgée.

— Alors c'est oublié ?

— Ben oui, du coup, rétorqua-t-elle en haussant les épaules.

Son sourire avait refait surface, comme le soleil lors d'une soudaine accalmie.

— Je sais que Finn a encore du mal avec l'idée de se caser pour de bon, mais je suis heureuse qu'on ait franchi ce cap dans notre relation. J'avais peur qu'il ne m'aime jamais.

— C'est évident depuis longtemps qu'il t'aime, la grondai-je. Il t'a quand même offert son collier !

Le simple fait de pouvoir avoir cette conversation sans ressentir de chagrin me confirmait que j'avais bel et bien accepté leur union. Je n'éprouvais ni colère ni amertume. On aurait pu être en train de parler de Jax que ça aurait été pareil.

— C'est surtout que je ne m'attendais pas à ce qu'il me le dise si facilement. Qu'il le ressente c'est une chose, mais de là à l'admettre !

— C'est un type assez carré.

— Ouais, je crois.

Elle porta à nouveau le café à ses lèvres, souriant malgré elle.

C'était tout ce que j'avais toujours voulu : voir Pepper heureuse et amoureuse. Être sûr qu'elle ait tout ce qu'elle mérite : un homme bien, qui la traite comme il se devait. Finn était certes la dernière personne que j'aurais imaginée endosser ce rôle, mais force était de constater qu'il s'en sortait très bien.

— Je suis heureux pour toi.

Elle leva les yeux, croisant mon regard.

— C'est vrai ?

J'opinai aussitôt.

— On dirait que Finn assume enfin ses sentiments. Je suis ravi, vraiment.

J'avais longtemps eu peur qu'il lui brise le cœur, mais au final, il se révélait être l'homme romantique et tendre qu'elle avait toujours cherché. Mon aveu parut la toucher.

— Merci, Colton. Je n'ai jamais été aussi heureuse, commença-t-elle avant de réaliser ce qu'elle venait de dire. Je veux dire…

— Je comprends, Pepper, la rassurai-je. On était très heureux tous les deux, mais ce n'était pas… ça. Tom m'apporte ce qui manquait entre nous. Et visiblement, c'est aussi ce que Finn fait pour toi. C'est une bonne chose. On pourra comme ça rester proches l'un de l'autre, tout en obtenant ce qu'on veut vraiment dans la vie. On a fait le bon choix, et au final, tout se passe parfaitement bien.

— C'est une bonne manière de voir les choses.

— Alors, ça ne te dérange pas de savoir que Finn n'est pas prêt à se caser ?

— Il ne rejette pas totalement l'idée du mariage, mais il n'est pas prêt pour le moment, ce qui me va, oui. On ne sort ensemble que depuis quelques mois. Et je suis jeune, je ne suis pas pressée. Peut-être qu'il changera d'avis d'ici quelques années. Le simple fait qu'il soit en couple, qu'il m'ait dit qu'il m'aimait, constitue un sacré progrès pour Finn. Je crois que l'idée finira par mûrir dans son esprit, tôt ou tard… quand il se sera détendu sur la question.

— Oui, tu as sans doute raison. Il avait juste besoin de trouver la bonne, en fait.

Elle sourit en grand.

— Et apparemment, la bonne, c'est moi.

Je retrouvai Finn pour un verre après le travail. Il avait commencé de bonne heure, et la fin de son service coïncidait donc avec mes horaires de bureau. On s'était donné rendez-vous dans notre bar habituel, choisissant en fins connaisseurs une cabine avec un meilleur point de vue sur la télé.

La tension s'était évanouie depuis que je lui avais pardonné, mais une once de malaise flottait toujours entre nous, et celle-ci mettrait, nous le savions, plus de temps à disparaître. Mais au moins on pouvait se parler – et non pas se crier dessus.

Finn commanda une bière, ce qui m'interpella.

— Pas de scotch ? m'enquis-je, un sourcil arqué.

Il secoua la tête.

— Pepper trouve que je bois trop d'alcool fort.

— Moi aussi je t'avais mis en garde !

— Oui, mais en l'occurrence on est en couple, et c'est elle la boss.

— Ah bon ? m'étonnai-je, sidéré d'entendre quelqu'un comme Finn exprimer une chose pareille.

Ce dernier se contenta de hausser les épaules.

— Du moins, c'est ce que je lui fais croire. Comme ça, elle me gâte au lit.

Même si Finn venait de me rappeler qu'il baisait régulièrement mon ex-femme, bizarrement, je n'eus ni envie de lui en coller une, ni celle de vomir. Après tout, ce n'était pas une surprise. Je le savais depuis longtemps. Alors peut-être que j'avais fini par me faire à l'idée.

— Pardon, s'empressa-t-il de dire. J'ai du mal à surveiller mes mots quand j'ai un verre à la main.

— T'inquiète. C'est pareil pour moi.

Tout d'un coup, je vis Layla émerger de l'autre côté du bar, dans un jean moulant et un haut sans bretelles qui mettait ses bras fins et sa poitrine en valeur. Elle s'approcha dans le dos de Finn, un verre entre les doigts rempli d'un liquide ambré aux teintes familières. La boisson favorite de mon frère ?

— Mec, Layla arrive.

Finn baissa la tête et poussa un gros soupir, dans lequel se devinait sa frustration. En atteignant notre table, elle déposa le verre devant lui, et considéra celui de Finn d'un air méprisant.

— C'est quoi ça ? De la bière ?

Une main sur la hanche, elle posait comme une mannequin en plein shooting, espérant attirer l'attention de Finn dans ses vêtements près du corps.

Je fus tenté, l'espace d'un instant, de lui vider mon verre dessus.

Finn releva la figure vers elle, sans se donner la peine d'afficher un faux sourire sur ses lèvres. Elle l'agaçait, à quoi bon le cacher.

— Et ça me va très bien. Maintenant, si ça ne te dérange pas, j'aimerais reprendre la conversation que j'étais en train d'avoir. Mon frère et moi, on parlait de quelque chose d'important.

— Ooh... je vois. Il y a de l'eau dans le gaz, susurra-t-elle d'une voix aguicheuse, tentant par tous les moyens de séduire Finn en dépit de son désintérêt manifeste pour elle. C'est bien pour ça que tu ferais mieux d'accepter ce verre. Et tous les suivants. Je pourrais toujours te raccompagner après.

Quel était son plan, au juste ? De bourrer la gueule à Finn pour ensuite profiter de lui ? Si j'avais été une femme, je lui aurais crêpé le chignon !

Cela dit, Finn n'était pas connu pour sa patience, et à en juger par la froideur de son regard, il avait déjà épuisé toutes ses réserves.

— Layla, tu sais pourtant très bien que j'ai une copine.

Les yeux de Layla, désormais boudeurs, s'abîmèrent au sol.

— Et même si j'étais célibataire, siffla-t-il, je n'aime pas fréquenter mes collègues. Alors il serait temps que tu arrêtes : tu ne m'intéresses pas, ni aujourd'hui, ni jamais. Donc arrête de m'offrir des coups, arrête de flirter avec moi, et laisse-moi tranquille. Respecte-toi, un peu ! Tu es magnifique. Ne remue pas ciel et terre pour un homme qui n'a pas envie de toi. C'est pathétique à la fin.

En proie à l'embarras le plus total, je baissai les yeux vers mon verre, regrettant de devoir assister à cette scène des plus gênantes.

Finn n'y allait pas de main morte, à l'insulter et l'humilier publiquement, et il était plus que probable qu'elle aille s'enfermer dans les toilettes pour pleurer. La mâchoire serrée, j'essayais de me faire discret, souhaitant me confondre au décor.

Layla regarda fixement la table d'un regard incendiaire.

— Ta copine n'est même pas si belle. Je ne sais franchement pas ce que tu lui trouves.

À ces mots, ma tête pivota instantanément vers elle. J'étais une flaque d'essence et elle une allumette, et déjà, le feu de ma colère grondait comme un terrible incendie. Comment cette moins que rien pouvait-elle oser dire du mal de Pepper, la femme que j'aimais ?

— Qu'est-ce que t'as dit, sale pouffiasse ?

Comme si elle s'était soudain souvenue de ma présence, Layla se tourna vers moi.

— Pepper est mille fois plus belle que toi. Toi, t'es qu'une salope de bas étage ! explosai-je en reposant si violemment mon verre que de la bière gicla sur la table. Faut vraiment être une pute pour insulter une autre fille comme ça ! Alors fous le camp tout de suite avant que je te jette ma bière dessus !

Sentant qu'elle ne faisait pas le poids, Layla s'exécuta rapidement. Mais je ne la laissai pas s'en tirer à si bon compte :

— Et au fait ! rugis-je derrière elle. Ne reviens plus dans ce bar, parce que sinon, je peux t'assurer que les copines de Pepper se feront un plaisir de t'enfoncer la tête dans la cuvette des chiottes et de tirer la chasse !

Je repris ma bière en main et en bus plusieurs longues gorgées, frustré de ne pas avoir eu affaire à un homme que j'aurais pu entraîner dehors pour lui casser la gueule, puis le jeter dans une benne à ordures.

— Sombre salope...

Finn ne put réprimer un large sourire, qui progressivement étirait ses lèvres de part en part. Il me regarda avec un mélange d'hilarité et d'admiration.

— Je ne t'avais jamais vu insulter quelqu'un comme ça.

— C'est la première fois. Mais elle m'a vraiment foutu en rogne.

— Ça, j'avais compris..., s'esclaffa-t-il.

— Pour qui est-ce qu'elle se prend ?

— Pour une petite bombasse qui a l'habitude qu'on ne lui refuse rien.

N'ayant manifestement aucune intention d'y toucher, Finn repoussa le verre de scotch sur la table.

— J'ai du mal à croire qu'elle veuille à ce point de moi. Je crois surtout qu'elle enrage de ne pas pouvoir m'avoir.

— J'en doute. Elle m'a semblé plutôt déterminée.

Il haussa les épaules.

— Après la scène de ce soir, je ne peux vraiment plus la blairer.

— Dire que tu vas encore devoir te la coltiner au boulot...

— Je m'en fous. Au boulot je fais ce que j'ai à faire, puis je rentre chez moi.

Il prit une gorgée de bière et commença à se détendre, semblant oublier l'altercation qui venait d'avoir lieu.

— Ça m'a plu de te voir prendre la défense de Pepper. C'était mignon.

— Hors de question que je laisse qui que ce soit dire du mal d'elle. *Pas si belle que ça ?* m'étranglai-je en levant les yeux au ciel. Pepper, elle, n'a pas besoin de se cacher sous des couches de tatouages pour être belle. Elle n'a même pas besoin de se maquiller ! Elle pourrait sortir dans la rue dès le réveil et faire tourner plus d'une tête.

— Je suis bien d'accord. J'espérais que Layla passerait à autre chose en apprenant que j'étais en couple. Mais on dirait que non.

— En tout cas, elle a intérêt à t'oublier maintenant. Sinon Stella va lui fracturer le nez. Elle est forte, crois-moi, vu qu'elle s'entraîne tous les jours depuis des années. La connaissant, elle serait capable d'aller l'assommer la Layla, et lui raser le crâne.

— J'ai comme l'impression que Pepper s'y opposerait.

Je levai les yeux au ciel.

— Elle est trop classe pour prendre goût à la vengeance.

— Surtout qu'elle a déjà gagné : elle est avec moi. Qu'est-ce qui pourrait rivaliser ?

— Bof... Je ne trouve pas ça suffisant.

En attendant que la tension se dissipe, on regarda un moment la télé. J'étais encore assez remonté ; je ne serais vraiment satisfait que le jour où Layla aurait un œil au beurre noir. Mais peu à peu, après quelques bières et des bribes de conversation, je finis par ne plus y penser.

— Au fait... Pepper m'a parlé de votre discussion de l'autre jour, intervins-je.

— Dois-je en conclure qu'elle te raconte absolument tout ce qu'il se passe entre nous ?

— Eh ouais.

— Pas du tout gênant...

— Je te rassure tout de suite : elle n'entre pas forcément dans les détails, notamment quand ça devient trop intime... D'ailleurs il y a des choses que je préfère ne pas savoir.

— Me voilà rassuré, rétorqua-t-il sarcastiquement.

— Ce que je voulais dire, c'est que je suis désolé de t'avoir fait peur en te parlant de mariage et d'enfants. Je m'étais mis en tête que vous en étiez déjà là. Le fait que tu lui aies offert tes plaques militaires... C'est pas rien.

— La seule conclusion que tu pouvais en tirer, c'était que je l'aime. Parce que c'est le cas.

C'était la première fois que je l'entendais dire une telle chose. J'aurais donné cher pour enregistrer ce moment, car jamais je n'avais imaginé mon frère tomber amoureux d'une femme. Et contre toute attente, ces mots lui venaient avec une simplicité troublante, comme une évidence.

— Mais le mariage..., reprit-il en secouant la tête. Ça ne me branche pas pour le moment.

— Normal : ça ne fait que quelques mois.

— C'est surtout que j'ai une autre façon de voir les choses. Une façon peu conventionnelle de voir le monde, que peu de gens comprennent. Le mariage est une pratique ancestrale, visant avant tout à soumettre les femmes pour qu'elles fassent des enfants et perpétuent la lignée. De nos jours, ça continue d'être important pour fonder une famille. Mais à quoi ça sert, si on n'a pas d'enfants ? Est-ce qu'on ne pourrait pas tout simplement s'aimer, sans éprouver le besoin de tout sceller par un contrat ?

Je pris une lampée de bière tout en songeant à ce qu'il venait de dire.

— Je suis pas d'accord... Pepper et moi, on n'avait pas d'enfants et on était quand même contents d'être mariés. Ces années ont été parmi les plus heureuses de ma vie. Le mariage n'a rien à voir avec les enfants, ou la volonté de posséder l'autre – ni même avec les conventions. C'est une manière de concrétiser son amour, de faire en sorte qu'il soit reconnu par le monde entier. Ça dépasse de loin le simple fait d'être en couple, ou de vivre sous le même toit. C'est bien plus spécial. Mais c'est nouveau pour toi, tout ça. Peut-être que dans un an ou deux, tu commenceras à concevoir que l'amour ou l'engagement peuvent prendre d'autres formes et atteindre d'autres stades. Des stades que tu ne soupçonnes pas encore.

— J'en sais rien... J'aime bien savoir que je suis libre de mener ma vie comme je l'entends. De retourner à l'armée, par exemple, ou de bosser pour Médecins Sans Frontières. Les possibilités sont infinies.

— En quoi est-ce que le mariage t'empêcherait de faire tout ça ?

Il me regarda fixement, bière en main.

— Pourquoi forcément choisir ? insistai-je. Tout resterait possible.

Il haussa les épaules.

— La vie de Pepper est ici. Il y a toi, ses amis, son magasin.

— Je suis sûr qu'elle tirerait un trait sur tout ça si tu avais envie de bouger.

— Je ne crois pas, soupira-t-il en secouant la tête.

— Si, je t'assure. Bien sûr qu'à choisir elle ne s'éloignerait pas trop de moi, mais on a chacun notre vie maintenant. Un jour, je me remarierai, je fonderai une famille. On ne pourra pas passer le restant de nos jours à vivre l'un en face de l'autre, même si on s'adore.

Il but sa bière puis abandonna la bouteille vide sur le dessous de verre.

— Si je lui ai dit que je n'étais pas prêt, c'était pour écourter la conversation. J'ai pas trop envie de la poursuivre maintenant.

Penser à l'avenir finissait toujours par avoir raison de sa bonne humeur.

Je n'insistai pas. Il venait de rembarrer Layla, ce qui constituait une preuve suffisante pour le moment de son engagement vis-à-vis de Pepper.

— Est-ce que tu comptes en parler à Maman et Papa ?

— Leur parler de quoi ?

— De toi et Pepper.

Son regard se promena dans la salle, jusqu'à se poser sur la télé. Le temps d'élaborer sa réponse, il suivit distraitement le résumé du dernier match des Mariners.

— J'en sais rien. J'ai peur que Maman réagisse exactement comme toi... Qu'elle se mette à me parler de bébés et de conneries comme ça. Mais si je ne lui dis pas, elle finira par l'apprendre quand même... Et là, c'est sûr, elle m'en voudra.

— Tu n'as pas peur qu'elle trouve ça bizarre ?

— J'en doute. Elle adore Pepper. Alors si c'est une manière de la garder dans la famille, elle sera ravie.

Pas faux.

— Tu sais, je ne t'aurais jamais cru capable de monogamie. Mais te voilà... À rembarrer des meufs canon sans même y réfléchir à deux fois.

Mon frère secoua plusieurs fois la tête avant de me répondre.

— Ça m'étonne autant que toi. Mais Pepper me donne envie de changer. J'ai tout de suite ressenti quelque chose en la rencontrant : tout ce qu'elle disait me fascinait, et quand je la voyais sortir avec ce loser de Jax, j'arrêtais pas de me dire qu'elle pouvait faire mieux. Chaque fois que je la croisais chez toi au petit-déjeuner, je la trouvais sublime. Et quand je rencontrais une femme au bar, je regrettais de ne pas pouvoir rentrer avec elle, déclara-t-il avant de fixer sa bouteille vide.

— Quand est-ce que tu as su que tu l'aimais ?

J'étais heureux que mon frère développe enfin des sentiments pour quelqu'un. Je n'avais pas envie qu'il finisse seul. Je lui souhaitais d'être avec une femme qui l'aimerait tant pour ses qualités que pour ses défauts. Et si Pepper était cette femme, alors soit.

Sa réponse ne tarda pas.

— Quand je l'ai embrassée pour la première fois. Jamais je n'avais ressenti un tel flot d'adrénaline pendant un simple baiser. Je me suis senti comme un ado.

— Et c'était quand ?

— Il y a un moment, déjà. Elle voyait encore Jax à l'époque. Un jour, alors qu'on traînait sur le canapé tous les deux, elle a fini par me demander si je sentais la tension qu'il y avait entre nous. Il y en avait, et c'était sacrément intense, je te jure : chaque fois qu'on se retrouvait dans la même pièce, y avait des étincelles. La tension charnelle était plus forte que si je combinais tout ce que j'avais ressenti pendant toutes mes expériences précédentes. Je lui ai répondu que oui, puis je l'ai embrassée. Je savais que c'était mal, mais je n'ai pas pu m'en empêcher. Je l'ai embrassée, et je ne me suis jamais senti mieux.

Il ne m'avait pas regardé une fois depuis le début de son monologue.

— On en a reparlé plusieurs jours plus tard, en se mettant d'accord sur le fait que ça ne devait pas se reproduire. J'avais vraiment envie d'aller plus loin, mais tu comptais trop pour moi. Et c'était le même dilemme pour elle. Mais avec le temps… c'est devenu de plus en plus dur de résister. D'autant que Jax a fini par la quitter. Je n'avais encore jamais autant désiré quelque chose de toute ma vie.

Avec le recul, surtout en l'entendant, je m'en voulais d'avoir été si dur avec lui.

— Pourquoi est-ce que tu ne m'as pas dit que tu l'aimais ? J'aurais pu comprendre, tu sais.

— Parce que je n'étais pas prêt à admettre mes sentiments. Je n'étais même pas sûr de les comprendre. Je ne savais pas qu'il était vraiment possible de tomber amoureux si rapidement. Tu sais, je suis assez pessimiste dans la vie, assez sceptique. J'avais conscience que ce que je prenais pour de l'amour pouvait n'être que du désir. Je n'en savais rien. Je ne me croyais pas capable d'aimer quelqu'un d'amour…

— Tout le monde est capable d'aimer, Finn.

— Je n'en suis pas sûr. Si j'en ai été capable en l'occurrence, c'est uniquement parce que Pepper est spéciale. Si je ne l'avais jamais rencontrée, je ne serais peut-être jamais tombé amoureux.

Je traversai le couloir puis m'invitai à l'intérieur.

— C'est moi !

— Ça ne t'arrive jamais de frapper ? s'énerva Pepper qui sortait de sa chambre tout en lissant son haut et se recoiffant rapidement.

— Finn n'est pas là, si ?

— Non, mais je ne vois pas le rapport. Je ne rentre pas comme ça chez toi, moi.

J'arquai un sourcil.

— Si. Tous les matins.

— C'est pas pareil, le matin. Je ne risque pas de vous surprendre Tom et toi en plein ébat sur le canapé à sept heures du mat !

— Déjà, t'en sais rien : on se lève de bonne heure le week-end.

— En tout cas, mon copain étant loin d'être sage, je te prierais de frapper à partir de maintenant.

— Message reçu dix sur dix, m'amusai-je en singeant un salut militaire. Je voulais te raconter mon récent accrochage avec Layla.

À ces mots, Pepper se rendit dans la cuisine pour chercher une bouteille de vin. Et sans même me demander si j'en voulais aussi, elle nous servit deux verres.

— Quelle conne celle-là..., grommela-t-elle en me rejoignant sur le canapé avec les verres. C'est un vrai moucheron cette nana. T'as beau agiter la main pour la faire fuir, elle reste là.

Elle avala une gorgée du breuvage, laissant une traînée pourpre de rouge à lèvres sur le rebord du verre.

— Je suis allé au bar avec Finn, et elle a encore tenté une approche.

Elle leva exagérément les yeux au ciel tout en rebuvant du vin.

— Pour être honnête, elle commence à me faire pitié, souffla-t-elle. Elle passe vraiment pour une idiote.

Elle le prenait mieux que prévu.

— Laisse-moi deviner, reprit Pepper. Elle s'est pointée avec un verre de scotch ?

— Dans le mille.

— Je parie qu'elle avait mis de la drogue dedans.

— Ça ne m'étonnerait pas.

— Et ensuite, qu'est-ce qu'il s'est passé ?

— Finn l'a bien rembarrée, ce qui était assez jouissif.

— C'est vrai ? s'enquit-elle, tout sourire, son verre à la main. J'aurais aimé être là.

— Il lui a conseillé de retrouver un peu d'estime de soi, et d'arrêter ses tentatives pathétiques pour l'obtenir.

Elle éclata de rire en se tapant la cuisse.

— Oh mon Dieu. Je n'arrive pas à croire qu'il lui ait dit ça !

— Finn n'a jamais été très délicat…

— Même. C'est quand même sa collègue.

— Je crois qu'il s'en branle. À ce moment-là, elle a dit qu'elle ne te trouvait pas très belle… alors j'ai perdu mon sang-froid. J'ai commencé à l'insulter, hyper vénère. Si ça avait été un mec, je lui aurais pété le nez.

— C'est gentil, Colton. Tu assures toujours mes arrières.

— C'est le moins qu'on puisse dire !

— Mais ses insultes ne valent pas grand-chose. Elle est juste furax que je couche avec Finn et pas elle. J'ai presque du mal à lui en vouloir. Toutes les femmes doivent me détester à l'heure qu'il est. Des hommes comme lui, aussi virils, il n'y en a plus des masses ! En plus, il est tellement franc, ça change ! Il n'est ni jaloux ni possessif. Il est parfait, quoi !

— Parfait, je ne sais pas, mais macho, oui.

— Qu'est-ce que tu racontes ? Pas du tout ! C'est dingue, d'ailleurs.

On toqua soudain à l'entrée.

— Tu attends quelqu'un ?

— Non, ça doit être Finn, supposa-t-elle en reposant son verre. Entre !

La porte s'ouvrit et Finn entra. Il portait une veste grise à fermeture éclair et un jean sombre. Il avait mis sa capuche, sans doute pour se protéger de la pluie. Il la retira et révéla son visage rasé, ainsi que ses yeux d'un bleu océan.

— Bah tiens, vous vous faites une soirée entre filles ?

Je lui fis un bras d'honneur.

Il rit, tout en suivant Pepper du regard. Celle-ci se levait et s'approchait de lui pour le saluer.

— Tu es magnifique.

— En jean et sweat ? demanda-t-elle, surprise.

— Quoi que tu portes.

Elle se hissa sur la pointe des pieds, lui passa les bras autour du cou et l'embrassa devant moi. Ses grandes mains vinrent entourer son corps svelte, et il la ramena contre son cœur tout en continuant à l'embrasser.

Je détournai les yeux et pris une longue gorgée de vin, gêné par leurs effusions. Pas parce que c'était mon frère, non, mais parce que ça me mettait toujours mal à l'aise de voir les gens s'embrasser – excepté dans un porno.

Ce fut Pepper qui coupa court à leur étreinte.

— Qu'est-ce qui t'amène ?

— Ai-je besoin d'une excuse pour venir te voir ? lui glissa-t-il en lui pressant une dernière fois la joue avant de la libérer.

— Non, bien sûr que non. Tu veux du vin ?

Il fit la grimace.

— Je n'ai pas le palais assez sophistiqué pour ça…

Sachant qu'ils voulaient sûrement être seuls, je me levai pour m'en aller.

— Je vais filer me faire un truc à manger.

— Ne dis pas de bêtises, s'exclama Pepper en m'attrapant par le poignet, me forçant à me rasseoir. On peut passer une soirée à trois, non ?

— C'est vrai, intervint Finn, qui était parti chercher une bière dans le frigo.

Je m'approchai de Pepper, puis lui glissai tout bas :

— Ça ne me dérange pas, si vous voulez rester seuls…

— On se retrouvera tous les deux plus tard. Mais en attendant, pizza et film, ça te dit ?

J'appréciais le fait qu'elle m'inclue à la soirée même si j'étais passé sans prévenir. Elle devait sûrement vouloir qu'on redevienne proches, tous les trois ; qu'on retrouve notre amitié des premiers temps.

— D'accord… Si tu es sûre.

— Bien sûr que oui. Ça fait longtemps que j'en rêve.

— De quoi ?

Elle sourit.

— De ça… Nous trois, ensemble.

10

PEPPER

Ce matin-là, je me réveillai avec la joue appuyée sur le torse de Finn. Dehors il faisait froid, mais malgré les grosses gouttes de pluie qui venaient marteler les vitres, j'étais trop bien. Cet homme était comme un radiateur vivant. Sa poitrine se soulevait lentement au rythme de ses respirations et me berçait comme une enfant. Soldier, quant à lui, ronflait au pied du lit.

Qu'il pleuve ou qu'il fasse beau, chaque journée était splendide quand je me réveillais à ses côtés. J'étais parfaitement comblée, sereine et heureuse. S'il me le demandait un jour, j'accepterais sans hésitation de me réveiller tous les matins dans son lit, avec lui.

Avec un peu de chance, il finirait par me le proposer.

J'ouvris les paupières et observai son corps, m'arrêtant sur la partie haute de son sexe dur qui dépassait des draps, amassés autour de sa taille. Son érection matinale était toujours impressionnante, surtout, comme ce matin, quand elle pointait directement vers moi comme si elle possédait une volonté propre.

Je me hissai sur un coude pour mieux contempler son beau visage. Chaque matin, l'ombre d'une nouvelle repousse assombrissait son menton. Il était si regardant vis-à-vis de son apparence qu'il se rasait juste après s'être brossé les dents, mais cela n'avait que peu d'importance : rasage ou non, il restait à croquer. Finn pouvait tout se permettre.

Je me rapprochai de son bassin puis ouvris grand la bouche pour accueillir son membre parfait. Il était long, oui, mais aussi remarquablement large : la forme idéale en somme, malgré une très légère inclinaison vers la droite. Délicieusement nervuré, son manche se terminait sur un gland bien formé que j'avais terriblement envie d'embrasser. Finn entretenait toujours ses poils pubiens, ce qui faisait davantage ressortir chaque détail de sa queue, comme cette veine probante qui prenait plus d'ampleur à mesure qu'il bandait. Après avoir déposé un baiser sur son gland, je le pris en bouche, attisée rien qu'à l'idée d'être la seule à pouvoir le goûter ainsi. J'aplatis ma langue, puis descendis lentement jusqu'à le sentir contre ma gorge.

Il gémit mollement puis remua un peu, prenant peu à peu conscience de ce que je lui faisais.

Je l'enfonçai tout au fond de ma gorge puis l'en extirpai, prenant soin d'y aller suffisamment tendrement pour lui donner du plaisir sans nécessairement le réveiller. Il restait sur son sexe des résidus de sperme de la veille, que je me hâtai de lécher, comme si je n'en avais pas déjà eu assez.

Ma bouche chaude autour de son membre le réveilla doucement. Des gémissements étouffés emplirent bientôt la chambre, et ses jambes musclées se tendirent de plaisir. Sa respiration s'amplifia, puis il plongea ses doigts dans mes cheveux.

— Bonjour à toi aussi, bébé.

Sa main glissa le long de ma nuque, d'où il contrôla mon allure, me faisant lentement baisser puis relever la tête, selon la douce cadence qui le tentait.

Je le prenais le plus loin possible, jusqu'à côtoyer ses burnes, puis me redressai. J'aurais voulu l'avaler en entier, mais sa taille était trop impressionnante pour moi, et je devais donc me contenter d'une pratique plus traditionnelle. La langue toujours plate, coulissante sur son membre, je répétais mes mouvements avec gourmandise.

Le crâne sur l'oreiller, il ferma les yeux et profita tranquillement du plaisir que je lui donnais. Sa respiration se faisait de plus en plus irrégulière à chaque prise en bouche. Sans pour autant enlever sa main, il avait cessé de me guider, s'abandonnant complètement au plaisir.

Je retirai alors son gros sexe de ma gorge et montai à califourchon sur lui, excitée de l'avoir goûté de la sorte. Tout en attrapant son manche, je me penchai en avant et arquai l'échine, puis m'assis sur lui. Centimètre par centimètre, je le pris en moi, assez mouillée pour éviter toute friction entre nos peaux.

Il gémit, plus fort cette fois.

Je pris appui sur ses avant-bras pour garder mon équilibre, mais aussi pour l'empêcher de me toucher. Puis je m'enfonçai à nouveau sur lui, le dos toujours cambré, et descendis jusqu'à la garde avant de remonter. Le sucer m'avait tant fait mouiller que je ne pouvais réprimer mes cris, et je savourais l'exquise sensation de sa bite au fond de moi tout en remerciant le ciel de m'avoir donné la chance de me faire un homme comme lui. Il était un don du ciel pour toutes les femmes, mais moi seule pouvais actuellement en profiter.

Son regard était brûlant, absolument torride sans même qu'il ne le fasse exprès. C'était celui qu'il me réservait toujours quand on baisait, que ma tenue lui plaisait particulièrement, ou encore qu'il avait subitement envie de moi, même si l'on était en public. Il se débattait sous moi, avide de toucher mes hanches.

Mais sans cesser mes mouvements, je le forçai à rester en place.

— Non.

Il soupira de frustration, et je sentis son membre frémir entre mes reins.

Cette fois, c'était moi qui menais la danse. Je me frottais à lui comme à un sex toy à taille humaine, frictionnant mon clitoris humide sur les muscles durs de son bassin tout en ondulant sur son manche, selon l'angle qui me satisfaisait jusqu'à jouir, et recouvrir son sexe de mouille. Ma chatte se contracta comme une main de fer, et je succombai tout à fait, mes tétons durs comme des diamants. Le spectacle dut lui plaire, car il banda plus fort et poussa plusieurs râles sans me quitter des yeux.

Sur la fin de l'orgasme, je le chevauchai de plus belle, les muscles du dos tendus, et le baisai, le baisai, jusqu'à ce que la vague passe totalement. Alors seulement je ralentis la cadence, car ma soif s'était assouvie. Mes doigts relâchèrent ses avant-bras solides et je retrouvai un rythme plus tendre, plus sensuel.

Finn m'attrapa par le bras et me tira contre lui, forçant mon dos à se cambrer davantage. Il se leva sur les coudes et planta une main dans ma chevelure, puis m'attira pour m'embrasser.

Ce fut si bon que je faillis m'immobiliser.

Il continua à m'embrasser, son souffle chaud venant remplir ma bouche, ses lèvres dévorant savamment les miennes. Il accordait le même intérêt à chacune, en mordillait une, puis l'autre, avant de m'embrasser avec la langue.

Mon Dieu… Cet homme…

Il abaissa sa main pour prendre appui sur le matelas sans jamais interrompre le baiser. Son sexe pulsait entre mes cuisses, tandis qu'il poussait des gémissements de plus en plus plaintifs qui me donnaient l'impression d'être une véritable déesse. Son désir était plus que manifeste.

Je voulais connaître ce bonheur chaque jour de ma vie. Je voulais qu'il soit le seul à me pénétrer jusqu'à ma mort. S'il ressentait la même chose, je me serais empressée de signer les papiers pour devenir sa femme. Jamais je n'avais été aussi sûre de vouloir quelque chose de toute ma vie. Même avec Colton, ma certitude avait été moindre.

Avec Finn, tout était différent.

— Mon Dieu, bébé, souffla-t-il contre ma bouche entre deux baisers. Je t'aime…

Mes lèvres s'éloignèrent des siennes, s'entrouvrirent, et je repris mon souffle. Il avait le don de m'exciter à l'infini ; je brûlais déjà, mourant d'envie de jouir autour de lui. Mes doigts étaient engourdis et ma respiration saccadée. Rien n'était plus sexy que de l'entendre me dire qu'il m'aimait. Ces mots-là, il ne les avait dits à aucune autre femme. J'étais la seule pour lui, l'unique sur tant de plans. Je me sentais tellement aimée que j'en venais à m'interroger sur l'intensité de mes relations précédentes.

— Je t'aime aussi.

Il inclina la tête pour embrasser mes seins, faisant délicieusement passer sa langue sur mes tétons dressés. Son souffle chaud retombait sur ma peau, me donnant la chair de poule. Soudain son sexe se durcit davantage et tout son corps se tendit, signe qu'il n'allait pas tarder à jouir.

— Non, décrétai-je en m'asseyant sur son membre.

Il plissa le nez.

— D'abord, je veux jouir une seconde fois.

Sans attendre sa réponse, je recommençai à me hisser sur lui, chevauchant sa queue jusqu'à la garde. Puis j'attrapai mes fesses et les écartai assez pour qu'il voie ma chatte s'étirer à mesure qu'il entrait en moi.

Il ferma les yeux un instant.

— Putain…

— Tu jouiras quand je te dirai de jouir. Pas avant.

Il se mordit les lèvres et poussa un râle, puis répondit sagement :

— Oui, bébé.

FINN DRIBBLAIT torse nu dans l'allée de chez lui, portant uniquement un short qu'il mettait pour le sport. Ses tatouages semblaient s'animer chaque fois qu'il contractait les muscles. Le V proéminent de son bassin constituait une distraction non négligeable, et son dos était si bien taillé qu'on aurait pu le prendre pour celui d'une statue grecque.

Zach se tenait près du panier, torse nu lui aussi, exhibant son thorax musclé qui, à part des tatouages, n'avait pas grand-chose à envier à celui de Finn.

— Allez, tire, couillon !

Finn ricana et s'entêta à dribbler. Colton était le seul avec un t-shirt.

— Ça ne sert à rien de lui donner des ordres ! lui lança ce dernier. Il prendra juste plus de temps pour te faire enrager.

— Il est vraiment si têtu que ça ? s'exclama Zach, incrédule.

Juste pour marquer le coup, Finn continua à dribbler.

J'étais assise dans l'herbe avec Soldier et lui caressais le cou, enfonçant mes doigts dans son pelage épais. Ils étaient tout sales d'avoir fourragé dans ses poils, mais qu'importe, j'avais trop envie de le choyer.

Stella, à côté de moi, lui caressait la tête, et Tom, de l'autre côté, lui faisait des papouilles sur le ventre.

— Ce chien a tout compris à la vie, nota ce dernier.

— J'aimerais tellement être un chien, regretta Stella. Tout le monde me trouverait mignonne et m'offrirait des friandises et des massages gratuits… Et puis surtout, les chiens prennent rarement du poids.

— Tu ne voulais pas jouer ? demandai-je à Tom.

— Non, répondit-il avec un petit rire. Je ne sais même pas dribbler. Je ne suis pas très sportif, en fait. Je suis plus du genre à rester vautré devant la télé.

Colton s'approcha de nous les mains sur les hanches.

— OK, mais un quatrième joueur ne serait pas de trop. On pourrait faire des équipes comme ça.

Tom resta placide.

— J'espère que ce commentaire ne m'était pas directement adressé. Je n'ai aucune coordination… Enfin, hors de la chambre à coucher, j'entends.

Un sourire se dessina sur le visage de Colton, qui avait légèrement rougi.

— Et toi, Stella ? Tu m'as l'air en forme !

— Et ? protesta-t-elle. Pourquoi est-ce que je voudrais jouer au basket alors que je peux rester là et câliner Soldier ? C'est le mâle le plus canon que j'aie jamais vu !

— Hé ! se récria Zach un peu plus loin, vexé.

Stella eut un haussement d'épaules.

— Désolée, mais c'est vrai.

Finn se décida enfin à tirer et marqua un trois-points.

— Bébé, me lança-t-il, lève ton cul et viens jouer avec nous.

Je fronçai un sourcil.

— Je te déconseille de me parler sur ce ton.

Il s'approcha de moi, son torse luisant d'une fine couche de sueur.

— Sinon quoi ? Il nous manque un joueur, alors c'est parti !

— Je n'aime pas le basket, objectai-je.

— Et pourtant… tu suis religieusement tous les matchs à la télé. Allez, s'il y a bien quelqu'un ici qui connaît les règles par cœur, c'est toi !

— Et ? le défiai-je.

— Lève-toi ou je t'y forcerai moi-même.

Il retourna près du panier.

— Ooh, me glissa Stella. Laisse-le te forcer. Je trouve ça sexy.

Je me levai à contrecœur et essuyai l'herbe restée collée à mes fesses.

— Tu te venges d'hier, c'est ça ?

Je l'avais chevauché pendant un bon moment, la veille, prenant mon pied jusqu'à être complètement rassasiée. Une vraie torture pour lui.

Il s'empara de la balle et me la lança.

— Vois ça comme ça si tu veux.

— Tu veux qu'on fasse équipe ? me proposa Colton.

— Grave.

Je dribblai, puis lui fis une passe.

La partie put enfin commencer. J'avais quand même un peu de mal à me déplacer dans mon jean moulant et mes petites chaussures de ville. Heureusement, l'allée était moins vaste qu'un véritable terrain de basket, sinon j'ignore comment j'aurais fait.

Colton m'envoya la balle, et je me préparai à tirer depuis le fond de l'allée.

Mais Finn arriva pour essayer de me la voler, me dominant de toute sa hauteur afin que je ne puisse plus faire de passe. Il s'autorisa même à poser les pattes sur mes hanches, m'attrapant avec un rictus.

Je virai aussitôt sa main.

— Faute !

— Et alors ? Qu'est-ce que tu vas faire ?

Il enroula ses bras autour de ma taille et m'embrassa jusqu'à ce que j'oublie de retenir la balle, qui tomba au sol.

— C'est quoi ce bordel ? s'indigna Colton. Déjà, beurk ! Et ensuite, t'es qu'un tricheur de merde.

— Merci, bébé, me souffla Finn en me volant la balle, avant de dribbler en direction du panier.

Dans la foulée, il marqua un deux-points. Furieux, Colton se tourna vers moi, les mains sur les hanches.

— Comment est-ce que t'as réussi à te laisser avoir comme ça ?

— Je n'ai pas eu le temps de réagir, c'est tout, me défendis-je.

Il leva les yeux au ciel et prit la balle des mains de Zach.

À ce moment-là, deux filles qui promenaient un petit chien passèrent sur le trottoir devant le grillage de la maison. Elles étaient toutes deux court vêtues, portant des shorts et des hauts moulants, même s'il ne faisait pas spécialement chaud ce jour-là. En les voyant lorgner les deux hommes torse nu, Stella leur jeta un regard acide.

À vrai dire, c'était surtout Finn qu'elles avaient dans le viseur, mais j'avais cessé de me préoccuper de toute l'attention qu'il recevait de la part de la gent féminine. Je n'y pouvais rien s'il était canon ! Et ça ne servirait à rien de piquer une crise chaque fois qu'on le matait. Non, mieux valait laisser couler.

Zach vola la balle à Colton puis fit une passe rapide à Finn.

Finn était tout proche de moi, mais il parvint à tirer avant que je n'aie le temps de réagir.

Je mis les mains sur les hanches et jetai un regard noir à Colton.

— Tu m'expliques à quoi tu joues ?

Ce dernier baissa la tête.

Finn m'attrapa à nouveau, posant ses larges mains dans le creux de mon dos pour mieux me ramener contre sa dure poitrine. Il m'embrassa sur la bouche, inclinant la tête pour m'offrir un baiser sulfureux, comme je les aimais, en plein milieu de l'allée.

— T'es nulle au basket. Mais au moins t'es bonne au pieu, s'amusa-t-il en ponctuant sa remarque d'une tape sur les fesses avant de se retourner pour reprendre la balle.

En me retournant vers le grillage, je m'aperçus que les deux filles n'étaient plus là. J'ignorais si Finn les avait remarquées et qu'il avait voulu leur signifier qu'il était pris, ou si son geste d'affection n'avait rien à voir avec cela… mais qu'il avait juste eu envie de sentir mes lèvres contre les siennes. Des deux hypothèses, je n'en préférais aucune.

Je traversai le couloir puis entrai chez Colton, mais seulement après avoir frappé.

— C'est moi, lançai-je pour le rassurer.

— Entre, s'écria la voix de Colton, depuis le canapé.

J'avançai dans la pièce et vis mon ami installé avec Tom, devant les infos.

— Vous regardez les infos ? m'étonnai-je.

Durant nos trois années de mariage, ce n'était jamais arrivé. Pas une seule fois.

— Tu n'as pas entendu parler de la tempête ? demanda Colton en regardant par-dessus son épaule. Deux ouragans s'apprêtent à s'abattre sur la Floride. Le vent souffle déjà à plus de cent soixante kilomètres-heure !

— Oh mon Dieu..., soufflai-je en m'approchant du dossier du canapé, où je posai les mains. Non, je ne savais pas.

— Ils l'ont déjà surnommée la tempête du siècle, m'informa Tom. Beaucoup de maisons risquent d'être détruites.

— Ça fait froid dans le dos, renchérit Colton. Je sais qu'il pleut ici à peu près tous les jours de l'année, mais au moins, on n'a jamais d'ouragans.

— On a été épargnés jusque là, c'est vrai, murmurai-je tout bas.

Colton baissa le volume et se leva du canapé pour se tourner vers moi.

— Alors, qu'est-ce qui t'amène ?

— Genre j'ai besoin d'une raison pour venir, maintenant ?

Il croisa les bras.

— Tu as faim, c'est ça ?

Je haussai les épaules.

— Non... Ça va... Mais si jamais vous avez trop à manger, je peux vous filer un coup de main.

Colton leva les yeux au ciel.

— Tu ne changeras jamais, n'est-ce pas ? soupira-t-il en se rendant dans la cuisine pour sortir des aliments divers.

— Non.

— Finn travaille ce soir ?

— Malheureusement, oui. C'est ce qu'il préfère, lui, mais moi j'aime mieux quand il a des horaires plus classiques. Comme ça on finit en même temps.

Il remplit une casserole d'eau bouillante, qu'il posa ensuite sur le feu.

— S'il aime bosser le soir, c'est sûrement pour ne pas avoir à te faire à manger.

— Arrête ! Il adore me nourrir !

Il sortit les pâtes de l'emballage plastique.

— À mon avis, c'est pas ce qui le botte le plus quand vous passez une soirée ensemble.

Je ris.

— Là, tu marques un point.

— S'il te concocte de bons petits plats, c'est pour mieux déguster le dessert ensuite.

Tout semblait être rentré dans l'ordre. Colton n'avait plus l'air fâché de me savoir avec son frère. C'était reposant, de vraies vacances.

— Tu as besoin d'aide pour cuisiner ? proposai-je.

— Non, tu vas tout faire rater.

— Allez, aie un peu confiance en moi. Qui est-ce qui avait du sel en réserve, hein ?

Il brisa les spaghettis en deux et les plongea dans l'eau bouillante, puis me nargua :

— Regardez-moi la fille qui conserve un vieux pot de sel pendant plus de trois ans et qui se prend pour un chef !

— En même temps, qui n'a pas de sel chez soi, je te le demande ?

— Quelqu'un qui s'en sert quotidiennement et qui n'a pas pensé à refaire des stocks, peut-être ?

Tom, resté sur le canapé, intervint tout d'un coup :

— Vous êtes encore mariés ou quoi ? Parce qu'à vous entendre, on dirait !

Sa remarque me fit rire.

— C'est vrai qu'on dirait, des fois, hein ?

Colton haussa les épaules.

— Certaines choses ne changeront jamais.

— C'est clair. Jamais.

FINN ne me contacta pas de tout le lendemain. Il avait fini tard la veille, mais normalement, même dans ces cas-là, il m'envoyait un message dans le courant de la journée, dès qu'il se réveillait.

Or mon téléphone resta anormalement silencieux.

La boutique était déserte. Apparemment, personne n'avait besoin de lingerie coquine cet après-midi-là. C'était toujours tout ou rien là où je travaillais : soit j'étais complètement débordée, soit c'était le calme plat. On basculait toujours d'un extrême à l'autre, sans jamais connaître d'entre-deux.

En terminant ce soir-là, je n'avais toujours reçu aucune nouvelle de Finn. Je ne supportais pas de jouer la copine hyper collante qui veut passer tout son temps avec son mec… Mais avec Finn comme petit ami, ça devenait compliqué.

Je partis retrouver Stella et Tatum au bar.

— Il ne t'écrit pas pendant douze heures et tu te mets à paniquer ? s'exclama Stella, interdite. Purée, on dirait Zach ! Si j'ai le malheur de ne pas lui répondre dans la minute, il se met aussitôt en tête que j'écume les bars avec un bel inconnu.

— Te méprends, pas, je sais qu'il ne me trompe pas, mais il me manque, c'est tout.

Ma bière, encore intouchée, reposait devant moi sur la table. J'aurais tout donné pour être sur le canapé de Finn à faire des papouilles à Soldier. Si Finn me demandait un jour d'emménager, je rendrais les clés de mon appartement sans même me poser de question. Pas parce que sa maison était superbe, mais juste pour vivre près de lui.

— Je trouve ça mignon, intervint Tatum. Elle est amoureuse, c'est normal qu'elle veuille passer tout son temps avec lui.

— Amoureuse, le mot est faible…, soufflai-je le cœur lourd en attrapant mon verre.

— Et le mariage, c'est pour quand ? trépigna Tatum.

Je haussai les épaules.

— L'idée ne l'enchante pas, mais il n'y est pas non plus complètement opposé.

— On dirait qu'il y a comme une corrélation entre l'apparence des mecs et leur volonté de s'engager : plus ils sont beaux, plus ils sont frileux, commenta Tatum, un brin dépitée. C'est seulement quand ils vieillissent et qu'ils se sentent un peu moins beaux qu'ils commencent à envisager sérieusement de se caser.

— Que ce soit clair : hors de question que j'attende sa quarantaine, m'esclaffai-je. Faudra qu'il se décide plus rapidement que ça. De toute façon il est plus âgé que moi, ça règle une partie du problème.

— Vous avez combien d'années d'écart ? s'enquit Stella.

— Cinq.

— Si tu es prête à patienter jusqu'à ta trentaine, ça peut le faire. Il aurait trente-cinq ans, nota Tatum.

Je fis la grimace.

— Je ne veux pas attendre jusque là. Le bon âge, ce serait vingt-huit ans. À trente ans, j'aimerais avoir mon premier enfant.

— Espérons qu'il mûrisse un peu d'ici là !

Stella sirota son Cosmo jusqu'à le terminer. Mon téléphone, laissé sur la table, se mit à sonner. Le nom de Finn s'afficha sur l'écran.

— Quand on parle du loup ! s'écria Tatum.

— On peut tirer un trait sur notre soirée entre filles, bougonna Stella en levant les yeux au ciel.

Je décrochai alors, sentant, comme chaque fois que j'étais sur le point de lui parler, un courant électrique parcourir mon corps.

— Salut.

— Salut.

Sa voix, déjà grave au naturel, me sembla plus sérieuse que de coutume.

— Qu'est-ce que tu fais ?

— Je bois un coup avec les filles au bar.

Il n'avait pas l'air de très bonne humeur.

— Quand tu as terminé, passe chez moi. Je veux te parler de quelque chose.

Son ton était inhabituellement froid ; il s'adressait à moi comme il l'aurait fait à n'importe qui... pas comme à sa copine. La dernière fois qu'on s'était vus, pourtant, tout allait très bien. On avait fait l'amour sous la douche sous le jet d'eau. Mais à l'entendre, aujourd'hui, on aurait dit qu'il voulait me quitter.

— Euh, d'accord... à plus tard ? balbutiai-je avant de raccrocher.

Stella et Tatum avaient manifestement tout suivi, car elles avaient les yeux écarquillés et la bouche entrouverte.

— Oh mon Dieu, s'exclama Stella. Tu crois qu'il va te quitter ? Il est tellement imprévisible, ce mec !

— C'est pas bon, ça, pas bon du tout, ajouta Tatum. Généralement, quand on dit ça à quelqu'un, c'est qu'on veut rompre...

Je craignais le pire, mais il me fallait garder la tête sur les épaules.

— Je ne vois pas pourquoi il me quitterait. Tout va bien entre nous. On est heureux.

— Ou alors, il commence à étouffer, indiqua Stella. Ça a pu le prendre d'un coup. Ça arrive souvent aux mecs.

— Oui, approuva Tatum. C'est vrai.

— Bordel les filles, vous êtes censées me réconforter, pas m'enfoncer ! me récriai-je.

— Euh, non, objecta Stella. On est censées t'aider à affronter toutes les épreuves... et te préparer au pire. S'il compte vraiment te quitter, il va falloir te blinder, feindre l'indifférence, lui faire réaliser tout ce qu'il perd. C'est toute une discipline.

— Vous croyez vraiment qu'il va me larguer ? demandai-je, soudain rongée d'inquiétude.

Tatum haussa les épaules.

— Vu le ton qu'il a pris, ça ne peut pas être de bonnes nouvelles...

— C'est vrai, admit Stella. Quoi qu'il ait à te dire, ça ne va pas te faire plaisir. C'est la seule chose qu'on puisse savoir avec certitude.

Je pris un Uber jusqu'à chez lui et pénétrai chez lui sans toquer. Soldier accourut immédiatement pour me faire la fête.

Je le câlinai dans l'entrée, mais moins longtemps que d'habitude, trop distraite pour faire attention à lui. Mon esprit tournait en boucle sur la froideur avec laquelle Finn m'avait convoquée ici pour qu'on ait cette conversation – qui promettait d'être fâcheuse.

En entrant dans le salon, je trouvai Finn sur le canapé. Il regardait les infos, suivant l'avancée de la tempête qui venait de frapper la Floride. Le premier ouragan avait déjà causé des dégâts monstrueux et emporté avec lui la vie de plusieurs citoyens. Le second n'allait pas tarder à s'abattre sur la région.

Finn éteignit la télé et se leva pour m'accueillir. À en juger par son air maussade, ma présence ne le réjouissait pas. Il s'arrêta à ma hauteur et soupira doucement, la mâchoire tendue et les narines dilatées.

— Qu'est-ce qu'il y a ? Je suis inquiète...

Soldier s'assit à mes pieds et quémanda des caresses en forçant son museau contre la paume de ma main. Mais pour la première fois, j'étais trop nerveuse pour lui accorder une quelconque attention. Ma vie était sur le point de basculer.

Et elle reposait tout entière entre les mains de Finn.

— J'ai dû retourner à l'hôpital aujourd'hui, à cause de la situation catastrophique en Floride.

Même si toutes les chaînes ne parlaient plus que de cela, je ne m'attendais pas à ce qu'il aborde ce sujet. La tempête sévissait à plusieurs milliers de kilomètres, autant dire dans un univers parallèle. En quoi cela pouvait-il concerner notre couple ?

— Je ne te suis pas.

— La Croix Rouge recherche des volontaires. Les blessés se comptent par milliers, ils sont entassés dans les rues, remplissent des stades entiers. Ils ont besoin d'être soignés. Bientôt, les systèmes électriques risquent de tomber en berne, ce qui rendra les conditions de vie impossibles là-bas. Les égouts débordent déjà, ce qui multiplie les risques d'infection.

Ce n'était certainement pas la conversation à laquelle je m'étais préparée en franchissant la porte.

— Alors j'ai décidé de me porter volontaire.

Ses yeux bleus semblaient presque me demander pardon. Il me scrutait nerveusement, comme s'il avait fait quelque chose de mal et qu'il redoutait une dispute.

Mais c'était surtout le soulagement qui m'envahissait : il n'avait pas l'intention de me quitter.

— Oh… Je pensais que…

— Qu'est-ce que tu as cru ?

— Que tu avais une très mauvaise nouvelle à m'annoncer, répondis-je avec un haussement d'épaules.

Il se frotta la nuque et jeta un coup d'œil à la télé.

— C'est que je craignais que tu m'en veuilles.

— Pourquoi est-ce que je t'en voudrais ?

Il se dévouait pour porter assistance à des personnes dans le besoin, quitte à mettre sa propre vie en pause. Comment pouvais-je lui en vouloir pour une chose pareille ? Il ne serait même pas rémunéré, et il s'en fichait. Au contraire, c'était noble de sa part.

— Parce que je vais partir pendant un mois entier.

Il y eut d'abord la gifle, puis la douleur cuisante. Un mois sans le voir équivalait à une éternité… Je ne supportais déjà pas de rester loin de lui pendant vingt-quatre heures.

— Mince… C'est vraiment long…

— Il y a beaucoup de blessés, m'expliqua-t-il, et la liste s'allonge de jour en jour. Tout ne sera pas magiquement réglé dès que l'ouragan se sera éloigné.

— Est-ce que ce sera dangereux, pour toi ?

Outre les conditions météorologiques désastreuses, je redoutais le chaos engendré. Allait-il risquer sa vie ?

— J'ai connu pire. Ne t'inquiète pas pour moi.

— Je m'inquiéterai toujours pour toi. C'est comme ça.

L'homme que j'aimais allait mettre sa vie en danger pour sauver celles de parfaits inconnus. Ces jours seraient les plus longs de mon existence.

— Je pensais que tu voudrais m'en empêcher.

C'était en effet ce que mon instinct me criait de faire. Je voulais lui ordonner de ne pas y aller. Mais cela aurait été égoïste. Je comprenais que Finn ait besoin de se laisser porter par le vent. Il ne serait jamais heureux s'il était obligé de rester en place ; l'autoriser à partir un mois me semblait être un bon compromis.

— Je ne t'empêcherai jamais de faire quelque chose qui te tient à cœur.

Ses yeux s'emplirent de tendresse.

— Même à des milliers de kilomètres, tu seras toujours à mes côtés.

Il fit un pas vers moi, les mains tendues pour attraper les miennes.

— Tu vas vraiment me manquer.

— Tu vas me manquer, toi aussi.

Il baissa la tête, tout près de moi.

— Je me suis tout de suite douté que tu étais celle qu'il me fallait. Mais aujourd'hui, j'en suis absolument convaincu. Tu es la seule et l'unique, murmura-t-il avant de déposer un baiser chaud sur mon front. Merci.

Ces trente prochains jours seraient un véritable enfer. Je les passerais à attendre désespérément que le temps s'écoule plus vite afin de retrouver, enfin, les bras de cet homme que j'aimais tant. La douleur était déjà si forte que j'eus momentanément envie de faire machine arrière, de lui demander de rester. Mais je savais à quoi m'en tenir avec un homme tel que Finn : à quoi bon lutter ? Il aurait toujours besoin de conserver son indépendance, de se sentir libre d'explorer le vaste monde. Si je voulais le garder dans ma vie, il fallait accepter cela.

— Ne me remercie pas. Je suis fière de toi.

— C'est vrai ? souffla-t-il tout bas.

— Oui. Extrêmement fière.

Je fis remonter mes mains le long de ses biceps musclés, en priant de tout mon cœur le retrouver intact, en un seul morceau.

— Quand est-ce que tu pars ?

Il poussa un petit soupir.

— Après demain…

11

COLTON

Je sortis une autre bière du frigo et l'ouvris.

— Comment est-ce que Maman l'a pris ?

Finn était debout près du plan de travail, une Heineken à la main.

— Elle est un peu triste, mais aussi très fière. Et je ne pars qu'un mois, alors ça va. Rien à voir avec mes dix ans dans l'armée.

— C'est pas faux. Est-ce que tu lui as dit, pour Pepper et toi ?

Il but quelques gorgées de bière sans me quitter des yeux.

— ... Oui.

Mon frère avait si longtemps repoussé l'échéance que j'en étais venu à douter qu'il lui avoue la vérité un jour.

— Qu'est-ce qu'elle a dit ?

— Elle est ravie. Elle m'a d'abord demandé comment tu le vivais, toi, et quand elle a su qu'on avait ta bénédiction, elle s'en est réjouie. Elle pense que Pepper est la femme qu'il me faut.

— Eh ben... quel soulagement ! jubilai-je. C'est génial !

— Oui. Ça m'ôte un sacré poids des épaules.

— Est-ce que Pepper est au courant elle aussi ?

Il fit non de la tête.

— Je ne lui ai pas encore dit, répondit-il sobrement.

— La nouvelle va lui faire très plaisir.

— Oui, je pense aussi.

Je sortis des restes du frigo.

— Tu veux manger ici ? proposai-je. Il me reste des spaghettis d'hier.

— Avec plaisir.

Je répartis les pâtes dans deux assiettes puis en plaçai une au micro-ondes.

— Comme ça, Pepper te soutient dans ton projet humanitaire ?

— Elle a très bien réagi en tout cas.

Cela ne lui ressemblait guère. Vu comme elle était accroc à Finn, ça m'étonnait qu'elle accepte une séparation si longue.

— Elle doit savoir que c'est important pour toi.

— Oui, acquiesça-t-il. C'est une femme en or, Colton. La seule dont je pouvais possiblement tomber amoureux.

Pepper était effectivement la perle rare et j'étais bien placé pour le savoir. Si je n'avais pas préféré les hommes, j'aurais passé ma vie à ses côtés. Tom avait beau être génial, mon petit doigt me disait qu'on n'aurait jamais une aussi grande complicité qu'avec Pepper.

— Si je décide un jour de me marier, ce sera avec elle.

Les yeux braqués sur sa bière, il se tut un moment, laissant ses mots résonner en écho dans nos deux esprits. À tel point que lorsque le micro-ondes sonna, je n'allai pas tout de suite l'ouvrir.

— Alors pourquoi est-ce que tu ne l'épouses pas ?

Il haussa les épaules.

— Parce qu'il me reste encore beaucoup de choses à vivre.

— Mais tu peux les vivre avec elle.

Je sortis une première assiette du micro-ondes, et mis la seconde à réchauffer. Après une pression sur le bouton, je vis l'assiette lentement tourner.

— On verra en temps venu.

— Fais juste attention à ne pas trop attendre, le prévins-je. Pepper vaut de l'or. Si tu ne sautes pas le pas, quelqu'un d'autre finira par le faire.

— Je ne suis pas stupide, Colton, fit-il en reposant sa bière. Mais il est encore trop tôt pour se lancer. Je ne suis pas prêt à me caser... même si parfois mon amour pour elle me fait peur. Jusqu'à aujourd'hui, les femmes n'étaient que des distractions pour moi... des passe-temps. Mais elle... C'est la première fois que je respecte vraiment une femme, la première fois que j'en admire une comme ça. C'est aussi ma meilleure amie.

— Oui... Je connais ce sentiment.

Je sortis l'assiette chaude et la posai sur le comptoir. Au lieu de se mettre à table, on mangea debout dans la cuisine.

— Et qu'est-ce que tu vas faire de Soldier ?

— Je le confie à Pepper, vu qu'elle a accepté de garder la maison. En échange, je lui ai donné le droit d'utiliser mon truck. C'est elle qui s'occupera de mon chien.

— Attends, Pepper a le droit de conduire ta voiture et pas moi ?

— Elle a le permis, elle.

— Mais quand même…

— Et elle en aura besoin pour faire les courses… Sans compter les croquettes de Soldier, qui pèsent une tonne.

Je fis tourner ma fourchette dans la masse des spaghettis et en entortillai une quantité non négligeable que je plaçai aussitôt dans ma bouche.

— En tout cas, tu vas me manquer. Ça va faire bizarre de ne pas te voir pendant un mois entier.

— Ah oui ?

— Grave. En plus je vais devoir me coltiner Pepper non-stop.

Il ricana.

— Comme si ça ne te faisait pas plaisir !

— Non mais attends, elle vient se servir directement dans mon frigo chaque fois que tu es au travail !

— Tu n'avais qu'à pas vivre juste en face de chez elle. Tu le savais pourtant, non ?

Là, il marquait un point.

— Où est-ce que tu dormiras ? m'intéressai-je.

Il haussa les épaules.

— Dans une tente la plupart du temps. Peut-être à l'hôtel, un peu. Ça dépendra de l'endroit où je serai placé. Mais vu que j'y vais pour bosser bénévolement, c'est sûr qu'ils chercheront à rentabiliser un maximum ma présence.

— Tu ne vas rien toucher pendant tout un mois ? déduisis-je.

— Non. Mais mes dépenses quotidiennes seront toutes prises en charge. Enfin, la nourriture au moins.

— Et pour le crédit de ta maison tu fais comment ?

— C'est à ça que sert un compte épargne.

J'avais quelques ronds de côté, mais pas assez pour me permettre un mois sabbatique.

— Et l'hôpital n'a rien dit ?

— C'est eux qui m'ont parlé de cette campagne de recrutement.

— C'est chouette de leur part. Est-ce qu'il y en a d'autres qui t'accompagnent ?

Il planta sa fourchette dans ses pâtes et la tourna afin de se servir une bonne bouchée. Mais, le regard fixe, il ne se résolut pas à la porter à sa bouche.

— Oui… Il y aura quelqu'un d'autre.

— Quelqu'un que tu connais ?

Il poussa un long soupir.

— Layla.

Je reposai ma fourchette au ralenti, hors de moi. Putain, cette connasse ne reculait décidément devant rien !

— Merde à la fin, faut vraiment qu'elle se calme.

— C'est peut-être une coïncidence, je n'en sais rien, nota Finn avec un haussement d'épaules.

Je fronçai les sourcils. Il ajouta :

— Mais j'en doute…

— Pepper doit être folle de rage.

— Je ne lui ai pas encore dit.

Une chose était sûre : le jour où il lui indiquerait ce « détail », elle sortirait de ses gonds.

— Ça va pas l'enchanter des masses, ça c'est sûr...

— Je sais. Je redoute déjà le moment où je vais devoir lui annoncer.

— Je croyais que tu n'avais peur de rien ?

Il releva le menton et me regarda dans les yeux.

— Pepper fait exception à la règle.

12

PEPPER

TOUT EN MAINTENANT MES POIGNETS BLOQUÉS DANS MON DOS, FINN me prenait fort par derrière. Sa queue impressionnante s'enfonçait profondément dans ma chatte tandis qu'il me tenait solidement la nuque de sa main libre.

Adorant qu'on me domine ainsi, je haletais, écrasée contre l'oreiller, le laissant me remplir de sperme au gré de ses envies. Il se soulageait dans mon corps, se servant de moi comme d'un objet en prévision du long mois qui nous attendait. Il me faisait parfois l'amour, mais d'autres fois il me baisait comme une brute.

Et j'aimais autant les deux.

Il mobilisait tout son bassin pour mieux me pénétrer, et ruait si fort que je tremblais sous ses assauts. Ses bras puissants me retenaient en place pour qu'il puisse mieux me consommer, et défoncer mon sexe qu'il avait déjà mis à rude épreuve ce soir-là.

Soudain, il envoya la sauce, fourrant ma chatte de tant de foutre qu'il dégoulina aussitôt hors de ma fente. Il poussa un râle et renforça son emprise sur mes poignets fins, qu'il pressait de plus en plus fort contre le bas de mon dos comme asseoir sa domination.

Après un dernier râle de satisfaction, il se retira.

Dire que j'allais devoir me passer de ça pendant tout un mois…

Il s'allongea en travers du grand lit king size, une main sur le torse, respirant fort jusqu'à ce que son corps se détende enfin.

Restée à quatre pattes, je me laissai glisser vers le matelas en pliant les genoux. Il contempla mon cul puis posa la main sur la cambrure marquée de mes reins.

— Fais attention, bébé.

— Pourquoi ? demandai-je, taquine.

— Tu sais très bien, répondit-il en relevant les yeux pour me regarder. Si tu ne fais pas gaffe, je te prends tellement fort que tu ne pourras plus marcher droit.

— De toute façon, je n'ai jamais été adepte de la marche à pied.

Il fit courir ses doigts le long de ma peau, de la naissance de mes fesses à mes omoplates.

Son départ était fixé pour le lendemain matin. Je devrais moi-même le déposer à l'aéroport, puis supporter de le voir partir, le cœur lourd. Il allait tellement me manquer. Heureusement, il me resterait ses t-shirts, son lit et son chien… L'encourager à accomplir de grandes choses se révélait bien plus épineux que prévu.

Il continua à m'observer, retraçant le même parcours des doigts que des yeux.

— J'ai une bonne nouvelle, au fait.

— La tempête est passée sans causer trop de dégâts et tu n'as plus besoin de partir ?

Voilà qui réglerait tous mes problèmes !

— J'ai dit « bonne », pas excellente, rectifia-t-il avec un léger sourire. J'ai expliqué à ma mère que je partais.

— Ça a dû la faire bien râler…

— Non, ça va. Un mois, ça lui semble peu après mes dix ans dans l'armée.

Si c'était l'idée qu'il se faisait d'une bonne nouvelle, autant dire que j'étais déçue. Une bonne nouvelle, selon moi, aurait été qu'il m'ait acheté un gâteau à la boulangerie du coin, que je pourrais avaler sans prendre un gramme. Ça, oui, ça aurait été une bonne nouvelle.

— C'est tout ?

— Pas exactement. Je lui ai aussi parlé de nous…

Je me demandais depuis longtemps si Finn comptait en toucher un mot à ses parents. Après tout, pourquoi risquer de leur donner de faux espoirs si nous n'étions pas certains d'avoir un avenir ensemble ? S'il leur avait parlé de nous, ça ne pouvait signifier qu'une chose : c'était parti pour durer.

Et ça oui, c'était une bonne nouvelle. Et excellente, même !

— Comment est-ce qu'elle a réagi ? m'enquis-je.

— Elle est très heureuse pour nous… ce qui ne m'étonne pas.

— Tant mieux.

Ses doigts s'immobilisèrent au sommet de mes fesses.

— Elle trouve qu'on va bien ensemble, et que j'ai beaucoup de chance.

C'était gentil de sa part. Avec un peu de chance, je n'aurais pas à changer de belle-mère.

— Je suis contente qu'ils le prennent bien, me réjouis-je. J'avais peur que cette situation la mette mal à l'aise.

— Non. Elle t'aime bien trop pour ça.

Il se remit à me caresser du bout des doigts, effleurant ma peau tout en y promenant son regard. Plusieurs minutes s'écoulèrent ainsi, dans cette tendresse silencieuse, jusqu'à ce que Finn relève les yeux et me regarde fixement, perçant mon âme à jour.

— Il y a autre chose dont je voulais te parler…, murmura-t-il.

— À t'entendre, je m'attends à une mauvaise nouvelle…

— Tu risques de t'énerver.

— D'accord…

Chaque fois que je me préparais au pire, Finn me donnait tort. Alors cette fois-ci, au lieu de paniquer, je conservai mon calme.

— Tu me stresses toujours comme tu t'exprimes comme ça, mais au final, c'est jamais si grave.

— Espérons que tu le prennes aussi bien, alors…

Il retira sa main, qu'il posa sur son torse.

— Qu'est-ce qu'il y a ? insistai-je.

Fuyant, il préféra regarder le plafond plutôt que d'affronter mon regard.

— Une personne de mon service va partir en même temps que moi.

Pas besoin de m'en dire plus, j'avais déjà ma petite idée. Il ne m'avait guère fallu plus d'une fraction de seconde pour comprendre de qui il pouvait s'agir. Il n'y avait qu'une seule pétasse suffisamment pathétique pour suivre un homme à l'autre bout du pays juste dans l'espoir de lui mettre le grappin dessus.

— Va vraiment falloir qu'elle se calme, cette connasse !

— Cela dit, je ne suis pas convaincu qu'elle ne fasse ça que pour me suivre. Elle a déjà fait du volontariat par le passé.

— On s'en branle ! pestai-je en levant les yeux au ciel. Tu sais très bien qu'elle profite de cette opportunité pour se rapprocher de toi.

Il ne se donna pas la peine de me contredire.

L'obstination de Layla m'énervait profondément, mais en même temps, je n'y pouvais rien. Il s'était déjà engagé à partir, et je savais pertinemment qu'il ne me tromperait pas. Alors elle aurait beau chercher à entrer dans sa chambre en pleine nuit, elle n'obtiendrait rien. Sa seule chance restait de l'agresser de force, mais même là, je doutais sincèrement qu'elle parvienne à le faire bander.

— Tu veux que je reste ?

— Ne dis pas de bêtises.

— Je suis sérieux. Il n'y aura qu'elle et moi, et malheureusement, on va devoir passer beaucoup de temps ensemble. Presque tout notre temps.

L'idée qu'elle puisse le reluquer à longueur de journée me mettait hors de moi, mais que pouvais-je faire dans cette situation ? Toutes les femmes le désiraient, je ne pouvais rien y changer. C'était comme ça, un point c'est tout. Et ce problème perdurerait pendant de longues années.

— Peu importe. Ça ne change rien, affirmai-je.

— Vraiment ? insista-t-il en plissant les yeux, interloqué par mon stoïcisme.

— Oui, bien sûr. Qu'elle continue à te courir après si elle veut, de toute façon elle ne t'aura jamais. Je te fais confiance. Je sais que tu ne me tromperas pas.

Peu à peu, ses traits s'adoucirent, et il me jeta un regard si tendre que je compris que son amour pour moi avait encore grandi. Il baissa doucement le nez tout en me caressant l'échine, et j'entendis son souffle accélérer. Il inspira un grand coup puis se rapprocha de moi.

— Tu me fais confiance ?

— Évidemment que je te fais confiance.

Cet homme ne me déclarait jamais son amour à la légère. Il ne me soufflait pas « je t'aime » au moment de raccrocher, comme la plupart des gens en couple, mais réservait ces mots pour des occasions plus profondes, où leur importance en ressortait grandie.

Il me fit pivoter sur le dos puis se plaça sur moi. Sa main se faufila dans ma chevelure et son regard plongea dans le mien.

— Je veux dire… Tu ne dis pas ça en l'air, reprit-il.

Il écarta mes cuisses des siennes, et pressa son membre dressé contre ma fente. Vu le nombre de fois qu'il m'avait prise aujourd'hui, je ne l'aurais pas cru capable d'en avoir encore envie. Mais si, il bandait, et pas qu'un peu.

— Tu m'aimes…

Doucement, il força mon entrée et s'immergea en moi.

— Oui, je t'aime. Tu ne l'avais pas encore compris ?

Sans me lâcher les cheveux, il s'enfonça complètement, jusqu'à la garde.

— Tu es ma femme, je ne veux personne d'autre. Il n'y a pas d'autre chatte que je veuille baiser à part la tienne, susurra-t-il avant de m'embrasser sur la bouche. Ta bouche est la seule que j'ai envie d'embrasser.

Puis il commença ses va-et-vient, comme pour appuyer ses propos.

— Tu es la seule femme que j'aimerai de toute ma vie. Alors oui, tu peux me faire confiance. Parce que je suis désespérément, maladivement, amoureux de toi.

Au volant de son truck, Finn sur le siège passager, je me rangeai dans le dépose-minute de l'aéroport.

Mon Dieu, c'était horrible…

Au bord des larmes, je faillis ne pas trouver la force de passer au point mort. C'était trop dur. Certes, il ne partait que pour un mois, mais j'avais réellement l'impression de le perdre.

C'était à peine si je pouvais le regarder en face.

— Bébé, je reviens vite.

— Je sais, répondis-je d'une voix assurée, malgré mon désarroi.

Relevant le menton, je croisai son regard et esquissai un sourire forcé, masquant ma détresse de mon mieux.

— Je sais que tu es sur le point de pleurer, murmura-t-il avant de me caresser les cheveux et de dégager une mèche de mon visage. Je te connais mieux que tu ne le crois.

Mes lèvres se posèrent au creux de sa main, que j'embrassai tout en sentant une larme rouler le long de ma joue. Il l'essuya de son pouce.

— Tu vas me manquer.

— Tu vas tellement me manquer toi aussi.

Il se pencha pour déposer un baiser sur mon front.

— Je serai de retour en un rien de temps.

— Si tu le dis…

Le temps passerait vite pour lui peut-être... Certainement pas pour moi. Il sortit du truck et attrapa ses bagages.

Alors je descendis du véhicule pour l'enlacer. Peu importe mes yeux rouges et bouffis. Je l'aimais tellement que j'aurais été prête à le menotter à moi pour m'assurer qu'il ne parte jamais.

Il reposa son sac par terre.

— Je t'appellerai dès que possible. Envoie-moi des vidéos cochonnes, d'accord ? Il me faudra bien ça pour tenir tout un mois.

— Tu n'auras pas accès à du porno ? Il n'y a pas internet là-bas ?

Le coin de ses lèvres s'étira en un sourire.

— Même si je le pouvais, je préfère fantasmer sur toi, susurra-t-il avant de s'approcher de moi et de prendre mes joues en coupe. J'ai envie de t'imaginer dans un t-shirt à moi, allongée dans mon lit. Il n'y a rien de plus sexy au monde.

Je savais qu'il disait ça pour apaiser mon chagrin, mais la douleur était si forte qu'elle battait dans mes tempes et tambourinait contre mes côtes.

— Je vais voir ce que je peux faire.

Remarquant du coin de l'œil qu'on nous observait, je pivotai et aperçus Layla, debout tout près de nous. Elle venait de descendre d'un taxi, et ses fringues n'avaient rien d'une tenue de voyage classique. Elle portait un t-shirt ultra moulant, un jean qui galbait ses jambes et une paire d'escarpins à talons hauts. Elle regardait dans notre direction, mais n'avait d'yeux que pour Finn.

Ce mois allait être le plus long de ma vie.

Finn me fixait toujours, indifférent à sa présence.

— Je t'aime, murmura-t-il en me caressant la joue, avant de se pencher pour un baiser.

Un baiser tendre, rempli d'amour, plus que de désir. Ce baiser était une déclaration d'amour, comme ceux que l'on voit dans les films, la preuve ultime que je n'avais rien à craindre, même si une rivale, et pas des moindres, était prête à tout pour conquérir l'homme que j'aimais.

Lorsqu'il finit par s'écarter, il plaqua son front contre le mien et me retint un moment dans ses bras. Ainsi, il ferma les paupières, profitant de nos derniers instants ensemble. Il était temps que je libère la place de parking, pourtant, mais Finn ne semblait guère s'en soucier.

— Je t'aime aussi, lui glissai-je tout bas. Tellement que ça me fait peur. Je n'ai jamais aimé quelqu'un si fort de toute ma vie... Pas même Colton.

— Parce qu'on était prédestinés à finir ensemble, fit-il en frottant son nez contre le mien. Et ensemble, on le sera, à mon retour. Quand je rentre, je veux découvrir mes tiroirs plein de nouveaux ensembles de lingerie. Je vais m'arranger pour poser quelques jours, histoire qu'on rattrape un peu le temps perdu.

— L'idée est tentante.

Il se pencha pour ramasser ses affaires.

— Prends soin de Soldier pour moi.

— Promis.

Le moment des au revoir était venu. Après ça, je ne le verrais plus pendant tout un mois. Un mois où j'allais devoir prendre mon mal en patience, malgré la présence de Layla à son côté.

— Et de Colton, ironisa-t-il.

— Bien entendu.

Il passa le sac sur son épaule.

— À très vite, bébé.

— Salut…

Il m'adressa un dernier regard chargé d'amour avant de me tourner le dos pour s'en aller. Il ne remarqua pas Layla, qui l'attendait sur le côté, mais entra directement dans l'aéroport sans même lui jeter un regard.

Si mon cœur était en miettes, ce n'était pas parce que Layla allait profiter de cette mission pour essayer de me voler Finn, mais parce qu'il allait terriblement me manquer. Avant même que je n'atteigne le truck, les larmes se mirent à couler.

13

COLTON

Assis en face de moi, Tom dégustait le taco que je lui avais préparé pour le dîner.

— Est-ce que tu lui as parlé ?

— Non...

Cela faisait cinq jours depuis le départ de Finn, et depuis, Pepper semblait avoir disparu de la surface de la Terre. Comme elle ne répondait plus à mes messages, j'en avais déduit qu'elle voulait rester seule. L'absence de mon frère la faisait plus souffrir que ce que j'aurais cru.

— Tu devrais peut-être passer la voir, suggéra-t-elle.

— Si elle voulait de la compagnie, elle me répondrait.

— Elle a peut-être besoin que tu lui forces la main. Que tu l'aides à retrouver le sourire.

— Ouais... peut-être.

Cette situation me rappelait notre divorce. Pepper avait alors pris ses distances, le temps de se remettre sur pied. Nous n'avions pas eu la moindre interaction pendant des semaines, et ça m'avait brisé le cœur de savoir que je n'y pouvais rien... car j'étais responsable de sa souffrance. Cette fois, en revanche, je n'avais rien à me reprocher.

— Et si on lui mettait quelques tacos de côté et qu'on les lui apportait ? Je peux t'y conduire si tu veux.

— Tu es sûr ? demandai-je. On était censés rester rien que tous les deux ce soir.

— On s'en fiche, assura Tom. Des soirées comme celle-ci, on en aura encore plein. Sois là pour ton amie. C'est quelqu'un de bien, et elle traverse une mauvaise passe. J'ai beau admirer Finn pour ce qu'il fait, je la plains, la pauvre. Jamais je ne pourrais te laisser comme ça.

— Moi non plus, je ne pourrais pas.

Je culpabilisais, par contraste, d'être si heureux quand Pepper allait si mal. J'avais trouvé un homme génial, avec qui j'avais une relation solide. Le temps passé ensemble ne faisait que nous rapprocher, tissait entre nous de nouvelles affinités. S'il avait dû s'absenter un mois, moi aussi j'aurais versé des torrents de larmes.

Il reposa sa serviette.

— Emballons tout ça, et mettons-nous en route.

— Merci, Tom. C'est très gentil de ta part.

Il haussa les épaules.

— Pepper fait partie de la famille. Et la famille passe avant tout le reste, n'est-ce pas ?

Je dus frapper à plusieurs reprises pour que Pepper m'ouvre enfin. Elle flottait dans ses vêtements, ou plutôt ceux de Finn, un jogging et un t-shirt trois fois trop grand pour elle. Elle me dévisagea sans sourire, sans même remarquer la nourriture que j'avais apportée. Ses joues avaient beau être sèches, ses paupières étaient rouges et lourdes de fatigue, comme si elle n'avait pas dormi depuis plusieurs jours.

— Tu veux des tacos ? proposai-je en soulevant le tupperware. Je viens de les faire.

— C'est gentil mais je n'ai pas faim.

Sa main était restée sur la porte, comme pour me bloquer le passage. Et Soldier, à son côté, jouait au chien de garde.

— Tu comptes m'inviter à entrer ? la taquinai-je, en entrant aussitôt, sans attendre sa réponse.

— Ah oui, pardon.

Elle se décala pour me laisser la place puis referma derrière moi. La mélancolie de Pepper semblait avoir déteint sur Soldier, car ce dernier ne vint pas me faire la fête. L'absence de Finn devait l'attrister lui aussi.

Je m'avançai dans le couloir, puis allai poser le tupperware dans la cuisine.

— Tu veux que je te les réchauffe ?

— Non merci. Je n'ai pas faim, refusa-t-elle en plissant le nez.

— Je te crois... Mais il faudrait quand même que tu avales quelque chose.

Je la soupçonnais de ne rien avoir mangé depuis le départ de Finn.

— Je mangerai plus tard, déclara-t-elle en se dirigeant vers le canapé, où elle finit par s'asseoir.

Soldier la rejoignit aussitôt, appliquant sa truffe humide sur sa cuisse. Elle tendit automatiquement la main pour le caresser, habituée à ce qu'il s'installe ainsi.

Je m'assis à côté d'elle et me tournai vers la télé. Elle regardait les infos, suivant étape par étape l'évolution de la tempête qui sévissait toujours en Floride. On comptait encore de nombreux disparus, et la liste des blessés graves s'allongeait d'heure en heure. Les rescapés affluaient dans les stades et les églises, des abris précaires et provisoires où attendre les premiers secours. Pepper contemplait fixement l'écran d'un regard éteint.

— Est-ce que tu as pu le joindre ?

Elle secoua la tête.

— Il n'a pas encore appelé. Il doit travailler dur.

— Le réseau est peut-être endommagé à cause des intempéries.

— Ouais..., concéda-t-elle en continuant à caresser Soldier.

— Est-ce qu'il t'a dit pour Layla ?

Ça m'étonnerait que mon frère lui cache une information pareille. Ce n'était pas un lâche. Elle opina du chef.

— Tu sais qu'il ne se passera rien entre eux, n'est-ce pas ?

Vu la sincérité avec laquelle Finn m'avait confié son amour pour Pepper, je savais qu'il ne la tromperait jamais. Il était complètement fou amoureux d'elle. Layla n'avait aucune chance.

— Elle ne m'inquiète pas.

— Ah bon ?

Moi si, parce que Layla semblait plus que déterminée à finir dans le lit de Finn.

— Ce n'est pas ce qui me rend triste. Il me manque trop, c'est tout. Je ne supporte pas son absence. Je pensais aller mieux au bout d'un jour ou deux, mais sans lui, je suis complètement perdue, avoua-t-elle en haussant les épaules. Ça m'étonne de moi. Ce n'est pas comme s'il n'allait jamais revenir…

— Cinq jours se sont déjà écoulés, lui fis-je doucement remarquer. Il n'en reste plus que vingt-cinq.

— Chaque jour de plus me semble insurmontable…

— Au moins, je suis content de voir que tu ne t'inquiètes pas sur la présence de Layla là-bas.

— M'en fous. C'est une casse-couille de première, mais peu importe. Finn ne me ferait jamais de mal.

Dire que j'avais pendant si longtemps été un obstacle à leur relation, alors qu'ils étaient si heureux ensemble, si dévoués et fidèles… Mon frère, ce célibataire endurci, m'avait même déclaré vouloir l'épouser elle, si l'envie de se marier le prenait. Ce n'était pas rien, venant de lui. Et la simplicité avec laquelle il m'avait fait part de ses sentiments pour elle n'avait pas manqué de me surprendre non plus.

— Je suis là, si tu as besoin de quoi que ce soit.

— Je sais, Colt, répondit-elle avant de se forcer à m'adresser le sourire le plus sincère possible. Merci.

— Tu veux que je m'installe ici jusqu'à son retour ?

— Non, bien sûr que non, répondit-elle. J'ai Soldier, alors ça va. Il fait les meilleurs câlins du monde… même s'il ne remplace pas Finn.

Je ris.

— C'est un bon chien. Il va prendre soin de toi.

— Oui, c'est mon petit bébé.

Elle se pencha pour l'embrasser sur la tête.

— D'ici au retour de Finn, j'en aurai probablement fait une grosse peluche.

— Probablement ? répétai-je, incrédule. Regarde-le ! C'en est déjà une.

Elle haussa les épaules.

— Eh bien, tant pis. S'il s'énerve, je lui dirai que c'est entièrement sa faute. Il n'avait qu'à pas partir.

14

PEPPER

Une semaine s'était écoulée, et bien que j'aie recommencé à m'alimenter correctement, j'étais d'humeur massacrante. Le lit de Finn était nettement moins confortable lorsqu'il n'y dormait pas, et je m'inquiétais continuellement pour lui. Le faisait-on trimer là-bas ? Avait-il suffisamment à manger ? Se reposait-il assez ? Quand finirait-il par me téléphoner ?

Heureusement que je pouvais compter sur la présence de Soldier. Son soutien m'était précieux. Comprenant que ça n'allait pas fort, il venait sans cesse me consoler. Il me couvrait d'affection dès la minute où je rentrais, et n'avait pas tardé à piquer la place de Finn dans le lit, se blottissant contre moi comme un véritable être humain.

J'étais justement allongée sur le matelas, incapable de m'endormir malgré mon épuisement. J'avais envisagé d'appeler Finn, mais à quoi bon ? S'il avait pu me parler, il m'aurait contactée de lui-même. Il faisait anormalement chaud ce soir-là, alors Soldier s'était installé au bout du lit.

C'est alors que mon téléphone sonna.

Finn.

Je m'emparai si rapidement de mon portable qu'il m'échappa des mains et tomba par terre.

— Merde !

En le ramassant, je vis que j'avais accidentellement rejeté son appel.

— Et chiotte !

Je me rallongeai sur le dos et le rappelai dans la foulée, anxieuse de le joindre. Il décrocha.

— Ben alors, tu me raccroches au nez, maintenant, bébé ?

Le simple son de sa voix, si grave et joyeuse, me fit monter les larmes aux yeux.

— Tu me manques tellement…

L'émotion qui me serrait la gorge m'empêchait de lui répondre sur le même ton badin. J'aurais aimé rester forte pour lui, mais c'était trop dur. Seul son retour, définitif, pouvait me réconforter. Je n'aurais jamais la force de revivre une telle séparation.

En décelant ma tristesse, il marqua une pause à l'autre bout du fil.

— Tu me manques aussi, bébé.

— Ça ne fait qu'une semaine… mais elle m'a fait l'effet d'un mois.

— Cette semaine a été la plus longue de ma vie à moi aussi.

Quelle gourde ! Dire que j'avais le culot de me plaindre, moi qui profitais du confort de sa charmante maison avec toutes ses commodités, alors que Finn travaillait dans des conditions extrêmes!

— Comment vas-tu ?

— Je suis claqué.

— Raconte-moi ta semaine, c'était comment ?

— J'ai passé la majeure partie du temps sur le terrain, à prendre en charge des patients dans un stade, et dormi par terre dans un sac de couchage. Sans douche. Je n'ai même pas pu me brosser les dents. Et c'était aussi impossible de charger mon téléphone, sinon tu imagines bien que je t'aurais appelée plus tôt sinon.

— Mon Dieu… Mais c'est horrible !

En même temps, si tout ce qu'il disait était vrai, Layla n'avait aucune chance d'arriver à le séduire.

— Ce n'est pas si terrible que ça. Et puis c'est temporaire.

— Où est-ce que tu es, maintenant ?

— On a eu droit à une soirée de repos, loin du campement, dans un hôtel. J'ai pris une douche et mangé un repas dégueulasse que j'avais commandé via le *room service*, mais ça reste le meilleur repas que j'aie eu de la semaine.

Cette pétasse n'était donc pas loin. Je pariais qu'elle allait bientôt frapper à la porte de sa chambre en sous-vêtements.

— C'est bien qu'ils te laissent te reposer un peu.

— Ouais. J'ai la journée de demain de libre aussi. Et ensuite ce sera reparti pour une semaine.

— Ça m'embête qu'ils te fassent travailler si dur.

— Mais non. Je me suis porté volontaire. J'aime aider les gens.

Finn était trop solide pour se plaindre. Son altruisme était infaillible. Je ne l'en aimais que plus.

— Je te préparerai quelque chose de bon à ton retour.

Il rit.

— Je préfère encore qu'on commande des pizzas.

— Hé, je ne cuisine pas si mal !

— Tu as déjà réussi à brûler un ragoût. Je ne sais toujours pas comment tu as fait.

— Allez, c'est arrivé qu'une fois.

— Mais comment ? insista-t-il, à la fois amusé et sincèrement perplexe. Comment peut-on brûler un liquide ? Il n'y a que toi pour accomplir ce genre d'exploit !

Je ramenai la couverture sur ma poitrine puis me tournai sur le côté, apaisée d'enfin pouvoir parler avec Finn.

— Tu manques beaucoup à Soldier.

— C'est ça, vas-y… change de sujet…

— C'est vrai ! Tu lui manques !

— Tu parles ! Il doit être ravi de mon absence. Il n'a plus à te partager avec moi.

— Pas du tout. Il n'est vraiment heureux que quand on est là tous les deux.

Il soupira doucement d'aise dans le combiné, comme s'il était en train de s'installer dans son lit.

— Enfin un vrai matelas… Il ne manque que toi.

— Et Soldier.

— Franchement ? Là, pour le moment, il n'y a que toi que je veux retrouver…

Il se tut un moment, laissant ses mots imprégner mon esprit.

J'avais tant souffert au cours de cette semaine que je n'avais même pas pensé au sexe. Évidemment, s'il avait été là, ça aurait été une tout autre histoire.

— Ça te tente, bébé ?

Savoir que Layla à quelques chambres de lui me donnait envie de répondre à tous ses désirs. J'avais beaucoup de chance de lui plaire à ce point, et il était temps de mettre mon chagrin de côté pour lui apporter ce dont il avait besoin.

— Par téléphone ? Ce serait la première fois pour moi.

— Fais comme si j'étais là. J'ai caché un vibro dans le tiroir de ma table de nuit.

— Quoi ? m'exclamai-je, surprise.

— Tu m'as très bien entendu. Tu devras te contenter de ça pendant mon absence.

— Que les choses soient claires... Tu veux que je me masturbe avec un vibro ?

— Je n'ai pas envie de te savoir frustrée. Et je préfère ça à ce que tu couches avec un autre mec. Alors mets-moi la vidéo et montre-moi tout. Je pourrais tout aussi bien allumer mon ordi et me mater du porno, mais j'aimerais mieux te voir toi. Allez, bébé.

Sa requête me fit rougir. Je trouvais cela romantique qu'il me supplie de me toucher pour lui et qu'il préfère ça plutôt que de mater des femmes aux mensurations parfaites.

— D'accord.

— Tu es géniale, me remercia-t-il, un sourire dans la voix. Déshabille-toi et ne garde qu'une petite culotte noire. Je veux voir tes jolis seins.

— Je ne suis pas maquillée...

— À quoi bon ? Tu es encore plus sexy sans.

— Bon... Dans ce cas, je veux que tu te déshabilles toi aussi.

— Ça marche. Je te rappelle tout de suite, ajouta-t-il avant de raccrocher.

Je suivis ses consignes, enfilai un string noir, puis me recoiffai rapidement, donnant du volume à ma chevelure. Au contact de l'air, mes tétons pointèrent un peu. Je trouvai le vibro à la place indiquée, dans son tiroir. Toujours dans son emballage, comme pour me faire savoir qu'il ne l'avait acheté que pour cette occasion et que l'appareil n'avait jamais servi.

Quand il me rappela, en visio cette fois, je pris l'appel et tins le téléphone au-dessus de moi.

Il était nu. Il se redressa contre la tête de lit, son sexe dressé reposant contre son ventre. Le faisceau de sa lampe de chevet me permettait de voir ses muscles tatoués. Il s'était armé d'un flacon de lubrifiant, dont il avait recouvert son membre.

Son membre qui avait l'air encore plus gros à l'écran...

Finn prit le temps de m'observer et inspira profondément.

— Putain... Exactement comme je l'avais imaginé, dit-il en enroulant les doigts autour de sa queue pour commencer à se branler.

Il semblait déjà sur le point d'exploser.

— Oui, bébé... Comme ça...

Cet appel m'avait apaisée, rendant son absence un peu moins douloureuse. J'avais commencé à accepter la situation ; ce n'était pas si différent d'une relation longue distance, et en plus on allait bientôt pouvoir se retrouver. Certes, on ne pouvait se parler qu'une fois par semaine, mais ça aurait pu être pire.

Je travaillai d'autant plus dur les jours suivants que je n'avais pas grand-chose d'autre à faire. Seul le chien m'attendant à la maison, je multipliais les heures au magasin. J'en profitai pour réorganiser l'espace de stockage, rafraîchir les vitrines et réarranger les rayonnages. Par chance, on m'avait contactée pour plusieurs *bridal showers* durant le week-end, donc je n'aurais pas le temps de m'ennuyer.

Quand la sonnette du magasin tinta ce jour-là, j'eus l'impression de faire un bond dans le passé. Un homme charmant, contrastant avec ma clientèle habituelle, venait de pousser la porte, comme lors de ce fameux après-midi ensoleillé. Armé d'un sourire plus rayonnant que le soleil, il s'approcha en me regardant d'un air câlin.

J'étais transportée dix mois en arrière.

J'avais du mal à en croire mes yeux.

— Qu'est-ce que tu fais là ? m'exclamai-je.

Sans vouloir le froisser, je ne comprenais pas ce qu'il faisait dans ma boutique, et à vrai dire, je ne pensais plus le croiser tout court.

— Je suis juste passé me prendre quelque chose.

Comptait-il vraiment offrir de la lingerie féminine ? C'était un peu gênant...

— Ah...

— C'était une blague..., hésita-t-il, affichant un sourire un peu forcé qui creusa deux fossettes de part et d'autre de sa bouche.

Ses yeux étaient d'un vert vibrant, et ses traits parfaits faisaient pâlir la beauté de son âme. D'autant qu'il était bien trop beau pour être si gentil.

— Je t'assure que c'était pour déconner.

— Ah, d'accord, concédai-je avec un rire gêné. J'étais un peu mal à l'aise.

— Ça aurait été cocasse, non ?

Il posa une main sur le rebord du comptoir et me regarda droit dans les yeux. J'attendais encore qu'il m'explique ce qu'il faisait là.

Mais il ne répondit rien.

— Qu'est-ce qui t'amène, alors, Jax ?

J'avais passé la matinée entière à me repenser à tout ce qu'on avait fait avec Finn l'autre soir. Je n'avais jamais eu la fibre aventurière côté sexe mais avec Finn, tout semblait naturel. Et son entrain avait pimenté l'expérience. Surtout que c'était un beau pied de nez à Layla qui avait dû l'entendre gémir à travers la cloison.

— Eh bien… Pour tout te dire, je n'arrête pas de penser à toi.

Merde. Comment me tirer de ce pétrin ?

Il se mit à pianoter le comptoir. Vu sa tenue d'une simplicité extrême, à savoir un jean et un t-shirt, il devait être de congé ce jour-là, car ça m'aurait étonnée qu'il s'habille de la sorte pour faire visiter des propriétés luxueuses. Ce qui signifiait qu'il était donc sorti exprès pour me rendre visite, au lieu d'aller draguer n'importe quelle autre femme. J'avais du mal à croire qu'il soit vraiment là, qu'il s'intéresse encore à moi.

— J'ai vraiment merdé à propos de Colton et toi. J'étais vraiment à fond sur toi, alors ça m'a rendu jaloux. J'avais peur, en fait. Ça ne me ressemble pas du tout. J'ai plus de trente ans, et je n'ai jamais eu de relation sérieuse. Ça ne m'a jamais tenté. Mais avec toi… Je ne l'ai pas vu venir. Et me voilà, des mois plus tard, encore complètement obsédé par toi. Alors j'aimerais vraiment qu'on aille boire un café ou quelque chose. Invite Colton si tu veux, ça ne me dérange pas.

Il ignorait manifestement que j'étais avec Finn. Il avait dû présumer qu'on dînait entre amis le soir où il nous avait vus. Ce qui était plutôt logique, étant donné que Finn était le frère de mon ex-mari, et que Jax n'avait aucune raison de croire que je me serais mise en couple avec.

Mais c'était pourtant ce qu'il s'était passé. Si Finn apprenait que Jax était venu me voir au magasin, il serait hors de lui. Non qu'il soit jaloux, mais de là à accepter que mon ex revienne me draguer... Finn tenait absolument à ce que Jax sache qu'on formait un couple, et vu ce que ce dernier se permettait de faire, je comprenais mieux pourquoi. Si seulement je lui en avais parlé plus tôt...

— Jax, je sors avec Finn.

Il me coûtait de lui annoncer la nouvelle de cette manière, mais j'étais coincée. C'était la vérité, voilà tout.

Il ne réagit pas tout de suite. L'information mit un certain temps à accéder à son cerveau. Quand il percuta enfin, ses yeux s'abîmèrent au sol.

— Oh... Je n'avais pas compris. Je croyais que vous n'étiez que des amis.

— Non. On est ensemble depuis plusieurs mois.

Je détestais faire souffrir Jax, c'était quelqu'un de bien, mais Finn était si prompt à déclarer qu'on était ensemble lorsqu'une femme venait l'aborder que je me devais de lui rendre la pareille. C'était une question de respect.

— Donc tu t'es mise avec juste après notre rupture ?

— À peu de choses près.

Il hocha doucement la tête.

— Et ça n'a pas dérangé Colton ?

— Au début, si, mais il a fini par l'accepter.

— Ça doit être assez sérieux alors... Pour faire un tel coup à son frère, faut vraiment avoir une bonne excuse.

Qu'on finisse ou non par se marier, oui, c'était sérieux entre nous.

— Je suis amoureuse.

J'avais parfaitement conscience de l'impact qu'auraient ces mots sur Jax, mais je ne pouvais pas nier mes sentiments juste pour lui faire plaisir. Il n'aurait pas été correct de lui laisser entendre qu'il restait de l'espoir.

— Et lui aussi.

Jax baissa la tête et contempla le sol, les mains accrochées au comptoir. Puis un rire jaune lui échappa.

— Putain. J'aurais vraiment pas dû te faire chier, pour Colton...

Il soupira un coup puis releva les yeux.

— Je ne sais même pas pourquoi ça m'énervait tant. Ce n'est pas comme si c'était un rival potentiel, en plus. Alors que Finn, en revanche... C'est lui que tu avais embrassé pendant qu'on était ensemble ?

Jax et moi, du temps où l'on était ensemble, avions chacun commis de petits écarts. À l'époque, Jax n'avait même pas cherché à savoir qui c'était, alors je n'avais rien dit.

— Oui.

Ses yeux s'emplirent à nouveau de déception.

— Donc en fait pendant qu'on était ensemble, c'était de lui que tu avais vraiment envie ?

— Ça ne s'est pas passé comme ça, Jax. Je t'appréciais beaucoup. Mais tout allait un peu vite pour moi. J'étais sous beaucoup de pression. Mais j'ai vraiment été triste quand tu m'as quittée.

— Comment peux-tu trouver que ça allait trop vite alors que tu viens de m'avouer que tu étais déjà amoureuse d'un autre ?

— Eh bien…

Sans bonne réponse à lui fournir, j'avais l'air d'une hypocrite.

— Je ne peux pas l'expliquer… Mes sentiments sont arrivés d'un coup, c'est tout. J'ai attendu un moment avant de le lui dire, c'est très récent. Je ne suis pas tombée amoureuse de lui le lendemain de notre rupture, non plus.

— Je suis désolé, s'excusa-t-il. Je te fais passer un interrogatoire, alors que tu ne me dois aucune explication.

Il enfonça les mains dans les poches, et poursuivit amèrement :

— Je n'avais encore jamais été en couple, et apparemment, ce n'est pas mon fort. Je regrette que les choses se soient passées comme ça.

— Moi aussi.

Il recula d'un pas.

— Je suis content qu'on ait pu avoir cette conversation. Ça va m'aider à tourner la page, j'espère.

— Ouais…

Il se retourna alors pour partir.

Ma franchise m'embarrassait, mais qu'aurais-je pu faire d'autre ? Il valait mieux qu'il souffre un coup, plutôt qu'il se fasse de faux espoirs.

Arrivé à la porte, il s'arrêta et pivota pour me lancer :

— Si jamais ça ne marche pas, tu pourras me passer un coup de fil ?

— Désolée, mais je pense sincèrement que ça va marcher…

Il hocha discrètement la tête.

— Vu l'effet que tu fais aux hommes, c'est qu'il a vraiment de la chance parce que tu es très spéciale, tu sais. J'espère qu'il ne commettra pas les mêmes erreurs que moi, me dit-il avant de sortir du magasin et de disparaître dans la rue.

Oui... Moi aussi, je l'espérais.

15

PEPPER

FINN M'APPELA UNE SEMAINE PLUS TARD.

— Comment ça se passe ?

J'étais couchée sur le lit, Soldier en boule à mes pieds. Cela faisait presque deux semaines qu'on ne s'était plus parlés, alors j'avais recommencé à m'inquiéter.

— C'est de la folie. On a eu tellement à faire la semaine dernière qu'on n'a pas pu me donner un jour de congé. On manque de médecins par rapport au nombre de blessés. Je passe beaucoup de temps à m'occuper de cas critiques, à devoir stabiliser leur état avant de les envoyer à l'hôpital. Et j'ai dû donner beaucoup de sang, alors j'ai été un peu plus fatigué que d'habitude.

— Pourquoi dois-tu donner ton sang ?

— Parce qu'ils n'en ont pas assez en réserve, et je suis un donneur universel.

Cet homme donnait réellement tout ce qu'il avait. J'avais du mal à croire qu'une personne d'apparence si froide se montre si généreuse.

— N'en fais pas trop. Tu ne seras d'aucune aide à personne si tu pers connaissance.

— T'en fais pas pour moi, bébé, je suis en béton armé.

— Même le béton armé n'est pas assez dur en comparaison…

Après mon compliment, il observa une pause.

— Est-ce que tu es retourné à l'hôtel du coup ? demandai-je.

— Ouais. Depuis hier soir. J'ai pris une douche de genre trente minutes, puis je me suis effondré sur le lit. Je ne me suis réveillé qu'à quinze heures.

— Tu dois être épuisé…

— M'en parle pas.

— Mais le reste, ça va ?

J'aurais voulu en savoir plus sur le comportement de Layla, mais j'étais trop fière pour poser la question. Je refusais de consacrer ne serait-ce qu'une minute de notre appel à cette fille. Le mieux à faire restait de l'ignorer.

— Ouais… globalement.

L'hésitation de la fin de sa phrase ne m'échappa guère, et j'enchaînai aussitôt :

— Qu'est-ce qu'il y a ?

— Je ne sais pas si c'est une bonne idée de t'en parler, mais j'ai eu un incident avec Layla.

— Ça m'étonne, tiens…

— C'est surtout que, si je ne te dis rien, j'aurais l'impression de te cacher quelque chose.

— Qu'est-ce qu'elle a fait ?

— Elle s'est pointée dans ma chambre à moitié nue.

La prochaine fois que je la voyais, j'allais lui péter les dents.

— Attends, elle est carrément entrée ?

— Non. Mais elle a essayé.

— Donc t'es en train de me dire qu'elle s'est baladée presque nue… dans le couloir de l'hôtel ?

— C'est ça.

Quelle grosse pute…

— Et il s'est passé quoi ?

— Comment ça, *il s'est passé quoi* ? grogna-t-il. J'ai fermé la porte et j'ai verrouillé à double tour !

Je savais bien qu'il ne tomberait pas dans ses pièges, mais ses tentatives m'écœuraient.

— Je ne comprends pas pourquoi elle voudrait d'un homme capable de tromper sa copine. Il lui ferait vraisemblablement le même coup, à terme.

— Effectivement. Elle n'a pas dû y réfléchir jusqu'au bout.

— Je sais que le mot est fort, mais honnêtement, je la hais.

Il rit.

— Je ne suis pas son plus grand fan non plus. Je sais qu'on parle beaucoup de harcèlement sexuel en ce moment, quitte à exagérer un peu, mais j'ai pourtant l'impression que c'est ce qui m'arrive. Elle fait tout pour me voir à poil. Ça ne choque personne vu que je suis un mec, mais c'est pas juste.

— Tu as raison.

— Et je ne peux pas me permettre de la menacer comme je l'aurais fait pour un homme. C'est généralement comme ça que je règle mes problèmes, mais là, impossible.

Moi, en revanche, rien ne m'empêchait de lui faire peur.

— Alors j'imagine qu'il ne me reste plus qu'à attendre qu'elle se désintéresse toute seule.

— Si elle n'a pas déjà baissé les bras avec tout ça, elle ne le fera jamais.

— Putain, j'espère sincèrement que tu te goures.

Il soupira, puis je l'entendis bouger dans sa chambre.

— Et comment va mon bébé ?

— Bien. Soldier et moi on traîne à la maison.

— Tant mieux. J'espère retrouver ton odeur partout quand je rentrerai.

— Désolée, mais je crois que l'odeur la plus marquante restera celle du chien…

Il s'esclaffa.

— Bon, alors faudra faire un gros ménage.

— Compte pas sur moi, je ne suis pas ta bonne.

— Tu parles d'une femme : tu ne sais pas cuisiner, tu ne fais pas le ménage… heureusement que tu baises bien !

Je ris à sa blague.

— Si ça me dispense de corvées, ça me va.

— Faut dire que t'es vraiment douée.

La conversation se tarissant, on se tut un moment. Même si on ne s'était pas vus depuis des semaines, on n'avait pas grand-chose à se dire. On passait la plupart de notre temps ensemble à faire l'amour, d'habitude. Alors lorsque c'était impossible, on arrivait vite à court de sujets de discussion.

— Et toi, quoi de neuf ?

Je songeai aussitôt à Jax. Sa visite surprise au magasin remontait à quelques jours à peine. Vu que Finn avait eu l'honnêteté de me parler de Layla, il valait mieux que je lui en fasse part.

— Pour tout te dire..., me lançai-je, Jax est passé à la boutique il y a quelques jours.

— Tiens donc ?

— Oui. On a un peu parlé, alors j'ai pu lui dire que j'étais avec toi.

— Et qu'est-ce qu'il était venu faire ?

Son ton s'était assombri dès la mention de Jax. S'il n'était pas jaloux au sens strict du terme, il pouvait se montrer possessif. Et cette fois-ci, il ne semblait pas disposé à laisser passer cet incident.

— Oh, juste parler.

— Il s'est donné la peine d'aller te voir dans une boutique de lingerie pour femmes juste pour te parler ? Bébé, je ne t'ai pas caché les faits quand je t'ai parlé de Layla. Alors s'il te plaît, explique-moi ce qu'il s'est passé.

— Je ne voulais pas te mettre en rogne.

— J'ai l'air d'être en rogne ?

Serait-ce une question piège ?

— Un peu...

— Je te repose la question, grogna-t-il. Qu'est-ce qu'il voulait ?

Cette fois-ci, je vidai mon sac.

— Il voulait qu'on aille prendre un verre. Il disait regretter son comportement, et ne pas arrêter de penser à moi…

— Qu'il regrette, c'est normal. Cet idiot a gâché sa chance.

— Mais je lui ai expliqué que c'était sérieux entre nous, alors il n'a pas insisté.

— Tant mieux. Au moins comme ça, je n'aurais pas à lui casser sa gueule d'ange. Parce que je le vois mal vendre des maisons avec le nez fracturé et un œil au beurre noir.

— Je croyais que la jalousie, c'était pas pour les vrais hommes ?

Finn m'avait à maintes reprises décrété qu'il avait bien trop confiance en lui pour se sentir menacé par un autre, pourtant, sa mauvaise humeur soudaine m'indiquait le contraire.

— Je n'ai jamais dit que j'étais jaloux.

— On dirait, pourtant.

— Je n'apprécie juste pas que ce crétin se donne le droit d'aller draguer ma meuf !

— Pour sa défense, il ignorait qu'on était ensemble.

— Parce que tu ne lui avais rien dit, insista-t-il sur un ton froid. Tu aurais dû lui en parler plus tôt.

— Plus tôt ? Eh, c'est pas comme si on était potes ! Je n'avais aucune idée qu'on allait se revoir !

— Écoute, je suis personnellement toujours honnête sur le fait que je suis pris. Du sexe, on m'en propose à longueur de temps, mais je ne joue pas la carte de l'ambiguïté pour autant. Moi, je leur dis franco que je suis avec toi, puis basta.

— Ouah… À longueur de temps ? Je croyais qu'on devait toujours tout se dire, toi et moi ?

On n'avait quasiment jamais l'occasion de se parler, et voilà qu'on gâchait des minutes précieuses à se disputer. Ça me rendait déjà folle d'imaginer toutes ces femmes l'aguicher, mais qu'il se permette en plus d'employer ce ton accusateur sur moi ? Finn, de son côté, semblait fulminer lui aussi.

— Si je te racontais tout chaque fois qu'une femme venait m'offrir son cul, on n'aurait jamais le temps de parler d'autre chose.

— Super. Quelle classe !

— Peut-être que je manque de classe alors. Va savoir.

Il bouillonnait de colère à l'autre bout du fil, me révélant une facette plus sombre de sa personnalité que je n'avais vue qu'une fois avant ça.

— Je ne mens jamais sur le fait que je suis en couple, Finn. Pour Jax, c'était juste un problème de timing...

— Il n'aurait jamais dû venir à ton magasin. Tu aurais dû lui parler tout de suite, sauf qu'évidemment tu as préféré te taire.

Finn me manquait terriblement, mais en cet instant, je n'avais plus envie d'entendre le son de sa voix.

— Je lui ai dit que j'étais amoureuse de toi.

Silence.

— En partant, il m'a demandé de lui passer un coup de fil si jamais ça ne marchait pas entre nous, finalement. Et tu sais ce que je lui ai répondu ? Que ça *allait* marcher.

Lasse de l'amertume qui suintait de ses propos, je lui raccrochai au nez et laissai le téléphone tomber sur les draps. Nos disputes ne prenaient jamais tant d'ampleur lorsqu'on était dans la même ville, parce qu'on se sentait proches malgré tout. Il me suffisait d'ignorer ses appels pour qu'il vienne frapper à ma porte et me parle d'homme à homme, si je puis dire. Mais Finn était à l'autre bout du pays, et si on ne se réconciliait pas ce soir, il nous faudrait attendre une semaine avant de nous reparler.

Pour cette raison, lorsqu'il me rappela, je décrochai.

— Quoi !

J'étais furieuse. Furieuse qu'il se fasse draguer sans arrêt au point de ne même pas avoir le temps de m'en toucher un mot. Furieuse qu'il se permette de m'accuser alors que c'était lui qu'une femme à moitié nue avait voulu séduire dans sa chambre d'hôtel. Furieuse de me retrouver seule dans son lit, à me disputer avec lui par téléphone parce qu'on n'avait que cette option pour se parler.

Ce fut d'une voix sereine, désertée par la colère, qu'il s'exprima enfin :

— Je t'aime.

Et d'un seul coup, notre dispute prit fin.

— Je t'aime, répéta-t-il. Et je suis désolé.

Jamais je ne me lasserais d'entendre ces trois mots-là...

— Moi aussi, je t'aime, le rassurai-je.

— Je ne sais pas pourquoi je me suis emporté comme ça. Je suppose que...

— Tu es jaloux.

Il soupira dans le combiné.

— C'est pas un drame, Finn. Moi aussi je suis jalouse. Jalouse de cette femme sublime qui t'a montré son corps parfait, qui doit être bien plus beau que le mien. Mais tu sais, ce n'est pas grave d'être jaloux. Un peu de jalousie dans un couple, ça fait même du mien.

— Tu as raison, je suis jaloux, admit-il enfin. Et pour son corps, je ne sais pas, je ne l'ai pas regardé. Tu es la plus belle femme avec qui j'aie couché, et ce indépendamment de ton corps. Ta beauté provient de bien plus loin. Alors, ne crains rien, surtout avec une nana aussi laide que Layla. De toute façon, même si des mannequins ou des stars du porno venaient m'aborder, sache que personne ne peut rivaliser avec toi... Du moins pas à mes yeux.

16

COLTON

Je buvais une bière au bar avec Pepper et Stella, toutes les deux assises face à moi.

— La prochaine fois que tu la croises, règle-lui son compte, conseillai-je à mon amie.

— Je m'en chargerai volontiers, intervint Stella. Faut être sacrément tordue pour faire une chose pareille. S'il avait été célibataire, je dis pas, ça aurait pu être sexy, mais elle vous a vus vous quitter à l'aéroport ! Elle t'a vue pleurer ! C'est une vraie psychopathe, cette nana.

— Il serait en droit de porter plainte, ajoutai-je. C'est du harcèlement. Elle ne s'arrête jamais décidément !

— C'est pas faux, mais ce n'est pas le style de Finn d'aller cafter à la police, commenta Pepper.

— Oui, c'est vrai.

Je sirotai mon verre, rassuré de voir que Pepper n'allait pas si mal, en dépit de cette mésaventure avec Layla. Elle souffrait beaucoup de l'absence de Finn, mais elle s'en remettait peu à peu.

— Il rentre assez bientôt, c'est déjà ça.

— Dans une semaine, précisa-t-elle dans un soupir. Ce mois a été un calvaire. En plus, on n'a quasiment pas pu s'appeler.

— Et ça doit commencer à te démanger sous la ceinture, releva Stella en touillant son Martini à l'aide du cure-dents planté dans l'olive, avant d'en prendre une gorgée. Ça doit être le pire dans l'histoire.

— Non, le pire, c'est de ne pas pouvoir le voir, la détrompa Pepper. Il me manque. Dormir avec lui, lui parler, sentir sa présence... C'est tout, tout qui me manque.

— Soldier te tient compagnie, la nuit, non ? notai-je.

Elle leva les yeux au ciel.

— C'est pas la même chose.

— Au moins c'est bientôt terminé, fit Stella. Il a déjà servi dix ans dans l'armée et accompli une mission humanitaire, alors avec un peu de chance, ça lui aura suffi.

— J'en sais rien, soupirai-je.

Je connaissais mieux Finn que personne autour de cette table. Enfant, il jouait déjà avec des petits soldats et des tanks et rêvait de rejoindre les rangs des forces armées. En grandissant, ce rêve s'était peu à peu métamorphosé en projet, tant et si bien qu'à peine ses dix-huit bougies soufflées, il claquait la porte du foyer familial pour partir vivre cette grande aventure.

— Il a toujours été comme ça. Il n'aime pas rester en place et encore moins s'éterniser dans une situation donnée. Il ne rentrait pas souvent lorsqu'il était à l'armée et profitait plutôt de son temps libre pour participer à d'autres missions, comme s'il préférait ça à la platitude du quotidien à la maison. Ma mère n'a jamais rien su de ça, c'est lui qui m'en a parlé. Alors, ne t'étonne pas s'il repart de cette manière à l'avenir.

Pepper devint livide, comme si l'idée la terrifiait.

— J'admire son sens du sacrifice et son altruisme, mais je ne pourrais pas revivre un mois comme celui que je viens de passer ! gémit-elle. C'est trop dur. La vie de femme de militaire, très peu pour moi ! C'est de la torture.

— Au moins il n'envisage pas de se réengager dans l'armée, tempéra Stella. Alors s'il partait un jour, ce ne serait pas pour des années.

— Et il n'aurait pas acheté une maison s'il ne comptait pas rester un peu, reconnut Pepper.

Peu convaincu, je haussai les épaules.

— L'immobilier est avant tout une question d'investissement

Stella me foudroya du regard.

— Le but, c'est de la rassurer, que je sache !

— Pardon, mais personnellement, je ne pense pas que tout ça suffise à le retenir, rétorquai-je. En revanche, il y a une chose qu'il ne quitterait pour rien au monde.

— Quoi ? s'enquit Pepper, son verre à la main.

— Toi.

Mon frère avait changé du tout au tout depuis qu'il avait fait la rencontre de Pepper. Il était devenu un homme tendre et aimant, qui avait renoncé aux plaisirs du célibat. Il avait ressenti des choses qu'il pensait ne jamais ressentir. Elle avait changé sa vie, l'avait métamorphosé en un homme nouveau.

— Et maintenant qu'il a vu ce que ça faisait de ne pas te voir pendant tout un mois, il est très peu probable qu'il reparte un jour en mission. C'est ça, surtout, qui devrait te rassurer.

Alors que j'étais seul chez moi, le téléphone sonna. C'était mon frère.

— Eh ben, je ne m'attendais pas à avoir de tes nouvelles de sitôt ! ironisai-je.

— Je voulais voir comment ça allait. Je viens d'avoir Maman au téléphone, et elle a failli se mettre à pleurer.

— Pourquoi ?

Il poussa un gros soupir.

— J'en sais rien, mec. Elle s'inquiète mille fois trop.

Même s'il ne pouvait pas me voir, je levai les yeux au ciel.

— Elle est juste sensible.

— J'ai survécu à bien pire, elle devrait se détendre.

Égal à lui-même, ce Finn, toujours froid et détaché.

— Est-ce que Pepper va bien ? me demanda-t-il.

— Et si tu l'appelais elle, plutôt, pour lui demander ?

— Dès que j'aurais raccroché avec toi. Je garde toujours le meilleur pour la fin.

— Ce n'est pas moi, le meilleur ? le taquinai-je.

— Loin de là. Alors, elle va comment ?

— Elle a eu beaucoup de mal à supporter ton départ. Elle s'est enfermée toute seule pendant plusieurs jours.

Il se mura dans le silence.

— Il lui a fallu au moins deux semaines pour retrouver un semblant de sourire. Mais elle n'arrête pas de me répéter que tu lui manques horriblement, et qu'elle a vraiment hâte que tu rentres. Je dois t'avouer que l'incident avec Layla n'a pas aidé.

Il soupira de nouveau, et fort, exprimant par là même l'ampleur de sa colère.

— Putain, cette Layla... Je ne peux plus la supporter, mec. Cette meuf ne comprend pas le concept de refus. Ni celui de boulet, apparemment.

— T'inquiète pas, Stella va lui botter le cul.

— Tant mieux. Avec un peu de chance, elle ne pourra plus venir travailler.

Je ricanai, avant de reprendre :

— Alors, comment ça se passe, là-bas ? Pepper semblait horrifiée.

— C'est effectivement très dur. J'ai hâte de rentrer – et pas juste pour retrouver ma femme.

Je calai mes pieds sur la table basse et baissai le son de la télé.

— J'ai hâte que tu reviennes moi aussi, j'aime vraiment pas voir Pepper dans cet état. Je n'avais pas réalisé à quel point tu la rendais heureuse jusqu'à ce que tu t'en ailles.

— Ça me fait plaisir que tu dises ça, mec. C'est vraiment pas facile d'être loin d'elle. Je ne suis pas certain d'arriver à repartir un jour.

Peut-être que Finn était prêt à se caser, en fin de compte. Car c'était bien la première fois que je l'entendais dire une chose pareille. Avait-il seulement conscience de la portée de cet aveu ?

— Elle aussi m'a dit qu'elle ne supporterait pas que tu repartes.

— Surtout quand Jax rôde dans les parages...

— À ta place, je ne me ferais pas de soucis. Il ne savait pas dans quoi il mettait les pieds.

— Peu importe. Il a eu sa chance et il l'a gâchée. Il est temps qu'il tourne la page.

S'il avait perdu Pepper, c'était aussi à cause de moi. Les premiers temps, je m'en étais beaucoup voulu d'avoir été à l'origine de leur rupture, mais avec le recul, en voyant Pepper si heureuse avec Finn, je me disais que ce n'était pas plus mal.

— C'est sans doute ce qu'il va faire. Mais s'il se repointe, j'interviendrai, promis.

— Merci, frangin. Allez, plus qu'une semaine, et je serai de retour. Maman voudrait organiser un barbecue pour l'occasion.

— Ce serait sympa. Tu pourrais inviter ta nouvelle copine.

Il s'esclaffa.

— Ouais, c'est vrai. J'ai comme l'impression qu'ils vont beaucoup l'apprécier.

— Non, rectifiai-je. Ils vont *l'adorer*.

— Bon, je te retiens pas plus longtemps. Je voulais juste prendre de tes nouvelles.

Le simple fait que mon frère m'appelle me révélait combien notre relation avait évolué au cours de ces derniers mois. En dix ans passés à l'armée, il n'avait jamais fait l'effort de tisser de liens avec moi, et c'était à peine s'il m'avait envoyé un texto le jour de mon mariage. Mais aujourd'hui, non seulement nous étions frères, mais nous étions aussi devenus bons amis.

— Merci. À très vite.

— Merci de veiller sur Pepper comme tu le fais. Ça me rassure de savoir qu'elle peut compter sur toi.

— Oui... Je serai toujours là pour elle.

Pour le meilleur et pour le pire, dans la santé comme dans la maladie, Pepper pourrait toujours compter sur mon aide, mon soutien et mon amour inconditionnels. Nous n'étions certes plus mariés, mais j'avais prononcé ces vœux et les honorerai éternellement, car la fin de notre mariage ne signifiait point celle de notre amour ; ce dernier subsistait toujours, parfaitement intact, comme si rien ne s'était passé.

17

PEPPER

Ces quatre semaines avaient fini par passer... et Finn allait bientôt rentrer.

Il était temps, putain.

Aux alentours de minuit, un appel me réveilla. Il était trois heures du matin là où il était. Pourquoi m'appeler si tard ?

— Mmm ? marmonnai-je dans le combiné d'une voix ensommeillée.

Soldier, agacé d'être perturbé dans son sommeil, grogna doucement à côté de moi.

— Pardon de te réveiller, bébé. Je voulais juste te dire que j'ai enfin mon billet de retour. L'aéroport le plus proche était à plusieurs heures de route.

— Oh, tant mieux...

Il serait donc de retour demain. Mon cauchemar prenait fin.

— J'atterris à quatorze heures.

— On sera là, affirmai-je.

— Qui ça, « on » ?

— Soldier et moi. Tu lui manques.

— D'accord… J'avoue qu'il commence aussi à me manquer.

Soudain j'ouvris grand les paupières et jetai un coup d'œil à ma montre : j'allais pouvoir l'étreindre dans à peine plus de douze heures, dont je passerais la majeure partie à dormir.

— Je suis tellement heureuse de te revoir demain.

— Moi aussi. Ma petite femme me manque.

— Tu lui manques aussi… Tu nous manques.

— Nous ? demanda-t-il, une fois de plus.

— Tu sais très bien ce que je veux dire.

Il s'esclaffa.

— Tu *lui* manques aussi. On se voit demain, alors. À l'aéroport.

— Ça marche. Je t'aime.

Il me tardait de lui dire ça en face et de voir son visage s'illuminer d'un sourire.

— Je t'aime aussi.

J'ATTENDAIS au terminal avec Soldier en laisse. Insensible aux va-et-vient de la foule, ce dernier resta sagement assis à mes pieds, imperturbable. Il ne bougeait pas, ne faisait pas un bruit, appliquant tout ce qu'on lui avait appris dans la police.

— Il devrait arriver d'une minute à l'autre…, lui soufflai-je alors, lui parlant souvent comme à un être humain.

En l'entendant gémir doucement, j'en déduisis qu'il se doutait de ce qui se passait.

Quelques minutes plus tard, Finn émergea de l'attroupement ambiant, son sac noir sur l'épaule. Il portait un jean et un t-shirt, et n'avait pas changé d'un poil à l'exception d'une barbe de trois jours qui ornait son menton. Il était rare qu'il néglige sa pilosité faciale, mais vu les conditions de son voyage, il était peu probable qu'il ait eu l'opportunité de s'en occuper.

Lorsqu'il posa les yeux sur moi, son regard s'enflamma soudain. Ses lèvres s'étirèrent en un léger sourire, et il s'avança d'un pas déterminé vers moi, comme si rien n'aurait pu l'en empêcher.

En reconnaissant son maître, Soldier tira fort sur la laisse en poussant de petits jappements de joie. Il parvint à m'échapper et fondit droit sur Finn, avant de lui sauter dessus en gémissant d'émotion. Finn lui avait manqué autant qu'à moi.

— Salut champion ! lui dit Finn en lui prodiguant des caresses chaleureuses.

Soldier, fou de bonheur, se mit à agiter la queue en couinant sans arrêt.

Finn passa les bras autour de son chien et l'enlaça tendrement, le laissant même lui lécher le visage.

— Eh ben ! Je t'ai vraiment manqué on dirait !

Émue par la scène, je les observais, le sourire aux lèvres, sans même être jalouse du fait qu'il salue d'abord son chien.

— Je crois que tu lui as encore plus manqué qu'à moi, m'amusai-je.

Finn lui grattouilla l'oreille puis releva les yeux vers moi.

— J'en doute, dit-il.

Il se redressa en souriant, abandonnant son sac par terre, s'approcha, enroula ses bras autour de ma taille, et m'attira enfin contre son torse. Son étreinte m'apaisa tant que je faillis me mettre à pleurer. Je ne rêvais pas, il était là, vraiment là, dans mes bras. J'espérais de tout mon cœur qu'on ne se séparerait plus.

Debout contre moi dans le hall de l'aéroport, il posa le menton sur ma tête et m'étreignit plus fort, indifférent aux voyageurs qui circulaient autour de nous. Moi seule semblais compter à ses yeux. Tout en me caressant le dos, il déposa un baiser sur mon front.

— Tu es encore plus belle que dans mes souvenirs.

— Attends qu'on soit rentrés...

Son visage s'illumina d'un sourire.

— Je ne sais pas si je peux attendre jusque là.

Sans me lâcher, il posa une seconde fois son menton sur ma tête. Soldier se frottait à ses genoux, réclamant plus d'attention, mais il n'en reçut guère. Finn frotta son nez contre le mien, les mains contre le creux de mon dos.

— Ça te dit qu'on rentre ?

— Oui.

Il ramassa son sac, le cala sur son épaule.

— Allez, champion, en route.

On sortit de l'aéroport main dans la main, Soldier trottinant joyeusement derrière nous en traînant sa laisse après lui.

Dehors, j'aperçus Layla sur le trottoir, attendant un Uber avec ses valises noires. Elle portait un leggings ultra moulant qui ne laissait que peu de place à l'imagination et un t-shirt court, révélant son ventre tatoué. Avec son allure aguicheuse, j'avais parfois du mal à croire que cette fille soit médecin. On aurait plutôt dit une pute.

Finn me pressa la main.

— Elle n'en vaut pas la peine. Laisse couler.

Je n'étais pas du genre à m'abaisser à parler à une nana comme elle, mais j'en avais marre de me faire prendre pour une conne. Cette femme était une vraie plaie, ou plus franchement, une horrible sangsue qui refusait de lâcher prise.

— Non.

Je retirai ma main de la sienne et me dirigeai d'un pas ferme vers Layla, le cœur tambourinant de rage. Lorsqu'elle comprit mon intention, ses yeux se dilatèrent de peur. Son corps se tendit et elle tressaillit d'avance.

— Toi, t'as pas des masses de copines, hein ? lui débitai-je au visage.

Elle cilla à plusieurs reprises, sidérée par mon approche.

— Laisse-moi t'apprendre ce qui se fait et ne se fait pas entre femmes. On ne vole pas le mec des autres, et on dit pas non plus du mal d'elles dans leur dos. On ne dit jamais qu'une femme n'est pas assez belle pour son copain . Non, on se respecte, on respecte les autres comme on aimerait être respectée en retour. Alors s'il te plaît, réfléchis deux minutes au genre de femme que tu as envie d'être. T'as vraiment envie de passer pour une de ces égoïstes de merde qui n'hésitent pas à faire du mal aux autres ? Parce que tu sais, un jour, tu finiras par tomber amoureuse toi aussi. Et le jour où tu verras une femme plus jeune, plus belle et plus talentueuse que toi draguer ton mec, tu auras peur… Très très peur, pour ton matricule.

Ignorant si ce discours produirait un quelconque effet sur elle, je lui tournai le dos et partis rejoindre Finn. J'aurais pu lui arranger le portrait une bonne fois pour toutes, mais des mots bien choisis s'avèrent parfois plus douloureux que des coups. Je repris la main de Finn.

— Qu'est-ce que tu lui as dit ?

On traversa la route pour gagner le parking où j'avais garé le truck.

Je haussai les épaules.

— Juste quelques mots qui s'échangent entre filles.

Quand je sortis de la salle de bains, il était déjà nu. Assis contre la tête de lit, son érection contre son ventre, il me dévorait des yeux. La courbe de mes poignées d'amour l'attisait au lieu de le dégoûter, et la façon dont mes cuisses remuaient quand je bougeais ne semblait pas altérer son désir, loin de là.

J'avais enfilé une petite nuisette légère sans rien en dessous. À quoi bon mettre une culotte si c'est pour la retirer ? Un rembourrage à la poitrine accentuait le volume de mes seins, et la matière transparente était parsemée de paillettes. Cet article venait tout juste de rejoindre ma collection au magasin, et malgré son prix élevé, je me l'étais acheté.

J'étais heureuse d'avoir une bonne raison de me payer de tels ensembles.

Ses yeux suivirent ma lente progression jusqu'au lit, son sexe se dressant davantage à chacun de mes pas. Il avait beau avoir négligemment posé les bras sur le lit, il sembla avoir du mal à se contenir. Il déglutit à mon approche, tendant les muscles de sa gorge, puis il se mordit les lèvres, comme s'il me désirait tant que c'en était douloureux.

Je grimpai sur le lit et me rapprochai de lui.

Il m'attrapa immédiatement par les hanches et m'entraîna sur lui, attirant mon sexe sur le sien. Il m'étreignit tout en m'embrassant doucement, tendrement.

Nos bouches remuaient à l'unisson, s'ouvrant et se refermant l'une contre l'autre, tandis qu'on succombait au bonheur des retrouvailles. Nos souffles se mêlèrent, puis se chargèrent de désir quand nos langues se lièrent.

Il glissa une main dans mes cheveux et balança son bassin, frottant son membre épais contre mon clitoris.

Je lui passai les bras autour du cou et le serrai fort, heureuse de retrouver son corps. Tout était si parfait que j'avais du mal à y croire. En lui caressant le torse avec le plat de la main, je me frottai davantage à lui, impatiente de le sentir m'étirer.

Par ses poussées, il glissait sa queue contre ma fente, me permettant de le lubrifier. Rapidement son sexe se recouvrit de mon fluide. Mon corps défiait les lois de la nature, et produisait beaucoup plus de mouille qu'en temps normal.

Il me tira plus fort, me traînant sur lui, sans jamais cesser de m'embrasser.

J'étais déjà sur le point de jouir. Rien que le voir à l'aéroport m'avait mise dans tous mes états. Il m'avait cruellement manqué pendant ce mois d'absence.

— Doucement..., protestai-je. Je vais jouir, sinon.

— C'est le but, rétorqua-t-il en m'attirant contre lui. Allez.

Il actionna en même temps son bassin, m'ébranlant d'extase.

C'était bien meilleur que ces soirées en compagnie de mon vibromasseur où je me touchais pour Finn lors de nos appels visio. Son odeur et le contact de sa peau me plongeaient dans le semidélire... alors qu'il ne m'avait même pas encore prise.

— Mon Dieu..., gémis-je en plantant les ongles dans son torse.

Il poussa un râle en m'observant, comme si mon plaisir pouvait le faire jouir à son tour.

En atteignant l'orgasme, je m'immobilisai et le regardai droit dans les yeux, captivée par la tendresse de son regard. Derrière le désir s'y lisait tout son amour, un amour rivalisant avec le mien.

Il passa un bras autour de ma taille, m'allongea sur le dos, puis se fraya enfin un chemin entre mes cuisses avec une dextérité si parfaite que j'en vins à me demander s'il ne s'était pas entraîné dans sa tête. Centimètre par centimètre, il s'enfonça en moi jusqu'à se retrouver complètement immergé.

Haletant contre sa bouche, je refermai les cuisses autour de son bassin. Mon cœur battait à tout rompre, si fort qu'il devait certainement l'entendre lui aussi. La distance n'avait que renforcé mon amour pour lui, et nos retrouvailles n'en étaient que plus belles.

— Bébé, je ne vais pas tenir, souffla-t-il en passant une main dans ma chevelure.

Il allait et venait en moi, les yeux fermés de plaisir, savourant ma petite chatte trempée. Il posa les lèvres sur mon cou et m'embrassa.

— Ce n'est pas grave. On a toute la nuit devant nous.

Quelques coups de reins suffirent à le faire jouir. Il poussa un râle sonore et me remplit complètement, éjaculant de façon précoce comme un ado lors de son premier rapport. Tirant sur mes cheveux il grognait comme un ours en chargeant ma fente d'une telle quantité de foutre que j'eus l'impression qu'il avait passé la soirée à se vider en moi.

Cette piètre performance aurait pu en décevoir plus d'une, mais pas moi. Je trouvais torride que Finn ne puisse se contenir avec moi ; à cette idée, je me sentais plus belle que jamais, plus désirable que n'importe qui. Ces trente derniers jours, il les avait passés seul. Et son unique désir, à son retour, était d'aller s'enterrer tout au fond de ma chatte, la mienne et nulle autre.

L'idée m'excita de nouveau, à tel point que je me retrouvai encore trempée.

Le temps qu'il récupère, que les ultimes vagues de plaisir déferlent dans son corps, il posa la tête dans le creux de mon cou. Puis il se redressa, et son sexe recommença à bander.

— J'adore te voir jouir.

Quand il me prenait, il semblait perdre pied, rongé par le désir. Il pouvait se taper toutes les femmes du monde – après tout, je ne l'aurais jamais su s'il avait couché avec Layla –, mais il préférait me rester fidèle, par amour. Il lui suffisait d'entrer en moi pour aussitôt s'enflammer. Avec moi, il ne pouvait pas faire semblant.

Il se remit à aller et venir en moi, son érection devenant de plus en plus affirmée à chaque coup de reins.

— Putain, ta chatte m'a tellement manqué...

Ses mouvements s'intensifièrent. C'était comme s'il ne pouvait pas se réfréner avec moi. Je sentais son bassin se contorsionner désespérément, chercher l'angle parfait pour me pénétrer le plus profondément possible. Réduit à ses instincts les plus primaux, Finn ne pouvait plus que me baiser... Et fort, avec ça.

Ce qui me convenait parfaitement.

Gardant ses cuisses prisonnières des miennes, j'attrapai ses fesses musclées pour l'attirer plus loin en moi.

— Plus fort, Finn...

— Putain...

Il cala son visage dans mon cou et me fourra de toutes ses forces jusqu'à jouir de nouveau en poussant un râle puissant. Il inclina le bassin et explosa en moi, me remplissant à nouveau de sperme.

— Je n'ai jamais autant eu envie de quelqu'un de toute ma vie, admit-il.

Son membre avait eu beau ramollir, il ne s'ôta pas pour autant de moi, comme s'il s'attendait à pouvoir recommencer d'une minute à l'autre.

— Moi non plus.

Tout en m'embrassant, il continua à actionner ses hanches, même si son sexe n'était plus dur. Son souffle contre mes lèvres, ses doigts dans mes cheveux, il me fit l'amour par des baisers, et non plus avec le corps. Quelques minutes plus tard, cependant, il m'étirait déjà de part en part. Comme il avait déjà joui deux fois, il y alla plus doucement cette fois-ci, retrouvant le sang-froid dont il faisait normalement preuve. Il se balançait en moi, me couvrait de baisers, faisant cette fois passer mon plaisir avant le sien.

L'expérience était d'autant plus excitante que je sentais son foutre s'écouler de ma chatte à chacun de ses mouvements. J'aimais que mon homme se satisfasse en moi, qu'il me fourre sauvagement de sa semence à plusieurs reprises. Rien n'aurait pu m'exciter davantage.

Maintenant, c'était à mon tour.

— Je t'aime.

Sa queue enfoncée au plus profond de moi, il me regarda droit dans les yeux en caressant mes lèvres des siennes. Il était rare qu'il me dise ces mots, il les réservait pour des moments spéciaux. Ce n'était jamais quelque chose qu'il glissait banalement au téléphone juste avant de raccrocher ou en me raccompagnant chez moi. Mais lorsqu'il me faisait l'amour, ça lui venait naturellement.

Je sentis mon corps se tendre. L'orgasme arrivait.

— Je t'aime aussi…

En me réveillant le lendemain matin, je ne trouvai pas Finn dans le lit.

Je descendis dans la cuisine, mais la maison semblait déserte.

Soldier aussi avait disparu, alors je supposai qu'ils étaient allés courir ensemble. Le temps que je finisse de me préparer du café, j'entendis la porte du garage s'ouvrir, et tous les deux entrèrent dans la pièce. Soldier se jeta sur sa gamelle d'eau et Finn sur sa gourde, qu'il vida presque d'une traite. Son torse et son front étaient inondés de sueur, comme s'il revenait d'un marathon.

— Tu viens de revenir d'une mission humanitaire, et la première chose que tu fais c'est aller courir ? remarquai-je, estomaquée.

Il prit une autre gorgée, les yeux rivés aux miens.

— Je voulais faire plaisir à Soldier. Il adore quand on va courir tous les deux.

— D'accord, mais...

J'avais promené Soldier tous les jours, mais ce dernier, insatisfait de ma vitesse, tirait sans cesse sur sa laisse pour me faire avancer plus vite. Il préférait une bonne séance de course à nos interminables balades.

— N'empêche que vous êtes dingues.

— Je n'ai pas eu vraiment l'occasion de faire de sport là-bas.

— Parce que tu travaillais non-stop !

Il haussa les épaules.

— Ça ne change rien. Ce n'est pas en traînant à la maison que je vais conserver tous mes muscles.

En comparaison de l'exigence qu'il avait pour son corps, cela me soulageait qu'il ne soit pas trop regardant vis-à-vis de ma propre apparence. J'étais une grosse flemmarde, ce qui n'avait pas l'air de le déranger.

— Quand est-ce que tu vas reprendre le boulot ?

— On m'a accordé trois jours de congé.

— Trois ? répétai-je, incrédule. C'est tout ?

— J'ai des factures à payer, je te rappelle. Et un gros chien à nourrir.

— C'est vrai…

Il se servit une tasse de café puis s'essuya le front sur une serviette en papier.

— T'en fais pas, bébé. Tu n'as qu'à rester ici quelque temps, qu'on ait l'occasion de se retrouver tous les deux.

— Tu es sûr ? Ça fait une éternité que je ne suis pas passée chez moi…

— Ta maison n'aura pas magiquement disparu en ton absence. Pour le moment, j'ai envie de passer chaque jour à tes côtés – et chaque nuit, bien sûr.

Pour rien au monde je n'aurais refusé cette offre.

— Le bonheur, quoi.

Il sirota doucement son café sans me quitter des yeux. Il ne portait qu'un short, alors sa peau s'était légèrement et visiblement hâlée avec un afflux intense de sang dans ses veines qui semblait donner vie à ses muscles tatoués.

— Mes parents veulent nous inviter à dîner ce soir.

— Ah bon ? m'exclamai-je, interdite.

— Ils veulent que je leur raconte mon périple, et ils aimeraient passer du temps avec toi aussi.

— Ce qui veut dire qu'on irait chez eux… en tant que couple ?

Il se contenta d'opiner.

— Euh… t'es sûr ? hésitai-je, nerveuse.

Ils m'adoraient, cela allait de soi, mais chaque fois que je m'étais rendue chez eux au cours de ces dernières années, c'était comme épouse de Colton. Mais désormais, j'étais non seulement leur ex-belle-fille, mais aussi, potentiellement, leur nouvelle belle-fille.

Il me dévisagea.

— Bébé, tout va bien se passer, me rassura-t-il.

— Je sais… Mais ça me fait drôle. Est-ce que Colton sera là ?

Il approuva de nouveau.

— Je crois qu'il va amener Tom.

— Ouah… Vous n'avez pas peur que ça leur en fasse beaucoup, à vos parents ?

Il haussa les épaules.

— Bah. Ils ont l'habitude.

— Je devrais peut-être préparer un dessert…

— Le but, c'est de te les mettre dans la poche, pas leur faire peur avec tes piètres talents de cuisinière, me taquina-t-il.

Je lui jetai un regard noir.

— Il est un peu tôt pour que tu sois si désagréable. Je préfère quand tu es doux et attentionné.

— Comme si je ne l'étais pas ! dit-il en s'approchant de moi, ses muscles remuant à chacun de ses pas, sans me lâcher du regard tel un prédateur.

Lorsqu'il arriva à ma hauteur, il enroula ses bras autour de moi et me ramena contre lui.

Je me fichais qu'il soit collant de sueur, ou du fait qu'il sente les vestiaires pour homme. Tout naturellement, je fondis, comme un million de fois auparavant. Je posai les mains sur ses bras et attendis la suite.

— Tu m'as tellement manqué, tu n'as pas idée.

— Tu m'as manqué encore plus.

C'était moi qui m'étais effondrée en larmes à l'aéroport en lui disant au revoir. Moi qui m'étais blottie contre son chien, la nuit, en quête d'un peu de réconfort. Moi qui avais dû rester calme malgré cette satanée doctoresse qui essayait de me piquer mon mec.

Il continua à m'étreindre au creux de ses bras, les yeux rivés à mes lèvres.

— Je veux t'avoir dans mon lit toutes les nuits désormais. J'ai détesté dormir seul, surtout en sachant que tu étais seule et triste, toi aussi. Je veux sentir ton corps contre le mien, tes cheveux étalés sur mon torse, ton souffle dans mon oreille.

À l'entendre, on aurait pu croire qu'il me proposait d'emménager chez lui, mais je ne pris pas ses paroles au mot. Il voulait sans doute qu'on rattrape le temps perdu et qu'on se retrouve un peu tous les deux.

— Je ne demande que ça…

18

COLTON

— OUAH, C'EST SYMPA CHEZ TES PARENTS ! COMMENTA TOM EN SE rangeant devant l'adorable bâtisse, en plein cœur d'un paisible quartier résidentiel.

— Oui, c'est là que j'ai grandi.

— Elle ne me paraît pas si vieille pourtant !

— Hé, rétorquai-je, offensé. Je ne suis pas si vieux.

Il brandit la bouteille de vin qu'il avait apportée.

— Tu crois que ça va leur plaire ?

— Ma mère boit tout ce qu'on lui sert. Littéralement. C'est à peine si elle sait faire la différence entre du champagne Cristal et de la piquette au cubi. Elle s'en fiche, tant que c'est alcoolisé.

— Je l'aime déjà, fit Tom en s'esclaffant.

— Tu vas l'adorer. Elle est super cool, tu vas voir.

— Mais… Tu es sûr que tes parents vont bien réagir en nous voyant ? Ou est-ce qu'il vaudrait mieux que je me prépare mentalement ?

— Non, mes parents le vivent très bien. Ils ont mal réagi au départ, mais uniquement parce que j'avais fait souffrir Pepper. Maintenant qu'elle sort avec mon frère, ça ne devrait pas poser de problème. Ils l'ont toujours préférée à moi.

— Tant qu'ils nous acceptent...

Il jeta un coup d'œil dans le rétroviseur.

— Je ne vois pas le truck de Finn.

— Tiens, c'est bizarre. Qu'est-ce qui a pu le mettre en retard ? Il est hyper ponctuel d'habitude.

— C'est sûrement pour Pepper qu'il est à la bourre, remarqua très justement Tom.

On entra saluer mes parents. C'était la première fois qu'ils voyaient Tom, et les présentations se passèrent très bien. Ma mère l'enlaça chaleureusement et s'enchanta de la bouteille de vin qu'on leur offrait, tandis que mon père serrait la main de Tom puis lui tapota affectueusement le dos comme s'il s'était agi d'un ami de longue date.

— On fait griller des steaks, nous apprit Maman. On va s'installer ?

On s'installa dehors, sous la pergola, tandis que Papa faisait tourner la viande sur le barbecue. La salade, les macaronis et tous les condiments étaient déjà en place, entre les couverts en plastique ; les assiettes, elles, étaient empilées en bout de table.

Maman venait de nous servir du vin.

— Quelqu'un va vouloir de l'ananas grillé ? s'enquit Papa, qui cuisait encore la viande.

— Moi j'en veux bien, répondis-je.

— Moi aussi, avec plaisir, déclara Tom. C'est une bonne idée.

— Tu as besoin d'aide, Papa ? demandai-je.

— Non, s'esclaffa-t-il. C'est la seule chose que je sais cuisiner !

— Alors, intervint Maman. Colton m'a expliqué que tu étais comptable ?

— Oui, grommela Tom. C'est assez barbant, mais ça rémunère bien. J'ai des horaires de bureau, et j'ai mes week-ends de libres. Avant ça, j'étais serveur à Applebee's, et je peux vous assurer que je suis bien content que ce soit du passé maintenant.

— J'imagine, souffla Maman. J'ai été serveuse moi aussi, quand j'étais plus jeune. C'est fou comme les gens peuvent être mal élevés ! Et radins, en plus...

Tom ricana.

— C'est bien vrai !

Mes parents faisaient la conversation à Tom le plus normalement du monde. Ils ne le traitaient pas différemment sous prétexte qu'on était ensemble, et notre homosexualité ne semblait pas les mettre mal à l'aise. Il aurait pu être une fille que cela n'aurait rien changé, ce dont je leur étais reconnaissant.

Maman regarda sa montre.

— Finn est vraiment très en retard... Ça ne lui ressemble pas.

— Tout change. Il a aussi une copine, ce que je n'aurais jamais cru possible, raillai-je.

Maman fit tourner son vin puis secoua la tête.

— Je n'arrive toujours pas à le croire... Finn et Pepper. J'ai eu du mal à en croire mes oreilles au début. Mais avec un peu de recul, ça m'a paru assez logique. Pepper est une fille absolument géniale, alors ça ne m'étonne pas que Finn l'ait choisie.

— Oui... Elle est parfaite.

Honnêtement, j'aurais été bien incapable de lui trouver un défaut.

— Et je suis heureuse de savoir que tu les soutiens, reprit-elle doucement.

Cela faisait longtemps que je n'avais pas vu tant de fierté briller dans le regard de ma mère.

— La plupart des gens auraient très mal réagi, mais toi, tu es tellement altruiste… Le fait que tu fasses passer son bonheur avant le tien…

Tom eut la délicatesse de tenir sa langue, même s'il avait été aux premières loges du cinéma monumental que j'avais fait en apprenant la nouvelle.

Indigne de telles louanges, je préférai changer de sujet.

— Finn est vraiment fou d'elle, tu sais ?

— C'est vrai ? s'enquit-elle en trépignant de joie. J'ai toujours eu peur qu'il se case trop tard, quand toutes les meilleures filles sont prises. Mais je suppose qu'il attendait juste de rencontrer la bonne… Ah ! Je suis si heureuse pour lui !

— Oui, moi aussi.

J'avais encore du mal à le réaliser, mais c'était pourtant vrai : mon frère était tombé amoureux.

— J'espère que ça va durer, soupira-t-elle alors. J'aimerais que Finn puisse fonder une famille un jour. Je sais qu'il a un côté loup solitaire, mais il serait temps qu'il comprenne qu'il n'y a rien de plus beau que la famille. Avec un peu de chance, Pepper l'aidera à ouvrir les yeux.

— Peut-être, acquiesçai-je. Il me dit régulièrement qu'il l'aime plus que tout.

Elle sembla émue.

— C'est vrai ?

J'opinai en souriant.

— Tu as entendu, chéri ? s'exclama Maman à l'adresse de Papa.

— Oui, répondit ce dernier tout en faisant tourner un steak. On dirait qu'on va finalement les avoir, nos petits-enfants !

— Oh, j'espère ! roucoula Maman avant de se retourner vers nous. S'ils pouvaient en avoir deux ou trois, et vous aussi, on serait comblés.

Le fait que ma mère nous imagine avec des gosses me touchait plus que de raison. C'était d'ores et déjà la preuve qu'elle porterait à nos enfants adoptifs le même amour qu'à ses petits-enfants biologiques.

— Oui… Ce serait chouette.

Tom et moi n'avions pas encore abordé la question des enfants ni vraiment parlé d'avenir. Nous vivions au jour le jour - ce qui m'allait très bien.

La porte de la cuisine s'ouvrit enfin, et Finn apparut dans un t-shirt noir et un jean foncé. Il fallait admettre qu'il était stylé avec ses lunettes de soleil aviateur accrochées dans son col en V et ses tatouages apparents.

— Ça sent bon ici, se réjouit-il en entrant, bientôt suivi de Pepper.

Celle-ci ne me parut pas aussi détendue que d'habitude. La situation l'embarrassait très clairement, après tout, nous avions été mariés elle et moi, alors il ne devait pas être évident pour elle de revenir chez mes parents au bras de mon frère cette fois.

— Ça sent l'ananas.

Maman se précipita sur Finn et lui attrapa les joues, avant de l'embrasser sur chacune.

— Je suis contente que tu sois rentré ! Ça n'a pas dû être de tout repos là-bas.

— Je t'accorde que ça n'a pas été une partie de plaisir ! s'esclaffa-t-il. Mais j'ai pu aider beaucoup de monde. Il y a eu beaucoup de blessés, beaucoup de gens ont aussi perdu leur maison.

— Ooh..., regretta-t-elle en lui tapotant doucement le torse. Tu es si généreux...

— Je tiens ça de toi, Maman.

Elle l'enlaça fort puis se tourna vers Pepper.

— Ma chérie... Je suis tellement heureuse de te voir, ronronna-t-elle en la prenant elle aussi dans ses bras, l'étreignant plus fort que ses propres fils. C'est merveilleux que tu fasses de nouveau partie de la famille !

Finn en profita pour saluer mon père.

— T'as besoin d'aide, vieillard ?

— Pas de la tienne en tout cas. Tu vas tout faire foirer.

Il l'étreignit tendrement puis lui décerna une tape sur le dos.

— Alors, c'était dur, là-bas ?

— Ouais. J'ai dormi dans un sac de couchage à même le sol du stade presque chaque soir, expliqua Finn. Mais ça en a valu la peine. Quand une catastrophe pareille se produit, il faut savoir se serrer les coudes.

Papa lui fit une nouvelle tape dans le dos.

— Je suis fier de toi, mon fils. Tu es devenu un homme bien. Tu sais, quand on t'a eu, Maman et moi, tout le monde a voulu savoir si on comptait vous envoyer dans les meilleures écoles privées pour vous donner toutes les chances de faire de longues études.

Mais tout ce qu'on voulait, tous les deux, c'était faire de vous deux des gens bien. Et on a réussi. Vous nous rendez très fiers.

Finn ne sut que répondre, ému par les propos de notre paternel.

Quand Pepper eut fini de s'entretenir avec ma mère, elle s'approcha de mon père pour lui faire la conversation.

Finn salua Tom puis me tapota le dos.

— Ça fait plaisir de vous voir tous les deux. Vous m'avez manqué.

— Ah bon ? m'étonnai-je.

— Ouais, ça me surprend moi aussi, me taquina Finn. Mais le mois a été long. Vraiment très long.

— Tu as dû voir des choses de ouf, releva Tom. C'était une sacrée tempête. Il y a encore des coins où ils n'ont pas récupéré l'électricité, hein ?

— Oui, reconnut Finn. Mais j'ai fait ma part. À quelqu'un d'autre de prendre le relais maintenant.

— De toute façon, je doute que Pepper te laisse repartir, indiquai-je. Elle était complètement perdue sans toi.

Il pinça fort les lèvres, rattrapé par l'émotion.

— Oui… Je sais. J'étais perdu sans elle, moi aussi.

Pepper nous rejoignit et prit siège à côté de Finn.

Il passa aussitôt son bras autour de sa taille et l'attira plus près de lui sur le banc, indifférent à la présence de mes parents. Il posa ses lèvres sur le pavillon de son oreille et l'embrassa doucement avant de me refaire face.

Je n'aurais jamais cru possible que mon frère finisse avec Pepper. Déjà, parce qu'il était improbable qu'ils se soient mis ensemble, mais aussi parce que le fait que ça dure relevait quasiment du miracle. Mais c'était bien et bien arrivé. Et il me suffisait de les voir pour savoir combien ils s'aimaient.

Pepper et Tom s'étant portés volontaires pour débarrasser, on resta assis dehors seulement tous les quatre, Maman, Papa, Finn et moi. Un bol de pastèque trônait au centre de la table, alors j'en picorai de temps à autre, content de passer ce moment en famille.

Maman était extatique à propos de Pepper et Finn ; elle n'avait que leurs deux noms à la bouche, même en l'absence de Pepper.

— Vous êtes tellement mignons tous les deux ! roucoulait Maman.

— Oui, je sais, ricana Finn. Elle est géniale. Elle m'a métamorphosé. Je ne sais même pas comment elle a fait... Mais elle a ce truc, ce truc qui lui a immédiatement attiré mon respect. Elle a beaucoup de qualités que j'admire. Elle est généreuse... Parfaite.

Finn n'avait jamais été adepte des longues conversations profondes... encore moins au sujet des femmes, ce qui pouvait expliquer les mines ahuries de mes deux parents.

— J'ai ressenti la même chose en rencontrant votre mère, dit Papa. Et je suis d'accord, elle est parfaite, c'est simplement évident...

— Oui, ajouta Maman. Pepper est une perle. C'est le genre de femme qu'on a envie de présenter à ses parents. Elle a un cœur en or et une intelligence rare, si forte, si indépendante. Un homme solide a besoin d'une femme solide... Vous m'avez l'air faits l'un pour l'autre.

Les yeux baissés, Finn pianotait la table de pique-nique du bout des doigts, produisant un son sourd au contact du bois. Il prit subitement une profonde inspiration qui amplifia son torse, et se redressa.

— Oui. C'est vrai. Et c'est pour ça que je compte la demander en mariage, finit-il par répondre nonchalamment, comme si la nouvelle n'avait rien de choquant.

On en resta tous sonnés. Maman ouvrit grand la bouche comme si elle venait de voir un fantôme, et la première réaction qu'eut Papa fut de se retourner à quatre-vingt-dix degrés pour échanger un regard avec elle.

Moi, j'ignorais quelle fut la mienne, mais une chose était certaine : je n'en revenais pas.

Mon frère comptait demander Pepper en mariage.

Était-ce possible ?

Une minute entière s'écoula sans qu'on ne sache quoi répondre. Ce fut Maman qui se désigna pour briser le silence.

— Finn, est-ce que tu dis ça sérieusement ?

— Oui.

Il sortit son téléphone de sa poche pour nous montrer une photo.

— J'ai acheté la bague cette semaine.

Maman lui arracha son portable des mains pour mieux la voir.

— Elle est magnifique…, souffla-t-elle, avant de la montrer à Papa. Oh mon Dieu, je vais pleurer. Il faut que je me ressaisisse, bordel !

Maman ne jurait jamais, alors il était comique de l'entendre s'exprimer ainsi.

— Mais c'est super, mon fils ! approuva Papa avant de me tendre la photo.

Je faillis refuser, n'étant pas encore prêt. Tout allait si vite. Ça ne faisait pas si longtemps qu'ils étaient ensemble, moins de six mois. En un rien de temps, ce célibataire endurci avait franchi tous les caps de la vie de couple, allant même jusqu'à vouloir se fiancer.

J'étudiai longuement la bague de fiançailles, elle était sobre, sertie en son centre d'un diamant solitaire. Ma main trembla quelque peu quand j'imaginai Pepper porter une autre alliance que celle que je lui avais offerte. Lentement, je tendis la main pour lui rendre son téléphone.

Finn m'épiait, guettant d'autant plus ma réaction que je n'avais pas manifesté le même entrain que nos parents. Heureusement que Pepper n'était toujours pas revenue.

— Elle n'a plus de proches, alors je ne savais pas à qui demander la permission. Puisque tu es ce qui se rapproche le plus d'une famille pour elle… je te la demande à toi. Est-ce que j'ai ta bénédiction, Colton ?

Son regard, additionné à ceux de mes parents, me brûlait la peau. Il m'avait mis au pied du mur ; je n'avais guère le choix.

— Tu ne trouves pas que c'est un peu précipité ?

Ce n'était peut-être pas la réponse qu'il espérait, mais la question méritait d'être posée.

— Je sais que c'est rapide, admit Finn. Mais j'ai eu le temps de réfléchir pendant mon voyage… et j'en suis sûr, oui. . C'est ce que je veux depuis le jour où je l'ai rencontrée.

Il ferma l'application photos sur son téléphone, puis rangea l'appareil dans sa poche. Il reprit cependant :

— En attendant, tu n'as pas répondu à ma question, Colt.

Le moment de vérité était venu. Je croyais avoir déjà accepté cette situation, mais en réalité, ce n'était que maintenant que j'allais devoir lâcher prise. Pepper épouserait Finn et ne serait plus mon ex-femme. Elle serait la femme d'un autre. Tout allait si vite, mais au bout du compte, ça ne changeait rien à la donne. Pepper était heureuse… et je voulais qu'elle continue à l'être, avec Finn, pendant le restant de ses jours.

— Bien sûr, frangin. Prends bien soin d'elle.

Il posa la main sur mon dos et m'adressa une tape fraternelle.

— Je ne te décevrai pas. Tu peux me faire confiance.

19

PEPPER

À COURT DE VÊTEMENTS PROPRES, JE N'EUS PAS EU D'AUTRE CHOIX que d'aller en récupérer chez moi. Vu que j'avais pris l'habitude d'accompagner Finn et Soldier lors de leur balade matinale, il me fallait plus d'affaires de sport. Mon poids ne me préoccupant guère, je n'avais jamais sérieusement cherché à pratiquer une activité sportive, et je ne possédais donc aucune tenue adéquate. Indirectement, et sans même le vouloir, Finn m'encourageait à adopter un mode de vie plus sain.

Alors que je fourrais dans mes sacs tout ce qui me tombait sous la main, la porte d'entrée s'ouvrit.

— Pepper ? hésita la voix de Colton. Est-ce que tu es là ?

Je sortis de ma chambre.

— Oui. Qu'est-ce que tu fais là ?

— J'étais à court de papier toilette, alors je suis venu t'en piquer, m'expliqua-t-il avant de soulever sa clé. Mais la porte était ouverte.

— Ça fait longtemps que tu viens voler des trucs chez moi ?

— J'ai appris auprès des meilleurs.

Je levai les yeux au ciel.

— Je suis juste passée en coup de vent récupérer des fringues. Je me suis mise à pas mal marcher avec Finn et le chien, alors il me fallait des tenues plus confortables.

— Mince, ça doit te soûler, non ?

— Non, ça va. C'est juste qu'on va loin. Il s'est fixé comme objectif de fatiguer Soldier avant la nuit.

— Sauf que c'est toi qu'il fatigue à la place ? s'amusa-t-il.

— On peut le voir comme ça.

Il entra dans la salle de bains et prit quelques rouleaux.

— C'est cool d'habiter en face de chez toi, c'est un peu comme avoir une épicerie gratuite ouverte sans arrêt juste devant la porte, ajouta-t-il, goguenard.

Je lui tirai la langue.

— Le retour de bâton fait bobo ?

— C'est pas un mot, ça, « bobo », bougonnai-je. Tu fais vachement mature, tiens...

— Je suis avocat je te rappelle, je m'exprime comme je veux.

— Ouais c'est ça. Glisse-le dans un de tes rapports, et tu seras un avocat au chômage.

Il posa le papier toilette sur la console dans l'entrée.

— Alors, c'est quoi le plan ? Tu as emménagé chez lui ?

— J'en sais rien. Il m'a demandé de rester pendant quelque temps, mais rien n'est officiel. Alors... Je ne suis pas trop sûre.

Il signala sa compréhension de la situation d'un hochement de tête, les bras croisés.

— Je suis contente de passer tout ce temps avec lui, repris-je tout haut. Il m'a tellement manqué… Ça me rassure de voir que ma présence ne l'étouffe pas.

— Il ne m'a pas l'air étouffé, si tu veux mon avis…

— On verra. Je risque d'être beaucoup chez lui d'ici à ce qu'il me demande de repartir.

— Peut-être qu'il ne te le demandera jamais.

Je ne pus réprimer un rire.

— J'en doute, honnêtement. Mais j'aimerais bien me débarrasser de cet appart rapidement, surtout si je n'y suis plus. Je continue de me ruiner en loyer alors que c'est à peine si je vis là. Au moins je fais des économies sur les charges…

— Ouais, c'est vrai. Tu crois que ça représenterait beaucoup sur un budget comme celui de Finn ?

Je haussai les épaules.

— J'en sais rien, mais même si je finissais par emménager chez lui, il ne me laisserait jamais participer. Il est trop fier pour ça.

— C'est pas faux.

Je refermai mon sac avant de le caler sur mon épaule.

— Qu'est-ce que t'as prévu de beau ce soir ?

— Rien. Je vais rester chez moi.

— Tom n'est pas là ?

Il secoua la tête.

— Je suis tout seul.

— Je te proposerais bien qu'on fasse un truc ensemble, mais je n'ai pas encore le sentiment d'avoir assez vu Finn. Je sais que ça fait deux semaines qu'il est rentré, mais j'ai l'impression que c'était hier.

— T'en fais pas, répondit-il. Je sais que vous avez besoin de vous retrouver.

Je lui fis un bisou sur la joue puis sortis de l'appartement.

— Ne vole pas toutes mes affaires, d'accord ? lui lançai-je une fois dans le couloir.

— On verra.

— On se capte bientôt, ajoutai-je en me retournant pour lui sourire.

— Ouais… Ça marche.

Je surpris une vive émotion dans le regard de Colton, comme s'il me disait au revoir pour la toute dernière fois. Que j'étais sur le point de m'en aller pour toujours et que jamais plus on ne se retrouverait.

— Tout va bien ?

— Ouais, convint-il en glissant les mains dans les poches. Je suis heureux pour toi, c'est tout…

— Heureux pour quoi ?

— Tu sais… que tout se passe si bien entre Finn et toi. Ça s'est vraiment bien passé pendant le barbecue chez mes parents. Tout avait l'air d'aller si bien.

— Euh, oui, je suis heureuse. Ça a l'air de bien se passer entre Tom et toi aussi.

— Oui, c'est vrai.

Il s'empara des deux rouleaux de papier toilette et les cala sous son bras. Il observa ensuite, tout haut :

— C'est fou comme tout peut changer dans la vie. Dire qu'on a dîné tous ensemble hier soir, comme si de rien n'était... Qui aurait pu imaginer que les choses se passeraient comme ça, hein ?

— C'est vrai. C'est fou.

Il opina du chef, puis me dépassa pour sortir dans le couloir.

— Jamais je n'aurais soupçonné, il y a un an, qu'on en serait là aujourd'hui... et regarde-nous.

Puis, sans rien ajouter, il traversa le couloir, entra chez lui et referma la porte.

En dépit de tout le positif qui ressortait de la conversation, Colton m'avait semblé un peu morose, voire carrément triste et perdu. Peut-être réalisait-il, devant l'évolution de ma relation avec Finn, que nos chemins se séparaient pour de bon cette fois ? Que c'était vraiment fini ? Nous étions si proches Colton et moi, qu'il m'arrivait d'oublier que nous avions été mariés. Mais il n'était pas impossible qu'il ait plus de mal que moi à accepter cette idée... Surtout après nous avoir vus, Finn et moi, en couple chez leurs parents. Peut-être que ça le dérangeait, et qu'il n'osait pas m'en parler.

J'ignorais s'il valait mieux lui en toucher deux mots.

Ou laisser mes doutes sombrer dans l'oubli.

— Qu'est-ce qu'il se passe ici ? s'enquit Finn en rentrant ce soir-là, dans sa blouse bleu marine, son stéthoscope autour du cou.

Même dans cette tenue ample il était le plus beau des hommes.

— Soldier et moi, on t'a préparé le dîner.

Il posa ses clés et son portefeuille dans l'entrée, puis arqua un sourcil.

— Soldier et toi ?

— Bon, surtout Soldier.

Il s'approcha des fourneaux et remarqua bientôt les enchiladas au poulet.

— Purée ! Ça m'a l'air super bon tout ça !

— Pourquoi ce ton surpris ?

— Tu as raison… Je ne vois pas pourquoi ça m'étonne si c'est Soldier qui les a faits.

Il se tourna lentement vers moi en arborant son sourire sexy, puis m'embrassa sur la commissure des lèvres, avant de reprendre plus sérieusement :

— Tu n'es pas obligée de me faire à manger, bébé. Ça ne me dérange pas de m'en occuper.

— Ça me fait plaisir de te cuisiner un bon repas chaud, surtout si tu as travaillé dur toute la journée.

Il sortit une fourchette du tiroir à couverts, puis se servit une bouchée. Après avoir bien mastiqué pour mieux déguster les saveurs, il me décerna un regard approbateur.

— C'est vraiment délicieux. Où as-tu appris à faire ça ?

— Sur YouTube.

— Mince, je ne pourrais plus te charrier sur ta mauvaise cuisine alors.

Il sortit deux assiettes du placard puis les remplit d'enchiladas et de riz.

— À moins que tu ne sois sérieuse quand tu dis que c'est Soldier qui a cuisiné ?

Je haussai innocemment les épaules.

— J'ai peut-être aidé un peu.

Armés de nos assiettes, on s'installa ensemble à la table de la cuisine. Au lieu de son habituel verre de scotch, il se contenta d'un peu d'eau, mais ce fut à peine s'il y toucha tant il dévora vite son repas. C'était à se demander s'il avait mangé de la journée.

— On dirait que ça te plaît ?

— C'est trop bon. Chapeau bas, franchement.

Soldier était à nos pieds, assis au sol, à attendre passivement qu'une miette tombe devant lui.

— C'était comment, au travail ? lui demandai-je, sachant que son service avait probablement été plus palpitant que le mien.

— Comme toujours, mis à part un détail, commença-t-il avant de finir sa bouchée. J'ai travaillé avec Layla aujourd'hui.

— Ah ?

— Elle s'est faite très discrète, m'a laissé tranquille et ne m'a pas du tout cassé les couilles. C'est à peine si elle m'a regardé, en fait. C'était cool.

Mes mots avaient-ils fini par cheminer dans son esprit ?

— On dirait que votre conversation a été plus que fructueuse. Bravo.

Je haussai les épaules, ignorant comment répondre à l'approbation dans son regard. Il continua sur sa lancée.

— N'importe quelle autre fille lui aurait cassé la figure, mais pas toi. Tu es si forte que tu n'as même pas besoin de faire usage de la force. Toujours à trouver les bons mots, en toutes circonstances…

— Je n'irais pas jusque là...

— En tout cas, quoi que tu lui aies dit, ça semble avoir marché. Ça m'a nettement simplifié la vie.

J'étais contente que mon sermon ait eu l'effet escompté. Voilà un problème de moins à gérer.

— Et toi, ta journée ? s'enquit-il entre deux bouchées.

Les coudes sur la table, il engloutissait son repas avec l'appétit d'un ours, penché sur son assiette pour ne pas en rater une miette.

On fonctionnait déjà comme un couple marié, partageant nos quotidiens autour d'un bon dîner le soir. C'était si agréable... que j'aurais aimé que ça continue toujours comme ça.

— Elle a été bonne. Mais j'ai eu une drôle de conversation avec Colton.

Finn cessa de manger. Il reposa abruptement sa fourchette et leva les yeux vers moi, songeant en silence à ce que je venais de dire.

— Qu'est-ce qu'il a dit ?

— Je suis passée chez moi prendre quelques affaires, et il avait besoin de papier toilette... alors il est venu se servir en traître, grognai-je en levant les yeux au ciel. On a un peu parlé, puis il m'a dit qu'il était très heureux pour moi... Mais il avait l'air triste. C'était bizarre.

Finn devait soudain être rassasié, car il ne releva plus sa fourchette, même si son assiette était pleine. Il s'adossa contre la chaise de bois et me regarda fixement, tout en se triturant les méninges.

— Et c'est tout ?

— Il n'a pas dit grand-chose, mais ce qui me préoccupe, c'est tout ce qu'il n'a pas dit, justement. Je crois que ça l'a un peu remué de nous voir ensemble chez tes parents. On y allait souvent quand on était mariés, pour les anniversaires et les fêtes. Mais rien n'est plus pareil aujourd'hui. Peut-être qu'il n'a pas apprécié, mais qu'il ne veut juste pas l'admettre ?

Son regard se perdit dans la pièce, et il se tut soudain. Il s'était muré en lui-même, préférant dissimuler sa réaction derrière un masque opaque. Il était immobile, les mains sur les accoudoirs de sa chaise, le stéthoscope toujours suspendu autour de son cou.

— Je me prends peut-être la tête pour rien.

— Peut-être, répondit-il, laconique. Je vais lui parler un peu, m'assurer qu'il va bien.

— C'est une bonne idée,convins-je. Si quelque chose le rendait triste, il ne m'en parlerait pas forcément.

— Tu as raison...

Il se pencha pour ramasser sa fourchette, mais cette fois, il ne prit pas de bouchée. Il se contenta de triturer distraitement sa nourriture.

— Qu'est-ce qui ne va pas ? finis-je par lui demander.

Il releva le menton, croisa mon regard.

— Rien, bébé. Tout va bien.

20

COLTON

Je venais tout juste de lancer une lessive de linge quand on frappa à la porte. Mes fringues potables étant toutes au sale, j'avais enfilé un vieux jogging et un t-shirt troué. Tom ne passait jamais à l'improviste, alors ce devait être Pepper.

Quel ne fut pas mon étonnement, en ouvrant, de me retrouver nez à nez avec mon frère ! Il était encore en blouse de travail ; sans doute n'était-il pas repassé par chez lui.

— Salut, qu'est-ce qui t'amène ?

— On peut parler ? s'enquit Finn, entrant chez moi sans attendre que je l'y invite.

— Euh, oui... Tout va bien ?

— Parce que j'ai l'air d'aller bien, à ton avis ?

Mâchoire serrée et regard dur, il pivota vers moi, l'air furieux. Ses épaules étaient tendues, et d'épaisses veines palpitantes nervuraient ses bras. Son agacement crevait les yeux, irradiant des mauvaises ondes tout autour de lui.

— J'ai dû rater quelque chose...

— Pepper m'a raconté que vous aviez eu une drôle de conversation l'autre jour, siffla-t-il, et que tu t'étais comporté bizarrement. Elle ne savait pas quoi en penser, alors elle s'est dit qu'il était possible que tu ne digères toujours pas le fait qu'on soit en couple. Que ça t'avait peut-être perturbé de nous voir ensemble chez nos parents… Tu devines la suite ?

À vrai dire, je n'avais plus songé à ce bref échange, partant du principe qu'elle n'avait rien remarqué.

— Si tu ne fais pas un peu attention, elle va se douter de quelque chose ! me reprocha-t-il.

— Crois-moi, elle est loin de se douter de ce que tu lui prépares. Une demande en mariage ? Non, elle ne s'y attend pas du tout.

— N'empêche que ça la tracasse. Je ne voudrais pas qu'elle me dise non par peur de te heurter.

L'idée me parut si absurde que je ne pus réfréner un rire.

— N'importe quoi ! Elle refusera pas, c'est stupide comme idée !

— Bref. Mais du coup, il s'est passé quoi l'autre jour ?

— C'est-à-dire ?

— Pourquoi ce comportement étrange ?

Je fis un pas en arrière, regrettant de ne pas avoir une bière pour noyer toute cette histoire.

— Écoute, c'était un peu brutal comme manière de nous annoncer ça, tu trouves pas ?

— J'en suis pas si sûr : Maman et Papa ont plutôt bien réagi, ils semblaient même ravis.

— D'accord, mais c'est un peu plus délicat pour moi. Après tout, je l'ai déjà demandée en mariage, Pepper. Et j'avais eu l'exacte même conversation avec les parents, à cette même table. Alors pardon si j'ai tiqué, et en même temps, non, je ne suis pas désolé.

— Tu m'as donné ta bénédiction.

— Et tu l'as toujours. Mais ça me fait quand même bizarre...

Finn semblait toujours aussi agacé.

— Tu es absolument certain que ça ne te dérange pas ? Parce que je ne peux pas prendre le risque que tu fasses tout foirer en ayant l'air triste. Ou pire, que tu la fasses douter de notre couple.

— Attends, j'ai pas dit ça du tout ! Au contraire, je lui ai dit que j'étais heureuse pour elle.

— Mais apparemment, tu avais l'air triste.

— Parce que je *suis* triste ! m'offusquai-je d'un coup.

Mon frère me dévisagea, son regard s'adoucissant.

— Pas triste de savoir qu'elle va finir avec toi, mais triste... de la perdre. C'est avec toi qu'elle va faire sa vie maintenant... Elle va déménager, et ne vivra plus juste en face de chez moi. Si elle se remarie, elle ne sera plus vraiment mon ex-femme, mais ta femme. Et je crois... que j'ai dû mal à tourner définitivement cette page. À accepter le fait qu'elle n'aura bientôt plus besoin de moi.

Son regard se chargea de compassion.

— Ce ne serait pas une bonne chose ?

— Si... mais tout est en train de changer. Et si rapidement que j'ai du mal à suivre.

Il fit un pas vers moi.

— Pas si rapidement que ça. Et le changement, ce n'est jamais simple... mais il faut que tu l'acceptes, Colton.

— Je l'accepte. Je suis sincèrement heureux pour elle. J'ai juste besoin de temps pour m'y faire.

— Colt, reprit Finn, attendant que je le regarde pour poursuivre sa phrase.

Mes yeux se posèrent sur lui.

— Si tu n'es pas prêt, je le suis, moi, à attendre pour faire ma demande, et attendre que les choses se tassent. Je veux que ce soit un moment heureux pour tout le monde. J'ai peut-être manqué de délicatesse dans ma manière de l'annoncer, mais j'ai vraiment cru, quand tu m'as donné l'autorisation d'être avec elle, que c'était bon.

— Ça l'était, mais je ne m'attendais pas à ce que tu la demandes si rapidement en mariage ! Aux dernières nouvelles, tu n'envisageais même pas de te marier un jour.

— OK, mais… J'ai changé d'avis.

— Puis-je savoir pourquoi ?

Il se frotta la nuque, étouffant un soupir.

— La distance m'a fait réaliser à quel point je l'aimais. Elle m'a prouvé plein de choses en me laissant réaliser ce projet. Son soutien, notamment, et la confiance qu'elle m'accordait. Même en apprenant que Layla m'accompagnait et malgré tout ce que ça lui coûtait, elle n'a rien fait pour me dissuader de partir. Au contraire, elle m'a encouragé, sachant combien c'était important pour moi. C'est une femme comme elle que je veux dans ma vie. Quelqu'un qui me soutient, qui comprend mon besoin d'aider les autres. C'est la bonne, mec. Pourquoi attendre ?

— C'est très romantique tout ça, mais as-tu pensé au reste ? Les enfants, par exemple ? Tu sais qu'elle en veut…

Il haussa les épaules.

— Je n'en suis pas encore là, évidemment, mais il se peut que je change d'avis un jour. Après tout, avant de la connaître, je ne voulais pas non plus me marier.

— Finn, l'interrompis-je, tu ne peux pas la demander en mariage si tu n'es pas prêt à lui apporter une famille. Attends d'être en phase avec elle sur ce point-là avant de t'engager comme ça. Parce que si vous n'en parlez pas avant, tu risques de la faire souffrir plus tard, quand la question se posera. Je te le dis : elle veut des enfants. C'est non-négociable.

Il sonda mon regard, réfléchissant activement à ce que je venais de dire, tournant la question dans tous les sens. Après ce qui me parut être une éternité, il me répondit enfin.

— Si elle veut vraiment des enfants, je lui en donnerai. Mais elle n'a que vingt-six ans, on a le temps, on n'est pas obligés de les mettre en route tout de suite. Ça me semble être un bon compromis.

J'avais du mal à croire qu'il ait si facilement accepté. Mon frère était décidément prêt à tout pour épouser Pepper...

— Pour être honnête, reprit-il plus fermement, le seul obstacle que je rencontre maintenant, c'est toi. Alors dis-le-moi franchement : est-ce que tu es d'accord, oui ou non ?

— Bien sûr...

— Sois honnête avec moi, Colton. Parce qu'à partir du moment où elle m'aura dit oui, on ne pourra plus faire machine arrière. Je l'épouserai, que tu le veuilles ou non. Alors, si tu t'opposes à cette union parle maintenant, ou tais-toi à jamais.

Le chagrin qui m'étreignait la poitrine naissait d'un sentiment ancré au plus profond de moi. Une sensation de dépouillement, comme si l'on me coupait d'une composante longtemps essentielle de ma vie. Pourtant, je me devais bien de ne pas oublier que je m'en étais privé il y a un an. Pas chez mes parents, l'autre jour, encore moins aujourd'hui. Il était grand temps que je passe à autre chose, et que je lâche prise pour de bon.

— Oui. Je suis vraiment d'accord. Épouse-la.

Il jaugea mon regard, en quête de sincérité.

— Je le pense vraiment, précisai-je une nouvelle fois.

— Tant mieux alors. Maintenant, si tu veux bien arrêter de te comporter si bizarrement avec elle, ce serait cool.

Je levai les yeux au ciel.

— Je n'ai pas fait exprès, d'accord ?

— Fais plus attention, c'est tout.

— Bon sang, d'accord, pestai-je en croisant les bras, avant d'esquisser un sourire. N'empêche : je n'aurais jamais cru que mon frère se marierait un jour.

— Ne t'emballe pas trop vite. Faut d'abord qu'elle me dise oui.

— Mec, bien sûr qu'elle va dire oui.

Il haussa les épaules.

— On ne peut pas en être sûr. Elle va peut-être réaliser qu'elle peut trouver mille fois mieux que moi, qui sait.

— Finn, ne sois pas débile. Elle est folle amoureuse de toi.

Un sourire niais se forma sur ses lèvres.

— Donc c'est bien vrai, hein ?

Je levai à nouveau les yeux au ciel. Il continua sur sa lancée, rêveur :

— Dire que je vais faire ma vie avec une femme comme elle… J'ai trop de chance.

Le sujet sensible étant derrière nous, il pouvait se détendre.

— Oui… Sacré veinard.

— Je sais.

Sans cesser de sourire bêtement, il s'adossa au dossier du canapé.

— Quand est-ce que tu vas lui faire ta demande ?

— Je ne sais pas, je n'ai pas encore tout décidé. J'aimerais que ce soit plutôt simple, sans chichi. Pepper ne me paraît pas spécialement emballée par les restaurants chics ou les grandes déclarations d'amour. Je la verrais plus préférer un moment intime, quelques mots sincères murmurés à l'oreille.

Je notai mentalement que mon frère la connaissait peut-être mieux que moi.

— C'est bien vu.

— Je voudrais surtout que ce soit une surprise. J'y tiens beaucoup.

Je ris.

— Ça pour une surprise, t'inquiète pas mec ! Elle ne s'y attend pas du tout.

— Tant que tu ne fous pas tout en l'air, ça devrait pas changer…

— Je t'ai déjà dit que je ne lui dirai rien, d'accord ? râlai-je. Quand est-ce que tu as acheté la bague ?

— Quelques jours avant de vous montrer la photo. J'avais fait ma petite recherche sur internet en amont jusqu'à trouver une bijouterie qui vendait la bonne. Je suis passé la chercher, et tu connais la suite.

— Elle avait l'air de coûter une blinde, remarquai-je tout haut.

— Parce que tu t'imagines peut-être que je suis du genre à acheter de la camelote à ma femme ?

— Pepper se fiche de ce genre de choses, lui répondis-je plus calmement.

— Je sais. Mais je veux qu'elle puisse regarder cette bague chaque jour et sourire en la voyant. Et aussi qu'à l'avenir, le moindre homme qui s'amuse à poser les yeux sur elle voie qu'un autre, un puissant, veille sur elle.

— J'aurais jamais cru t'entendre dire une chose pareille...

— J'en suis le premier surpris, s'esclaffa-t-il.

Il se redressa, puis posa les mains sur les cuisses.

— Je suis content qu'on ait réglé tout ça. Ce n'est pas rien. Beaucoup de choses s'apprêtent à changer.

J'étais d'accord : il me faudrait tourner la page, ranger nos vieilles photos de mariage tout au fond d'un carton. Qui sait – ce chapitre de nos vies deviendrait peut-être tabou, comme un mystérieux secret qui nimberait la famille ? C'est que sûrement, s'ils avaient un jour des enfants à eux, ils préféreraient sans doute ne jamais leur dire que leur mère avait également été ma femme. Mais enfin, me dis-je, il était temps d'avancer, et de trouver une place dans cette nouvelle configuration.

— Oui. Et il faut s'en réjouir.

21

PEPPER

— Ses parents ont très bien réagi, annonçai-je à mes amies en lorgnant mon verre vide qui attendait d'être rempli. J'avais peur que ce soit gênant, mais pas du tout... Comme si les choses avaient toujours été comme ça.

— C'est mignon, commenta Tatum. Peut-être que ton expérience passée avec Colton avait en réalité pour but de t'aiguiller vers Finn ? C'était peut-être ça ta destinée.

— En tout cas, ajouta Stella, c'est cool qu'ils ne se soient pas braqués.

Avec sa peau mate, sa silhouette fine et ses cheveux lisses, relevés en queue de cheval, elle avait des airs d'Ariana Grande.

— Tes beaux-parents sont vachement ouverts d'esprit, ils ont l'air cool, se félicita-t-elle. Après tout, tu parles d'une situation cheloue : un de leur fils leur a ramené son copain, tandis que l'autre sort avec l'ex-femme du premier. Tu parles d'un repas en famille !

— Je te l'accorde !

N'ayant pas de parents, je chérissais d'autant plus ceux de

Colton. Malgré leurs petits défauts, c'étaient des gens bien qui prenaient toujours le parti de leurs fils, quoi qu'il arrive. Et ils étaient infiniment fiers de Finn, et des sacrifices qu'il faisait. En plus, Finn se transformait en fils à maman dès lors qu'il s'adressait à sa mère – ce que je trouvais adorable. Manifestement, il la respectait plus que tout au monde.

— Je vais me chercher un verre, glissai-je à mes copines en me faufilant hors de la cabine.

Ce jour-là, je n'étais pas repassée chez moi après le travail, alors je portais encore la tenue de ce matin : un jean moulant, des bottines, un long chemisier blanc et un collier en or en plus de celui de Finn. Vu que mon métier avait trait à la mode, je ne pouvais pas me permettre un style négligé. Mais, honnêtement, si j'avais eu le choix, j'aurais volontiers troqué cette panoplie complète contre la blouse de médecin de Finn – amplement plus confortable.

— Je vous prends un Cosmo, s'il vous plaît ! dis-je au barman.

— Une seconde : c'est moi qui vous l'offre ! compléta un homme que je ne reconnus pas, qui venait de me rejoindre au comptoir.

Grand, bel homme et sympathique, il observa néanmoins une certaine distance respectable entre nous.

— Une jolie femme comme vous ne devrait jamais payer ses consommations, ajouta-t-il.

— C'est très gentil de votre part.

Attendant que le serveur s'occupe de préparer mon cocktail, je restai debout au bar sous le regard pesant de l'inconnu. Les beaux mecs ne s'intéressaient jamais à moi du temps de mon célibat, mais depuis que j'étais en couple, ça n'arrêtait plus. Allez savoir !

— Par contre, je vous préviens quand même : j'ai un petit ami, lui indiquai-je rapidement.

— Ça n'enlève rien à votre beauté.

— C'est sujet à débat.

Sa bière à la main, il jeta un bref coup d'œil à la télé.

— Vous suivez le base-ball ? me demanda-t-il.

— Religieusement. Je supporte les Mariners.

Il me sourit.

— Ce copain dont vous parliez… Vous y tenez vraiment tant que ça ?

Si j'y tenais ? Finn était l'amour de ma vie, l'homme sans qui je ne pouvais pas vivre !

— Oui.

L'inconnu se rapprocha de moi, franchissant cette limite intime au-delà de laquelle il n'était guère prudent de s'aventurer.

— Laissez-moi vous apprendre quelque chose au sujet des hommes, me souffla-t-il en passant un bras autour de ma taille.

Euh…

— C'est tous les mêmes. Ils n'ont qu'une chose en tête…

— Oui, c'est ce que je constate, rétorquai-je en repoussant son bras, remarquant alors son haleine fortement alcoolisée. Vous savez quoi ? Je vais payer mon verre, finalement…

— Écoute-moi.

Son bras vint s'enrouler à nouveau autour de ma taille, puis il m'attira contre lui.

— Mon ex vient de me quitter pour son patron… un pauvre crétin qui roule en Jaguar… et ma confiance en a pris un coup.

Ce type était complètement torché – un mardi soir. Vu qu'il me faisait de la peine, j'aurais volontiers passé l'éponge, sauf que je ne supportais pas sa manière de me manipuler comme une poupée.

— J'apprécierais que vous me lâchiez, d'accord ? grognai-je en le repoussant. Je vous accorde un joker étant donné que vous traversez une mauvaise passe, mais recommencez ça et…

— Et quoi ? me défia-t-il en m'attrapant une troisième fois.

En comprenant la situation, le barman s'empara de la batte qu'il conservait sous le comptoir. Mais je n'avais pas besoin de son aide.

— Bas les pattes, sale porc ! aboyai-je en lui envoyant une gifle cinglante.

Il recula sous la force de mon coup, les yeux brûlant de rage, puis il se tourna vers moi.

Le moment se prêtait volontiers à la fuite, mais j'avais appris à ne jamais tourner le dos à un adversaire. Et je craignais, si je me retournais, qu'il n'en profite pour m'attaquer par-derrière. Donc je me cramponnai fermement au bar, me parant à éventuellement recevoir un coup en plein visage par un type immense, faisant trois fois ma taille. Malgré tout, je ne pouvais m'empêcher d'avoir pitié de lui. C'était une femme qui l'avait mis dans cet état – demain, il regretterait ses actes.

Il recula le poing, prêt à cogner. Alors je m'emparai de sa bouteille de bière, prête à la lui exploser sur le crâne.

— À ta place, je resterais tranquille, résonna une voix masculine derrière nous.

Finn venait d'arriver à mon secours. Il immobilisa l'homme grâce à une clé de bras et lui éclata la tête sur le comptoir avant de le plaquer contre ce dernier, les mains coincées dans son dos.

— Appelle les flics, Freddie.

L'intéressé avait déjà composé le numéro.

— Je suis en train.

Mon cœur battait encore à toute allure sous le coup de l'adrénaline. J'avais vraiment cru qu'il me casserait le nez, ou pire, qu'il me ferait perdre connaissance. Mais Finn, ce héros, avait débarqué de nulle part pour me sauver. Je reculai d'un pas et aperçus mon verre plein sur le comptoir. Je le descendis d'une traite.

— Ça va ? me demanda Stella en déboulant auprès de moi avec Tatum.

— Oui... Ça va...

J'étais incapable de lâcher ce salaud des yeux en train de se débattre comme un diable pour se défaire de l'emprise de Finn, mais en vain. Même s'il ne pesait pas bien lourd, Finn était trop fort pour lui. C'était plus fort que moi : ce type me faisait de la peine. Je savais ce que c'était de souffrir au point de faire n'importe quoi. D'accord, je n'avais jamais agressé personne... mais il y avait des choses dont je n'étais pas fière.

Stella me caressa le bras.

— Si Finn n'était pas arrivé, me rassura-t-elle, on serait venues à la rescousse.

— Je sais, lui répondis-je, les yeux braqués sur Finn qui retenait toujours mon agresseur.

Finn finit par se tourner vers moi.

— Bébé, va t'asseoir.

Il eut du mal à maîtriser son ton de sorte que ce fut plus un ordre qu'une suggestion. Son regard s'attarda sur moi pendant quelques secondes, avant qu'il ne se reconcentre sur le type qu'il tentait de neutraliser.

Je m'exécutai sans discuter, et partis vers la table accompagnée de mes deux amies.

— Tu es sûre que ça va ? demanda Stella, qui ne cessait de me jeter des regards inquiets.

— Je te trouve bizarrement calme, ajouta Tatum.

— C'est que j'ai de la peine pour ce mec, leur expliquai-je, penaude. Il m'a raconté que sa copine venait de le larguer pour un autre... et je sais combien ça peut faire mal.

— Non mais ça va pas ? Le prend pas en pitié ! s'énerva Stella. Les chagrins d'amour, ça n'est pas une excuse pour agresser les gens !

— Je sais, reconnus-je. Mais je sais aussi qu'il faut vraiment avoir touché le fond pour se comporter de cette manière. C'est triste.

— Soit dit en passant, ça m'étonne que Finn ait gardé son sang-froid, nota Tatum. À peine quelques coups... Il s'est surtout contenté de l'immobiliser.

— Il a l'habitude des situations de crise, leur expliquai-je. À mon avis, il n'a même pas réfléchi.

Quelques instants plus tard, la police arriva et menotta rapidement l'individu. Les agents échangèrent quelques mots en vitesse avec le barman et Finn avant d'escorter l'homme hors du bar, et de le faire monter dans la voiture de patrouille.

Lorsque Finn nous rejoignit enfin, il sembla nettement moins détaché vis-à-vis de la situation. Il fondit sur moi, s'introduisant dans la cabine à mon côté, et prit mes joues en coupe entre ses mains. Indifférent à la présence de mes amies, il pressa son front contre le mien.

— Tout va bien, bébé ?

— Oui, ça va.

Il frotta son menton contre le mien, puis déposa un baiser sur la commissure de mes lèvres.

— S'il t'avait touchée je l'aurais massacré, je te garantis...

— Grâce à toi, il n'en a pas eu l'occasion.

Il m'embrassa sur le front puis passa un bras autour de mes épaules, me ramenant contre lui dans un geste protecteur. Les yeux baissés, il posa sa tête contre la mienne, et souffla :

— Je t'aime.

La présence de mes deux amies ne paraissait pas le gêner le moins du monde, et il se livrait à moi comme si nous étions seuls.

— Je t'aime aussi, murmurai-je.

— Je reviens, j'ai bien besoin d'un scotch, déclara-t-il en se glissant hors de la cabine pour regagner le comptoir.

J'admirai allègrement son t-shirt près du corps qui épousait joliment ses muscles, et son jean semblait taillé pour son derrière. Je pivotai vers mes amies.

Stella était bouche bée, les yeux écarquillés.

— Oh. Mon. Dieu.

— Il t'aime à fond, ronronna Tatum. C'était TROP mignon...

— Cet homme sait drôlement bien traiter les femmes, fit Stella. Mon Dieu, quelle petite veinarde !

Veinarde, je l'étais. J'en avais parfaitement conscience.

— Je sais... j'ai beaucoup de chance, approuvai-je.

AU LIEU de me traiter comme une petite chose fragile, Finn me fit l'amour ce soir comme si rien ne s'était passé. À trois différences près, cependant : la dévotion qui brillait plus fort dans ses yeux, la pression qu'exerçaient ses bras pour mieux m'étreindre, et la passion inhabituelle qui animait ses baisers.

Ses mains tremblaient parfois au contact de mon corps, lorsqu'il attrapait une mèche de mes cheveux ou qu'il effleurait ma peau. Terré entre mes cuisses, son membre plus tendu que jamais, il allait et venait fougueusement en moi comme sous l'emprise du désir, mais son regard m'indiquait qu'il cherchait à entrer plus loin.

Jusque dans mon âme.

Jambes écartées, chevilles croisées dans son dos, je m'agrippais à ses épaules en le sentant m'assaillir, me prendre comme jamais il n'avait pris une femme auparavant. Il bandait si fort et je mouillais tellement qu'il s'enfonçait en moi sans effort. Mon désir était tel que je souffrais presque de le sentir reculer entre deux coups de reins.

— Bébé…

Son corps se balançait contre le mien, son bassin frottant contre mon clitoris enflé. Nos fluides se mêlaient à chaque va-et-vient, et son sexe était si dur qu'il menaçait d'exploser d'une minute à l'autre et de me remplir une nouvelle fois de sperme.

— Je ne laisserai jamais personne te faire du mal, souffla-t-il.

Je posai les mains à plat sur son torse, puis les fis lentement remonter vers ses épaules. Quand il me regardait comme ça, je me sentais belle comme une mannequin avec mes cheveux étendus ainsi en travers de l'oreiller, ou peut-être aussi belle qu'une actrice porno aux mensurations parfaites, impeccablement maquillée, même si, en réalité, c'était loin d'être le cas. Mais je me métamorphosais dans ses yeux.

— Je sais.

Il pressa son front contre le mien tout en plantant sa queue tout au fond de ma chatte. Sa voix sortit comme un murmure :

— Il faudrait me tuer d'abord.

Électrisée, j'enfermai son bassin entre mes cuisses. Ce n'était pas son corps de béton, ses tatouages ou encore ses prouesses au lit qui me donnaient tant envie de jouir, mais l'amour qu'il me portait, la vulnérabilité qu'il me révélait.

— Je sais…

Mon sexe se resserra autour du sien.

— Parce que tu es mon bébé.

Il posa les lèvres dans le creux de mon cou et m'embrassa, laissant retomber, telle une brise tiède, son souffle chaud sur ma peau. Il recueillit quelques gouttes de sueur sur sa langue, puis souffla dans mon oreille.

— Parce que je t'aime.

Ma chatte se contracta si fort que Finn en resta prisonnier, puis l'orgasme me percuta d'un coup. Le plus fort de ma vie. Je me tendis contre lui, traversée d'un plaisir fulgurant qui me transporta au septième ciel, puis me cramponnai à lui de toutes mes forces, gémissant et haletant, tout en l'écoutant me murmurer ces mots d'amour. Ce fut si intense que mon corps en souffrit presque, explosant de jouissance comme un incroyable feu d'artifice, tandis qu'impuissante, je me contorsionnais contre lui, atteignant un plaisir jamais connu jusque là.

Il poussa un râle tout près de mon oreille et m'assena ses derniers coups de reins. Comme si mon orgasme venait de déclencher le sien, son sexe se durcit, puis il se relâcha en moi en poussant un nouveau râle tout en crachant dans mes entrailles une impressionnante charge de foutre chaud qui reposerait en moi jusqu'au lendemain matin.

Quand il eut fini, il rapprocha son visage du mien sans se retirer.

— J'ai beau te prendre et te reprendre... il m'en faut toujours plus, me susurra-t-il avant d'actionner à nouveau son bassin, et de recommencer ses va-et-vient.

D'une minute à l'autre, il serait dur comme la pierre. Prêt à me combler une fois de plus.

J'AVAIS BEAU ADORER le temps que je passais chez lui, il était temps que je réinvestisse mon appartement. Nous avions cohabité pendant près d'un mois, un mois rythmé par le son de nos réveils respectifs, par nos dîners en tête-à-tête et des séances de jambes en l'air si folles qu'on avait dû quotidiennement changer les draps.

Un mois au paradis.

Mais je ne voulais quand même pas abuser de son hospitalité, et risquer de l'étouffer en prenant trop mes aises chez lui. Tout allait si bien entre nous que je refusais de tout gâcher aussi bêtement. Cet homme me comblait tellement que j'aurais accepté de rester avec lui même si on ne devait jamais se marier, même si pour cela je renonçais à fonder une famille.

C'est dire à quel point je l'aimais !

Je fis donc mon bagage, rassemblant fringues et produits de beauté, puis le refermai.

Finn apparut sur le pas de la porte, ne portant qu'un jogging, tenue qui suffisait puisque ses tatouages si denses constituaient en eux-mêmes une parure. Les mains dans les poches, il s'inclina contre le chambranle, regardant mon sac sur le lit.

— Qu'est-ce que tu fais ?

— Je pensais rentrer chez moi pour quelques jours.

S'il me demandait de repasser un mois chez lui, je le ferais – sans hésiter. Cette décision irait certes à l'encontre de mes envies, mais il me fallait agir avec prudence, être stratégique, car c'était une relation durable que je visais.

— Tu sais, voir si mon appart est encore là...

Je m'esclaffai un coup, puis calai la sangle de mon sac sur mon épaule.

— Ça t'embêterait de me déposer chez moi ?

Ses yeux sublimes braqués sur moi vibraient d'intensité. Plusieurs secondes s'écoulèrent sans qu'il ne bouge d'un iota ; même son torse ne semblait plus se soulever au rythme de sa respiration. Jamais Finn ne perdait son sang-froid, même lorsqu'on se prenait le bec – ce qui était rare.

— Repose ton sac.

N'ayant de toute manière aucune envie de m'en aller, je m'exécutai sans protester. Je retirai la sangle de mon sac et déposai ce dernier sur le lit. Puis je me tournai vers lui, au cas où il aurait quelque chose à me dire.

Il m'adressa un signe de tête en direction de la table de nuit, où il rangeait ses t-shirts et sous-vêtements, et posait son iPad.

— Il y a quelque chose que je voudrais te donner. Ouvre le second tiroir.

Pour un homme phobique de l'engagement, je le trouvais particulièrement déterminé à ne pas me laisser partir. Me proposait-il un tiroir pour installer mes affaires, histoire que je n'aie pas à tout trimbaler à chaque fois ? Venant de lui, ce ne serait pas rien. Je souris donc et m'approchai de la table de nuit.

— Laisse-moi deviner, tu m'as fait de la place dans un de tes tiroirs ?

Il croisa les bras, sans répondre.

— Ouvre-le.

J'attrapai la poignée et me tournai vers lui, m'étonnant de ce mutisme. D'enjoué il y a à peine une heure, il était devenu étonnamment taciturne. Je reposai les yeux sur la table de nuit et en ouvris le second tiroir, m'attendant cette fois à y découvrir des vêtements à lui qu'il souhaitait m'offrir. J'adorais dormir dans ses t-shirts, le coton était si doux contre ma peau. Et surtout : ses vêtements sentaient Finn. C'était leur qualité principale.

Mais je remarquai à la place un petit écrin noir, au centre du tiroir.

Perplexe, je le contemplai un moment.

La plupart des femmes auraient immédiatement songé à une bague de fiançailles, mais j'avais la tête sur les épaules. Finn m'avait prévenue après tout : il n'était pas prêt à se fiancer, et ne le serait pas avant longtemps. Alors il devait s'agir d'un autre bijou, me dis-je. Ou mieux : peut-être d'une des médailles qu'il avait remportées à l'armée ? Ce serait logique, puisqu'il m'avait offert son collier.

Je pris l'écrin et l'ouvris doucement.

Face à moi, un diamant étincelant, monté sur un anneau d'or blanc, resplendissait avec tant d'éclat que je n'osai d'abord pas y toucher. La pierre rutilante reflétait des arcs-en-ciel. Jamais je n'aurais imaginé porter un tel bijou ! La bague que Colton m'avait choisie, avec son anneau incrusté de diamants, n'avait rien à voir avec celle-ci. Je l'avais trouvée belle, mais un peu surchargée. Celle-ci était d'une sobriété parfaite.

Il me fallut un moment pour réaliser ce qu'il y avait entre mes mains.

Un solitaire.

— Finn…

Je me tournai lentement vers la porte, où il se tenait il n'y a pas deux secondes, mais ne le vis pas.

Il était à genou.

Je faillis laisser tomber l'écrin.

— Épouse-moi, dit-il sobrement.

Pas besoin de se lancer dans une longue tirade travaillée pour me dire combien il m'aimait… car son amour, il me le prouvait chaque jour. À noter du reste, il ne m'avait pas demandé *si* je voulais être sa femme, il m'imposait *de l'être*. Ce qui était mille fois mieux.

J'étais désarçonnée, complètement prise de court par sa demande en mariage. Les larmes me montaient aux yeux, et dégringolaient déjà le long de mes joues. Tant pis si on allait trop vite ! Tant pis si Finn était le frère de mon ex-mari ! Tant pis si ça terminait mal ! Jamais je n'avais éprouvé tant d'amour pour quelqu'un ; j'étais prête à me donner à lui, corps et âme.

— Oui…

Sans me quitter du regard, il me reprit donc l'écrin noir des mains, vu mon consentement, sortit la bague et me la glissa au doigt.

Elle m'allait parfaitement.

Alors qu'il se relevait, je lui passai les bras autour du cou et l'embrassai tendrement, remontant peu à peu avec lui jusqu'à finir sur la pointe des pieds. Je l'embrassai à travers mes larmes, embrassant encore et encore cet homme qui serait le dernier à sceller mes lèvres. Je débordais de joie, mon cœur allait exploser. Toute ma vie, je m'étais sentie perdue, sans foyer, sans port d'attache. Mais avec Finn, je me sentais partout chez moi.

Car dans ses bras, je l'étais.

22

COLTON

QUELQU'UN FRAPPAIT SANS RELÂCHE À L'ENTRÉE.

Toc toc toc ! Toc toc toc ! Toc toc toc !

Ce tocsin, ferme et régulier, ne voulait pas cesser. Sérieusement, qui pouvait insister comme ça un dimanche soir à vingt heures ? Déjà, ce n'était pas Tom : il était trop bien élevé pour faire une chose pareille.

Agacé, j'ouvris la porte à la volée.

— *Quoi* ? rugis-je.

Pepper s'immobilisa, le poing en l'air, visiblement prête à continuer son boucan, puis m'adressa un sourire innocent, comme pour s'excuser. Ensuite, elle me brandit sa main gauche, où scintillait le solitaire splendide que Finn lui avait acheté.

Mon regard se posa immédiatement sur le sien, et en voyant son bonheur y luire, je sentis toutes mes craintes s'envoler. Il était maintenant évident qu'elle s'était remise du mal que je lui avais fait, avait repris confiance en elle, malgré les questionnements que notre divorce avait soulevés. Elle était passée à autre chose –

à quelqu'un d'autre, quelqu'un de plus fait pour elle. Je souris tout grand.

— Toutes mes félicitations.

Dans la foulée, elle se jeta dans mes bras.

— Je n'arrive pas à croire qu'il m'a demandée en mariage. Finn m'a demandée en mariage ! Pour de bon !

Je la portai à l'intérieur puis fermai la porte sans même devoir la reposer. Elle ne pesait pas bien lourd, un bras suffisait à la tenir.

— Comment est-ce qu'il a fait sa demande ?

— Oh, c'était tellement romantique... J'étais en train de faire mon sac, parce que je me disais qu'il était temps que je rentre chez moi, et puis tout d'un coup il m'a interrompue en me disant d'aller regarder dans le tiroir de sa table de nuit. Je l'ai ouvert, en pensant qu'il m'avait fait de la place pour que j'y range mes affaires, puis j'ai vu la petite boîte noire. Quand je me suis retournée vers lui, il s'était mis à genou...

— Ouah... C'est vrai que c'est romantique...

— Je sais ! s'écria-t-elle en sautillant de joie sur place tout en battant des mains. Je ne me doutais de rien, moi ! J'ignorais qu'il y pensait déjà ! Je suis restée là, en état de choc... et puis je me suis mise à pleurer. Je... je n'aurais jamais cru que ce jour viendrait. Je suis tellement heureuse !

Elle se couvrit le visage puis essuya avec précision les larmes accumulées dans ses yeux, afin de ne pas ruiner son maquillage.

— Je suis vraiment heureux pour toi – pour vous deux, lui assurai-je.

— J'en ai la tête qui tourne ! roucoula-t-elle.

— Quand est-ce que ça s'est passé ?

— Il y a environ deux heures, mais il fallait absolument que je passe te l'annoncer en personne.

Elle m'attrapa les deux mains, qu'elle pressa tendrement.

— Est-ce qu'il t'en avait parlé ?

— Oui, à moi et à nos parents, au barbecue, le mois dernier.

— Vraiment ? s'étonna-t-elle. Alors que j'étais juste à côté ?

— Il a le goût du risque, fis-je avec un haussement d'épaules.

— Et qu'ont dit vos parents ?

Je lui jetai un regard agacé.

— Allez, tu t'en doutes un peu, quand même. Ils étaient fous de joie, chérie. Comme tout le monde.

— Comme toi aussi, j'espère ? s'enquit-elle, hésitante.

Je faillis lever les yeux au ciel pour lui faire remarquer à quel point c'était bête – sauf que ça ne l'était pas. Certes, j'avais eu du mal à m'adapter à tous ces changements, mais cela ne signifiait pas que je n'en étais pas heureux.

— Il m'a d'abord demandé si j'étais d'accord, lui appris-je en guise de réponse, me ravisant. En m'expliquant bien qu'il ne ferait sa demande que s'il avait ma bénédiction, que tu te doutes bien que je lui ai donnée. On a formé une famille par le passé, et c'est à nouveau le cas aujourd'hui – même si c'est différent.

— Oui. Nos enfants seront cousins.

— Oui, c'est vrai.

Elle battit joyeusement des mains, enchantée.

— Oh, que je suis heureuse ! C'est la première fois que je suis aussi heureuse de ma vie !

Malgré la maladresse du commentaire, je ne m'en vexais pas pour autant.

— Vous êtes parfaits l'un pour l'autre. Mon frère avait besoin de trouver la femme de sa vie, une femme assez parfaite pour le faire aller sur le droit chemin. Il n'y a que toi qui pouvais y arriver.

— Ça a été un jeu d'enfant. Il est si parfait… j'ai tellement de chance.

— Vous avez tous les deux beaucoup de chance.

Je l'attirai contre moi et l'embrassai sur le front.

— Je sais qu'on est dimanche, mais ça te dirait qu'on sorte pour fêter ça ?

— Non, il est un peu tard, et comme tu dis, c'est dimanche. On n'aura qu'à remettre ça à demain ? Je voulais juste passer t'annoncer la nouvelle. Tu es mon meilleur ami. Je te dis toujours tout.

— Dans ce cas, on n'a qu'à trinquer avec un verre de vin ! proposai-je.

Je filai dans la cuisine et en tirai une bonne bouteille, que je réservais depuis longtemps pour une grande occasion. Je la posai sur le comptoir et attrapai deux verres.

— Hé, je la reconnais, fit-elle soudain en s'emparant de la bouteille sortie. Quelqu'un nous l'avait offerte pour notre mariage, non ? Et on nous avait dit de l'ouvrir pour notre vingt-cinquième anniversaire.

— Oui, je m'en souviens.

Je la débouchai et remplis les verres.

— On l'avait mise de côté pour une grande occasion – et je crois que le moment s'y prête, ajoutai-je avant de lui tendre un verre.

Je levai ensuite le mien en déclarant :

— À toi et Finn.

Ses yeux, rivés sur moi, s'inondèrent d'émotion. Je crois que mon soutien comptait énormément pour elle. Elle avait besoin de ma présence autant que celle de Finn, l'un comme l'autre, nous étions essentiels à son équilibre. Alors le fait que je me réjouisse de leur union emplissait son cœur de joie.

— Tu accepterais d'être mon garçon d'honneur ?

Je n'hésitai pas un instant.

— Bien sûr.

Le lendemain, j'avais prévu de retrouver Finn pour déjeuner. Pepper étant au travail, j'avais réussi à me dégager une longue pause dans la journée pour passer un moment avec mon frère. Je le rejoignis à la table près de la fenêtre, en costume cravate.

Il se leva, un large sourire aux lèvres.

— Dis donc, tu es bien classe !

— Merci, répondis-je en l'enlaçant, avant de lui donner l'accolade.

— Pepper m'a raconté qu'elle avait passé une très bonne soirée hier, ajouta-t-il sur un ton jovial, tout en s'asseyant.

— Ouais, on a un peu forcé sur le vin, ri jusqu'aux larmes et parlé des préparatifs du mariage. Ce sera moi son garçon d'honneur… Stella va enrager que ce ne soit pas elle !

— Tu ne voudrais pas plutôt être mon témoin ? s'enquit-il, sans cesser de sourire.

— Je ne sais pas… Est-ce que c'est une proposition ?

— Je pensais que ça allait de soi.

— Ah..., hésitai-je. Je me suis dit que tu voudrais proposer ça à un de tes amis de l'armée.

— Je peux, mais je préfère que ce soit toi. Tu es mon frère... et mon ami.

Ne m'étant pas attendu à ce qu'il me demande cela, son offre me toucha d'autant plus.

— C'est la première fois qu'on me propose d'être témoin ET garçon d'honneur à un mariage.

— Quelle popularité !

— Dans ce cas, je vais en toucher deux mots à Pepper. De toute façon, Stella aurait pété une durite si j'étais garçon d'honneur et pas elle.

— À ce sujet... Je ne sais pas encore si ce sera un grand mariage.

Il avait déjà commandé une bière dont il but quelques gorgées.

— C'est elle qui aura le dernier mot, mais je pensais m'en tenir à une petite réception, avec juste quelques amis proches et la famille. Elle s'est déjà mariée une fois, alors je doute qu'elle veuille la totale.

— Je crois que ce qui lui importe surtout, c'est de t'épouser toi.

— Oui, admit-il avec un sourire.

— Alors, est-ce que tu vas porter une alliance ?

La mienne était restée dans le tiroir de ma table de nuit.

— Non. Je pensais plutôt me la faire tatouer. Je n'aime pas avoir des bijoux aux mains, m'expliqua-t-il en étirant les doigts, avant de refermer le poing. Pour des raisons d'hygiène, je ne pourrais de toute façon pas porter d'alliance aux urgences. Je ne crois pas que ça la dérangera.

— Que ton amour pour elle soit définitivement inscrit sur ta peau ? Non, au contraire, elle va adorer.

— C'est romantique, non ?

Il regarda un instant sa main puis reprit sa bière.

— Elle était tellement heureuse hier, continuai-je. Et sacrément surprise aussi.

— Ouais… c'est ce qu'il m'a semblé. Je n'oublierai jamais sa tête… le regard qu'elle avait ! Totalement bouleversée. Elle ne savait plus s'il fallait rire ou pleurer… C'était vraiment intense. Quand elle a trouvé la boîte, elle n'a même pas pensé que ça pouvait être une bague. Elle pensait que je lui avais acheté un bijou, c'est tout. Ça a contribué à la beauté du moment.

— Ouah… Quel grand romantique, ce Finn Burke !

— Romantique peut-être, mais pour une seule femme - ma fiancée.

Il sourit en prononçant ce dernier mot, qui par ailleurs lui était venu avec beaucoup de naturel.

— Qu'est-ce que Maman a dit ?

— Oh, tu sais, tu la connais. Elle a pleuré. Elle a commencé à parler d'enfants…

— C'est vraiment tout ce qui l'intéresse, hein ?

Il haussa les épaules.

— Je lui ai promis de m'entraîner à les concevoir…

Je fis de mon mieux pour ne pas grimacer à cette mention grivoise.

— Allez, me gronda-t-il. Pepper va devenir ma femme. Alors il va forcément m'arriver de dire des choses comme ça.

— Je sais… Faut que je m'y fasse, c'est tout, avouai-je.

Finn prit son menu et survola les suggestions.

— Qu'est-ce que tu vas prendre ?

— Une bière, pour commencer, répondis-je tout en me tournant pour appeler la serveuse.

— Tu ne travailles pas cet aprèm ?

— Si, mais personne ne se prend la tête au cabinet.

Je finis par attirer l'attention de ladite serveuse, et lui demandai une IPA. On en profita pour commander aussi nos déjeuners – des salades et des sandwichs. Après avoir jeté un regard fort intéressé à Finn, elle pivota sur ses talons et s'éloigna.

— Avec un peu de chance, notai-je à voix haute, un tatouage d'alliance suffira à éloigner les femmes.

Il haussa les épaules.

— Ne nous emballons pas trop vite.

Je lui souris, puis rebondis :

— Comme ça, t'es en congé aujourd'hui ?

Il acquiesça.

— Et oui. Mais ça me fait chier que Pepper ait cette boutique à faire tourner, parce que du coup elle ne peut pas se prendre des jours comme moi.

— Oui, mais ça lui plaît.

— J'espère qu'elle n'y tient pas trop…, bougonna-t-il. J'aimerais bien qu'elle arrête une fois mariée.

— Pourquoi est-ce que tu voudrais qu'elle lâche son commerce ?

— Eh bien, parce que je gagne bien ma vie et qu'elle en revanche ne peut rien mettre de côté, je le sais. Donc je trouve ça pas très logique qu'elle continue à se démener, alors qu'elle pourrait se détendre à la maison à la place.

— Si Pepper te demandait la même chose, tu le prendrais comment ?

Il m'étudia un moment, pensif.

— Je vois où tu veux en venir. Tu crois qu'elle aurait envie de rester à la maison ?

Je secouai la tête avec virulence.

— Non. Ça la rendrait folle.

— Dans ce cas, peut-être qu'elle pourrait embaucher quelqu'un au magasin pour avoir un peu plus de temps libre.

— Ça, oui, ça s'envisage.

Son regard s'aventura par la fenêtre.

— Pourquoi est-ce que j'ai cru qu'elle voudrait être femme au foyer ? Peut-être parce que j'ai juste envie de la choyer à fond ? De lui acheter une belle voiture, et une montagne de lingerie...

Moi qui commençais à le trouver mignon...

— Il lui faudrait une bonne raison de rester à la maison... Comme un enfant, par exemple.

— Oui. On parlera de tout ça en temps venu.

Nos plats venaient d'arriver, alors on ramassa nos fourchettes pour débuter notre repas. Au bout d'un moment, Finn sortit son téléphone de sa poche et jeta un œil à l'écran.

— Ne me dis pas que c'est encore Layla...

— Non, s'esclaffa-t-il. Pepper lui a parlé à l'aéroport, et depuis, elle me fiche la paix. Je me demande encore ce qu'elle a bien pu lui dire…

— Moi je sais, lui glissai-je, avant de planter ma fourchette dans une rondelle de concombre, que je portai ensuite à ma bouche.

— Tu veux bien m'en dire plus ?

— Elle lui a dit que le jour où elle tomberait amoureuse, vraiment amoureuse, elle serait terrifiée de perdre son mec. Qu'il y aurait toujours une femme plus jeune et belle dans les parages, et qu'elle ne pourrait rien y faire. Elle lui a expliqué qu'elle avait le choix, qu'elle n'était pas obligée de prendre le rôle de la fille que toutes les nanas détestent… celle qui vole le copain des autres. Parce que ça pourrait très bien lui arriver un jour.

Sans lâcher sa fourchette, Finn s'arrêta cependant de manger, pensif.

— C'est très intelligent.

— Pepper est comme ça, très fine dans ses réflexions.

— Oui, c'est vrai. Elle n'a pas pu s'empêcher d'avoir de la peine pour le type de l'autre fois qui venait de l'agresser au bar.

— Oui… C'est tout elle, ça. Elle a un cœur immense.

Les yeux rivés sur sa salade, qu'il poussait dans son assiette, il resta un moment perdu dans ses pensées.

— Heureusement, elle peut compter sur moi pour la défendre. Je m'engage à toujours protéger son grand cœur.

Encore fallait-il qu'il ne soit pas à l'origine de sa souffrance… Parce que là, plus personne ne pourrait la protéger.

— Bon, ce n'était pas Layla alors ? repris-je en changeant de sujet. Cool, c'est bien qu'elle te laisse tranquille.

— Non, c'était mon chef. On a une réunion demain. Ça s'est décidé à la dernière minute.

— À propos de quoi ?

Il haussa les épaules.

— J'en ai pas la moindre idée. Ça n'arrive pas souvent, alors ça doit être important. La dernière fois qu'on en a eu une, c'était pour l'intervention de la Croix Rouge.

— J'espère qu'ils ne vont pas te demander de repartir…

— J'en doute. Je viens à peine de rentrer, ça ne leur traverserait pas l'esprit.

— S'ils te demandaient de repartir maintenant, tu le ferais ?

Pepper avait perdu la tête pendant son absence. Alors s'il repartait maintenant, alors qu'ils venaient tout juste de se fiancer, je doutais qu'elle tienne le coup.

— Non, c'est hors de question. J'ai déjà donné, pour ma part. Si c'est important, que quelqu'un d'autre se désigne.

23

PEPPER

Une fois les assiettes rangées, je lançai le lave-vaisselle et contemplai la bague qui brillait à mon annulaire.

— Elle est si belle…

Assis à mes pieds, Soldier me regardait, levant paresseusement ses yeux couleur café.

— Tu ne trouves pas ? insistai-je en tournant la main pour la lui montrer.

Il demeura impassible.

— Moi, je la trouve incroyable en tout cas.

Je ne la retirais jamais, ni sous la douche ni pour faire la vaisselle. Même lorsque je dormais, elle restait à mon doigt. Tout comme les plaques militaires de Finn qui ne quittaient jamais mon cou. J'y tenais bien trop pour les abandonner sur une surface quelconque, même quelques minutes.

La porte du garage s'ouvrit alors et Finn entra dans la cuisine dans sa blouse d'hôpital. Stéthoscope autour du cou, il s'approcha du comptoir et y posa son thermos. Soldier lui fit la fête, lui plaquant les pattes sur ses jambes.

— Salut, mon grand, s'amusa Finn en se baissant pour le caresser, s'exposant par là même à ses humides coups de langue.

Une fois relevé, il se tourna vers moi, et son regard s'emplit d'amour.

— Et bonjour, bébé.

Il enveloppa ma taille puis rapprocha son visage du mien.

— Tu veux quand même m'embrasser, même si le chien vient de me lécher ?

En guise de réponse, je l'attrapai par la blouse et l'attirai contre moi pour l'embrasser à pleine bouche.

— M'en fous !

— Je te reconnais bien là ! se réjouit-il en me tripotant les fesses avant de me lâcher.

Il déposa son thermos dans l'évier, puis sortit clés et portefeuille qu'il posa sur le comptoir.

— Ça s'est bien passé, au travail ? s'enquit-il.

Je haussai les épaules.

— Bof, et toi ?

— Bof, répéta-t-il, amusé, en m'imitant.

— Et qu'est-ce qui s'est dit à la réunion ?

Il ouvrit le frigo, en inspecta le contenu, puis referma la porte.

— Rien de spécial.

— C'était à propos de quoi ?

— Des trucs en lien avec l'hôpital.

Il se rapprocha de moi, le haut de sa chemise entrouverte offrant une vue imprenable sur son torse. Cette tenue, contrastant avec ses tatouages, ne faisait que renforcer son charme.

— Je me disais qu'il était peut-être temps que tu vides ton appartement...

— Tu veux que j'emménage ici ?

— Parce que tu croyais vraiment que je laisserais ma fiancée vivre toute seule ? releva-t-il en arquant un sourcil. Dormir seule dans son lit ? Si je t'ai offert cette bague, c'est parce que je veux te baiser tous les jours, pendant le reste de ma vie. Alors oui, ramène tes fesses, et vite.

Finn avait le don d'être romantique, même quand il parlait si crûment.

— D'accord, tu m'as convaincue.

— Par contre, il n'y a pas beaucoup de place pour de nouveaux meubles ici. Alors je te suggère de te débarrasser des tiens.

— De tout ? demandai-je.

— Ouais. À moins qu'il n'y ait des choses auxquelles tu tiennes particulièrement. On pourrait toujours trouver de la place pour les meubles de ta chambre dans la chambre d'amis... même s'il y a peu de chances qu'elle serve un jour.

Après tout, avais-je vraiment besoin de rapporter toutes mes affaires ? Sa maison était déjà équipée ; c'était même moi qui avais tout choisi. Et de toute façon, mon mobilier jurerait avec le sien ; ce n'étaient que des articles standards qui provenaient de chez IKEA, achetés après le divorce.

— Tu as raison. Je vais faire le tri, et n'amener que ce que je tiens à conserver.

— Le reste, on pourra le donner, ajouta-t-il avant de m'embrasser rapidement sur les lèvres. Je vais prendre une douche puis faire à manger.

— Je peux m'en occuper.

— Tu veux dire commander une pizza ? me taquina-t-il.

— Non. J'ai acheté de quoi préparer un rôti.

— Ouah… Tu es vraiment l'épouse parfaite, toi, hein ?

Épouse. Je n'aurais jamais cru que ça me ferait si plaisir d'entendre un autre homme que Colton m'appeler ainsi. Mais en l'occurrence, cela me parut incroyablement naturel – du moins dans sa bouche. C'était trop beau pour être vrai, je nageais en plein bonheur.

— Je fais de mon mieux.

— En tout cas, sache que si tu n'aimes pas cuisiner, tu n'es vraiment pas obligée. Tant que tu continues à me faire des pipes ça suffira…, conclut-il, un sourire charmeur aux lèvres, avant de monter à l'étage.

Je le regardai s'éloigner, admirant chaque détail de cet homme irrésistible. Dire qu'il serait bientôt mon mari, le père de mes enfants. Mon conte de fées, c'était avec lui que je le vivrais. C'était lui, le Prince Charmant qui me comblerait jusqu'à la fin.

Tout d'un coup, son téléphone vibra sur le comptoir.

Il avait dû l'oublier là en posant ses clés tout à l'heure.

Un mail s'afficha à l'écran. De son supérieur hiérarchique, le chef des urgences.

Je savais bien que la curiosité était un vilain défaut. Aucune envie d'être ce genre de copine qui fouille dans le téléphone de son conjoint. D'autant que je vouais à Finn une confiance à toute épreuve.

Mais l'objet du mail attira mon attention.

Content de vous avoir à bord, Docteur Burke !

Pour lire le reste du message, il m'aurait fallu l'ouvrir, ce que Finn aurait vraisemblablement remarqué.

Je pris sur moi et tentai de me raisonner. S'il avait quelque chose à me dire, il m'en ferait part en temps voulu. Il venait de me demander en mariage, pourquoi me cacherait-il des choses ?

Je laissai donc couler.

FINN PARSEMAIT de baisers la vallée entre mes seins, faisant glisser sa langue autour de ses plaques militaires. Chacun de ses mouvements décalait la chaîne sur ma peau, déplaçant l'agréable sensation de froid.

J'adorais ça.

Le contraste entre sa chaleur de sa langue et la fraîcheur du métal m'excitait.

— Tu es terriblement sexy avec ce collier, me complimenta-t-il avant de continuer à suçoter et mordiller mon téton gauche.

Ensuite, il attrapa ma main gauche et la coulissa entre mes cuisses, exposant ainsi la bague de fiançailles.

— Et encore plus avec cette bague.

Profitant de ses caresses, je commençai à me toucher. Il m'avait déjà fait l'amour plusieurs fois ce soir-là, mais je ne m'en lassais pas. J'avais toujours envie qu'il me fourre un peu plus de sperme, qu'il m'embrasse une fois de plus.

Ses lèvres remontèrent le long de ma nuque puis se posèrent sur les miennes.

— Tu es vraiment magnifique, marmonna-t-il, ma lèvre entre les siennes, tout en haussant sa main sur ma cuisse. Je bande comme si c'était ma première fois.

— Moi aussi, quand tu me prends, j'ai parfois l'impression que c'est ma première fois. Ton sexe est vraiment gros.

Il gémit contre ma bouche puis m'inséra deux doigts, rencontrant le mélange de nos fluides.

— Tu en veux encore, bébé ?

— Toujours.

Sans attendre, il écarta mes cuisses et me pénétra d'un coup. Sa tendresse de tout à l'heure sembla disparaître, et il me prit si fort que le lit tambourina contre le mur.

Calant ses bras sous mes genoux, il m'assaillit jusqu'à me faire flancher. Les orteils relevés, je jouis de toutes mes forces, et ma chatte pleine de sperme se retrouva davantage trempée. En posant la main sur son torse, je vis étinceler le diamant à mon annulaire et me rappelai aussitôt que j'étais sienne – qu'il me faisait sienne, constamment.

Il continua ses va-et-vient, se satisfaisant à son tour en poussant des râles virils. Son sexe tressaillit, puis relâcha tout en explosant, déversant une dernière fois des litres de son jus en moi. Son membre ramollissait déjà, noyé dans le liquide chaud et pâteux. Il resta un instant en place, couvrant ma mâchoire de baisers, puis se retira et s'allongea sur le côté.

— Je pourrais baiser ta chatte jusqu'à la fin des temps.

— Tant mieux, parce que je crois que c'est prévu.

Je l'embrassai sur la bouche avant de me redresser.

— Je vais prendre une douche.

— Pourquoi ? Je compte encore te reprendre, tu sais.

Les bras derrière la tête, il souriait bêtement, non sans fierté.

— Peut-être, mais je dois bien me doucher de temps en temps.

En entrant dans la salle de bains, je ne trouvai aucune serviette. Étaient-elles toutes au sale ? Je ressortis donc, préparée à descendre au rez-de-chaussée pour récupérer le linge propre plié sur la table.

Finn n'était plus dans la chambre.

Il avait dû se lever lui aussi.

Je sortis à mon tour, descendis les escaliers et, arrivée à mi-hauteur, l'aperçus sur le canapé, le téléphone contre son oreille.

— Non, il n'est pas trop tard, Scott. Vous me connaissez, je ne dors pas beaucoup, dit-il dans le combiné, avant de se taire pour écouter ce que ce « Scott » avait à lui dire.

Je continuai à descendre, une marche à la fois, puis me dirigeai vers la pile de linge sans qu'il ne me remarque, car il était de dos.

— Je n'ai pas encore fixé la date du départ. On y réfléchit encore avec ma fiancée. Ça va demander pas mal d'organisation.

En l'entendant dire cela, je m'immobilisai au milieu de la cuisine, nue comme un ver. Puis peu à peu, ça fit tilt. Départ ? Organisation ? « On » y réfléchit ? Une chose était sûre, il n'en avait *pas* discuté avec sa fiancée, j'étais bien placée pour le savoir. Parce que je n'avais clairement pas souvenir d'une quelconque discussion avec lui à ce sujet.

— Je vous suis très reconnaissant pour cette opportunité, et j'ai conscience de l'honneur que ça représente. Je vous recontacte demain.

Il raccrocha, posa son téléphone sur la table basse, puis se passa la main sur le visage comme s'il était tiraillé entre cet engagement qu'il venait de prendre et le fait qu'il ne m'en avait pas encore parlé.

Je restai planquée derrière lui en réfléchissant à ce que je pouvais lui dire. Même si je n'avais pour l'instant aucune certitude concernant ce qu'il allait m'annoncer, je bouillonnais déjà. Il fallait que je me calme. Après tout, je pouvais me tromper.

— On part quelque part ?

Son dos se tendit sous l'effet de la surprise. Il ne s'attendait manifestement pas à ma présence. Il se gratta le menton, se releva et se retourna tout doucement, me révélant les tatouages de son torse. Il ne portait que son pantalon de jogging, et ce dernier retombait si bas sur ses hanches qu'il accentuait sa taille en V. En me voyant, il s'arrêta, laissant le canapé entre nous.

Je n'avais même plus conscience d'être nue dans sa cuisine tant la tension était élevée, tant l'hésitation troublait son regard. Il n'avait plus rien en commun avec le Finn fort et confiant qui pouvait tout obtenir d'un simple claquement de doigts. Sur ses gardes, il cacha prudemment son jeu de sorte que je ne puisse pas anticiper son prochain coup.

— C'était au sujet de quoi ? insistai-je, comme je n'obtenais toujours aucune réponse.

Il se frotta la nuque, comme à chaque fois qu'il était nerveux, puis soupira tout en abaissant sa main, avant de contourner le canapé pour me rejoindre.

— Pourquoi faut-il qu'on « s'organise » ? Qu'on décide d'une date de départ ? Finn, corrige-moi si je me trompe, mais on dirait bien que tu prévois un voyage – et pas forcément en vacances, remarquai-je en croisant les bras, prenant soin de parler calmement.

Finn envisageait-il réellement de partir juste après m'avoir demandée en mariage ? Il finit par me répondre.

— Comme on vient tout juste de se fiancer, je voulais qu'on profite un peu avant d'avoir cette conversation.

Ça s'annonçait mal.

— Quand je me suis pointé à la réunion, je croyais que ce serait comme d'habitude, qu'on se retrouverait entre médecins, avec des bagels de chez Panera. Mais en entrant dans la salle, j'ai réalisé que j'étais le seul à être convié. Scott, le chef des urgences, m'a appris qu'on me proposait un poste très spécial à Médecins Sans Frontières. On m'a nommément réclamé, apparemment...

— Médecins Sans Frontières ? Les mêmes qui envoient des médecins qualifiés travailler dans les régions défavorisées du monde ?

— Exactement, approuva-t-il.

Comment cette perspective pouvait-elle le séduire ?

— Finn, tu viens de partir un mois en Floride. Tu n'as pas besoin de sacrifier en permanence. Tu sauves déjà quotidiennement des vies à Seattle.

— Je sais, soupira-t-il. En temps normal j'aurais dit non, mais ils m'ont fait une offre que je pouvais difficilement refuser.

— Quoi ? m'étonnai-je, la gorge serrée. Qu'est-ce qui vaut la peine de te catapulter à l'autre bout du monde pendant encore je ne sais combien de temps ?

Il enfonça les mains dans ses poches.

— Ils m'ont proposé un poste de directeur. Je serais chef du service médical, en charge de la logistique. Le programme a été fondé par la Clinique Mayo, alors après mes missions, je serais nommé d'office dans l'un des meilleurs hôpitaux du pays... C'est un honneur. Le plus grand dans mon domaine. C'est un rêve qui devient réalité.

Admettons, c'était peut-être une opportunité en or. Mais je ne pouvais m'empêcher de songer à nous.

— Finn, je comprends qu'il soit difficile de refuser une offre comme celle-là, mais nous dans tout ça ? Tu m'as demandée en mariage. Ça ne signifie rien pour toi ?

Son regard s'assombrit.

— Bien sûr que si. Tu es la seule femme au monde que j'ai envie d'épouser.

— Mais comment est-ce que ça va marcher ? Où est-ce que tu vas partir ? Pour combien de temps ?

— En Ouganda, répondit-il. En Afrique de l'Est.

Encore pire que prévu.

— Pendant un an.

— Un an ? m'ébahis-je. J'espère que c'est une blague...

— Bébé, tu peux m'accompagner. Je vais m'occuper de tout organiser.

— T'accompagner ? rétorquai-je sèchement. Pour faire quoi ?

— Tu pourrais rester au Kenya pendant que je travaille dans les villages en Ouganda, par exemple ! Ou venir avec moi, et m'aider à déplacer le matériel médical. On manque de volontaires. Il faut savoir qu'ils n'ont même pas d'eau potable là-bas.

Je me couvris le visage en fermant les paupières et poussai un long soupir.

— Et qu'est-ce qui te fait croire que j'ai envie de passer un an quelque part où il n'y a pas d'eau potable ? Peut-être que tu ne me connais pas tant que ça finalement ! Je suis loin d'être une aventurière, qui aime les activités en plein air. J'aime commander des pizzas et passer des soirées entières sur mon canapé. C'est vraiment super que tu te passionnes pour tout ça, mais ce n'est pas mon cas.

Ses yeux s'emplirent de déception.

— Et Soldier, au fait ? Tu comptais en faire quoi ?

— Le laisser chez mes parents, répondit-il du tac au tac, comme s'il avait déjà pensé à tout. J'étais sûr que tu voudrais m'accompagner, me suivre jusqu'au bout du monde par exemple ! Colton m'a expliqué que je n'avais pas besoin de renoncer à mes projets, qu'il fallait juste que je trouve quelqu'un avec qui partager toutes ces choses. Comme tu n'as rien dit quand je suis parti en Floride, je suis parti du principe que ce nouveau voyage ne te dérangerait pas non plus. Tu m'as soutenu, encouragé, et c'est ça qui m'a fait réaliser que ça pouvait marcher entre nous. Que je pouvais me marier sans renoncer à tout ce qui me tenait à cœur.

Un flot de tristesse inonda mes veines et mon cœur se figea.

— C'est uniquement pour ça que tu m'as demandée en mariage ? Parce que tu pensais pouvoir faire tout ce que tu voulais, et que je te suivrais partout ?

— Non, ce n'est pas ce...

— Le mariage, c'est une question de compromis. Tu me demandes de renoncer à ma vie juste pour te faire plaisir. J'ai une entreprise, Finn. J'ai une vie à Seattle. Au Kenya, qu'est-ce qui m'attend, hein ? Pendant que tu seras perdu dans la jungle à aider des gens, moi, j'attendrai désespérément ton retour, enfermée dans un appartement, vautrée devant la télé.

Il posa les mains sur les hanches et baissa la figure.

— Très bien. Alors je partirai tout seul. Tu n'as qu'à rester ici.

Ma mâchoire s'en décrocha.

— Pour une année entière ? Tu attends de moi que je patiente *toute une année* ?

— On a tenu le coup pendant mon mois en Floride, non ?

Je voulus flanquer la table par terre tellement il me mettait hors de moi.

— Pendant un mois, Finn. Et tu te souviens comme on était malheureux ? La tristesse qu'on a ressentie ? On a eu du mal à tenir un mois, alors un an !!

— Aie plus confiance en notre couple.

— Je refuse. Tu t'imagines vraiment réussir à me rester fidèle sans me voir pendant un an ?

Il fronça les sourcils, soudain intraitable.

— Oui. Et je sais que tu ne me tromperas pas non plus. Notre amour est plus fort que la distance.

Je levai les yeux au ciel.

— Un an, c'est très long, Finn. Si tu crois tant en nous, je te conseille de rester. Reste, et honore la promesse que tu m'as faite.

— Je peux l'honorer même en partant, Pepper. Si je n'ai jamais voulu me marier, c'est par peur de m'ennuyer. Je ne voulais pas arrêter de vivre des expériences folles et me cantonner à une existence fade. Je n'ai que trente ans. Tu sais combien de bonnes années il me reste ?

— Qu'est-ce que tu veux que j'en aie à foutre, si tu les passes toutes avec des inconnus ? Tu ne crées jamais de liens solides avec personne, Finn. Tu restes un peu, puis tu disparais. Je ne suis donc que ça pour toi ? Une simple escale entre deux projets, un point de chute temporaire ?

— Parce que tu crois vraiment que je t'aurais demandé de m'épouser si c'était le cas ?

Sa mauvaise humeur crevait le plafond. La veine de son front se mit à pulser, et son teint vira au rouge.

— Je t'ai demandé de m'épouser parce que je veux passer le restant de ma vie avec toi. Je t'ai demandé de m'épouser parce que tu es la seule femme qui compte pour moi. Bordel, je veux t'épouser parce que tu es l'amour de ma vie .

C'était une des plus belles choses qu'il m'ait jamais dites, et pourtant, ses mots sonnaient creux.

— Si c'était vrai, pourquoi envisages-tu de partir à l'autre bout du monde ? Si tu veux barouder un peu, d'accord, on peut toujours trouver une solution. Si tu veux faire une mission d'un mois en Ouganda, OK, à la rigueur ! Je suis prête à accepter que tu partes de temps en temps. Mais tu viens à peine de rentrer de Floride que déjà, tu parles de repartir !

— C'est une situation exceptionnelle. Cette opportunité pourrait changer ma vie. Et si je voulais juste déménager dans le Minnesota pour travailler à la Clinique Mayo ? Et si je ne suis plus heureux à Seattle, et que j'ai besoin de bouger ? Est-ce que c'est inenvisageable ? Est-ce qu'on est forcés de passer notre vie entière à Seattle ?

Moi, je pouvais sans problème me projeter ici jusqu'à la fin des temps. Mes amis vivaient tous ici. Colton aussi. Cependant j'étais prête à faire des compromis.

— Ça n'a rien à voir. Bien sûr que je partirais avec toi. Honnêtement, moi j'aimerais bien passer ma vie à Seattle, mais je serais prête à faire ce sacrifice si c'était important pour toi.

— Je ne vois pas la différence…

— Le Minnesota, c'est quand même nettement moins loin. Et je pourrais avoir une vie normale, là-bas. Je pourrais prendre l'avion pour Seattle les week-ends où tu travailles, et passer un peu de temps avec Colton. Mais aller vivre en Ouganda ? Non, Finn, ça n'a rien à voir, et tu le sais très bien.

Il recula, se frotta la nuque.

— Je ne pensais honnêtement pas que tu réagirais comme ça.

— Alors pourquoi m'avoir caché ta décision ?

Il laissa retomber sa main et me dévisagea froidement.

— Je ne t'ai rien caché. Je voulais juste attendre le bon moment pour t'en parler. Je me doutais que ça ne t'emballerait pas, mais de là à ce que tu t'y opposes…

— C'est que tu ne me connais pas très bien, alors.

Il me coûtait de l'admettre, mais l'accusation m'était sortie toute seule, comme un cri du cœur. Son regard lançait des flammes.

— Si. Je te connais. Et je sais que tu veux mon bonheur.

— Oui, mais j'attends aussi de toi que tu fasses des compromis. Je refuse de tout sacrifier juste pour que tu puisses t'amuser dans la jungle. Si tu veux continuer à faire de l'humanitaire, je te soutiendrai. On trouvera des solutions, même si on a des enfants. Mais si tu tiens vraiment à m'épouser, sache que je veux une vraie vie de mariés. Je veux qu'on vive dans une maison ensemble, et te voir le plus souvent possible. Je veux mener une vie tranquille quitte à ce qu'elle soit un peu plan-plan et regarder la télé avant d'aller me coucher. C'est tout ça que j'attends de toi.

— Tout ça, je veux te l'offrir. Ce ne serait que pour un an !

— Un an, c'est une éternité, Finn. Et quand tu rentreras, qu'est-ce qu'il va se passer ? Ça ne fait même pas un mois que tu es de retour, et tu veux déjà repartir. Ce sera toujours comme ça avec toi. Colton avait raison… Tu es incapable de te fixer quelque part.

J'avais été bête de ne pas prendre ses avertissements au sérieux, mais j'avais réellement cru que Finn voudrait s'installer durablement à Seattle. En réalité, il ne songeait qu'à refaire ses sacs pour partir explorer le monde. La Floride n'avait été qu'un avant-goût à cette existence ; il lui en fallait plus. Comme un animal sauvage incapable de rester en cage. Il avait besoin d'être libre… comme l'air.

— C'est quoi ton plan ? pestai-je. Qu'on aille s'installer dans le Minnesota, jusqu'à ce qu'on te propose une meilleure opportunité ?

— Il n'y en aura pas.

— Oui, jusqu'à ce que tu partes aux Philippines, ou ailleurs. Finn, tu sais que j'ai envie de fonder une famille. Pourquoi est-ce que tu m'as demandée en mariage ? Parce que tu pensais me faire changer d'avis ?

— Non.

Nous étions tous les deux à cran, au bord de la crise de nerfs.

— Tu l'auras, ta famille, grogna-t-il. Je pensais juste que tu m'offrirais aussi des choses en retour.

— Finn… Je ne peux pas élever nos enfants dans la jungle…

— Mais ce n'est pas ce que je te demande ! Cela dit pour répondre à ta question, oui, il arrivera peut-être qu'on déménage de temps à autre, et qu'on les inscrive dans d'autres écoles.

L'idée que mes enfants mènent une vie semi-nomade ne m'enchantait pas. Je voulais qu'ils se fassent de bons amis, moi, et qu'ils grandissent avec eux ! J'avais appris avec le temps qu'une carrière ne pouvait jamais remplacer une relation durable. L'amour seul était une valeur sûre.

— Qu'on soit bien clairs… Tu me demandes d'abandonner mes projets pour te suivre dans les tiens ? déduisis-je à haute voix.

— Je ne le formulerais pas comme ça… mais oui.

— Et toi, est-ce que tu ferais la même chose pour moi ?

Il ferma la bouche et se mura dans le silence, sans doute pris au dépourvu. Je voyais mal comment il pouvait se sortir de ce faux pas sans passer pour un connard. Soit il considérait que mon emploi n'était pas aussi important que le sien, soit que c'était à moi que faire des sacrifices, parce que j'étais une femme.

— Bébé, tout ce que je sais, c'est que ça ne marchera que si on fait des compromis.

— Je suis d'accord. Mais là, tu m'en demandes beaucoup trop, Finn. Je ne veux pas partir en Ouganda puis déménager dans le Minnesota.

— Ah bon ? Eh ben moi qui ne veut pas avoir d'enfants, je suis pourtant prêt à en faire pour toi.

— Comment ça, tu n'en veux pas ? m'écriai-je, profondément blessée. Je pensais que tu avais changé d'avis !

— En comprenant à quel point c'était important pour toi, j'ai accepté l'idée d'en avoir, oui, mais ça ne veut pas dire que j'en ai envie pour autant. C'est ce qu'on appelle faire un compromis. Mais j'ai besoin que tu y mettes du tien aussi, Pepper.

— Que j'y mette du mien ? explosai-je, ma voix devenant stridente sous l'effet de la colère. Ces deux situations n'ont absolument rien en commun. Avoir des enfants quand on est marié, c'est normal. Partir vivre un an à l'autre bout du monde, beaucoup moins.

— Je n'ai jamais été quelqu'un de *normal*, et je pensais que tu le savais, bon sang !

— Bien sûr que je le sais, Finn !

J'étais triste de gâcher un moment qui aurait dû être si heureux à me disputer avec lui, mais il fallait mettre un terme à tout ça.

— J'admire ton sens du dévouement, ta façon de te plier en quatre pour aider les gens. C'est une des raisons pour lesquelles je suis tombée amoureuse de toi. Je comprends ton besoin de voyager, et je suis prête à te laisser partir, par moments, si c'est vraiment important pour toi… quelques mois par an, au besoin. Mais Finn, ça ne peut pas se passer comme ça, si tu veux toujours m'épouser…

Je voulais lui offrir tout ce dont il avait besoin et le rendre heureux. Je l'aimais tellement que j'étais prête à tout pour lui. Mais si j'acceptais tout cela aujourd'hui juste pour esquiver cette douloureuse conversation, la rancune finirait par s'accumuler et ce serait le divorce assuré. J'avais déjà divorcé une fois, et je refusais de repasser par là.

— C'est donc un ultimatum, nota-t-il tête baissée, les bras croisés sur sa poitrine.

— Non…

Il releva le menton et me regarda fixement.

— Si, pourtant. Soit je pars en Ouganda sans toi… soit je reste, et je t'épouse. C'est ça que tu essaies de me dire. Je me trompe ?

Venais-je vraiment, sans même le réaliser, de poser un ultimatum à cet homme ? De lui demander de choisir entre sa carrière et moi ? En même temps, de quel autre choix disposais-je ? Ce n'était pas comme si je pouvais accepter ce que Finn me proposait.

— Participe à toutes les missions humanitaires que tu voudras. Je n'essaie pas de t'en dissuader…

— Réponds à ma question.

En voyant la déception brûler dans son regard, je me sentis soudain toute petite. Comme si j'avais commis un crime, fais quelque chose d'absolument impardonnable. J'avais l'impression d'avoir changé à ses yeux, de ne plus être sa raison de vivre, la femme qu'il aimait par-dessus tout, mais une personne méprisable. Et ma réponse n'allait guère arranger les choses.

— Oui…

Ça me rendait malade de me mettre en travers du bonheur de Finn, mais je ne pouvais pas lui mentir, accepter ces modalités de relation et espérer que ça dure. Ce n'était pas le genre de couple que je voulais… Précisément parce que je voulais qu'on tienne la route.

Il m'observa pendant plusieurs longues secondes, me renvoyant un regard si sombre qu'il semblait fumer de rage. Puis d'un coup, sans prévenir, il fit volte-face et attrapa son sweat qui traînait sur le dossier d'une chaise. Il l'enfila, prit ses clés, son portefeuille.

— Finn…

— Ne m'attends pas ! aboya-t-il avant de sortir par le garage en claquant fort la porte.

Je restai clouée sur place, au milieu de la cuisine, toujours en tenue d'Ève à l'exception d'un collier et d'une bague de fiançailles. Il y a quelques heures à peine, j'avais tout.

Et maintenant, j'avais bien peur d'avoir tout perdu.

24

COLTON

ON VENAIT DE FRAPPER À LA PORTE... À PRESQUE VINGT ET UNE heures.

Était-ce encore Pepper ?

Les coups me semblaient un peu puissants pour ses petits poings. Je regardai dans le judas et reconnus aussitôt mon frère, à qui j'ouvris donc.

— Bon sang, tu peux pas frapper normalement au lieu de faire ça comme un bourrin ?

— J'ai besoin que tu me laisses dormir sur ton canapé ce soir.

Il s'invita à l'intérieur et ôta son sweat, révélant son torse nu, maculé de tatouages. Cela dit, je n'étais pas surpris ; je m'étais habitué, en vivant avec lui, à son drôle de code vestimentaire.

— Euh... Pourquoi ?

Pepper et lui venant de se fiancer, qu'il veuille s'éloigner d'elle, même une minute, était quelque peu alarmant.

— Parce que.

Il vida ses poches sur la table basse, y déposant clés et portefeuille, puis alla farfouiller dans la cuisine, ouvrant plusieurs placards avant de mettre la main sur ce qu'il cherchait : un fond de scotch qu'il avait laissé là. Sans s'encombrer d'un verre, il la porta à ses lèvres et but directement au goulot.

— Parce que… ? m'enquis-je en le rejoignant au comptoir. Qu'est-ce qu'il s'est passé, enfin ? Vous venez de vous fiancer ! Ne me dis pas que vous vous êtes déjà disputés ?

Il prit une longue gorgée, puis s'essuya la bouche sur le bras.

— Si.

— J'espère que tu as conscience qu'elle va sûrement débarquer ici.

— Alors je m'en irais. Problème réglé, pesta-t-il en reposant si fort la bouteille qu'il renversa un peu de scotch au passage.

— Finn, vous allez finir par trouver une solution. Alors, détends-toi un coup, puis rentre la retrouver.

Tête baissée, il agrippa fort le comptoir en soupirant, ses articulations blanchissant à vue d'œil. Puis il se releva d'un coup, les narines dilatées.

— Je viens d'avoir une opportunité exceptionnelle au travail. Médecins Sans Frontières souhaite m'embaucher. Ils me proposent un poste de directeur, pour être plus précis. C'est un honneur. L'idée, c'est qu'après un an passé en Ouganda, je serais nommé d'office à la Clinique Mayo, dans le Minnesota. Ce serait l'aboutissement de toute ma carrière.

Pas besoin de m'en dire plus, je devinais déjà où ça avait coincé. Jamais Pepper ne pourrait supporter de passer un an sans Finn, à vivre si loin de lui que leurs fuseaux horaires ne coïncideraient pas, à dormir pendant qu'il serait éveillé de sorte qu'il serait même compliqué de l'appeler. Et je voyais mal Pepper s'installer dans le Minnesota… elle qui aimait tant Seattle.

— J'ai essayé de la convaincre de m'accompagner, mais elle n'a pas voulu.

— Ça n'aurait pas été une super idée, Finn. Elle serait malheureuse là-bas.

— Justement… Je pensais que ma présence lui suffirait…

— Réfléchis deux minutes, Finn. Tu lui demandes de faire partie d'un univers qui ne l'intéresse pas. Elle n'arrive même pas à mettre ses propres pansements tellement la vue du sang lui fait peur. C'est à peine si elle aime voyager hors de Seattle. C'est la personne la plus casanière que je connaisse. Tu lui demandes de faire quelque chose qu'elle déteste… et pendant un an.

— Je ne la force en rien ! Mais j'aurais aimé qu'elle accepte mon départ, dans ce cas.

— Pour un an ? m'étranglai-je. Tu es fou ou quoi ? Tu veux vraiment partir à l'autre bout du monde en sachant ta femme triste t'attendant à la maison ? Arrête, c'est de la folie, Finn.

— Je pensais qu'elle me soutiendrait, au moins. Elle sait combien c'est important pour moi.

— C'est la raison pour laquelle elle n'a rien dit quand tu as voulu partir en Floride, même si elle en a beaucoup souffert.

Mon frère avait une perception de la vie bien à lui. C'était pour lui une perpétuelle course contre la montre, il fallait tout vivre à fond, tant qu'il en était encore temps.

— Et je sais qu'elle te laisserait partir de temps en temps, repris-je. Mais là, c'est vraiment trop. Pour le coup, je suis de son avis.

Il me dévisagea, bredouille.

— Vraiment ?

— Oui. Et au fond, tu sais qu'on a raison elle et moi. Tu refuses simplement de l'admettre.

Il agrippa de nouveau le comptoir.

— Tu as demandé Pepper en mariage, et dans la foulée, on t'a offert le poste de tes rêves. C'est super. Mais malheureusement, les deux sont incompatibles, il va falloir que tu l'acceptes. Sans doute que si tu avais su ça avant, tu ne te serais pas fiancé…

— C'est faux…

— Ah bon ? Alors qu'est-ce que tu choisis ? Ta femme ou ta carrière ?

— Tu m'avais dit que je n'aurais pas à choisir…

— Exact. Mais là, c'est trop. Tu ne peux pas demander à Pepper de tout sacrifier pour toi. C'est égoïste.

— Écoute…

— Non, toi, écoute-moi.

Hors de question que je le laisse s'en tirer à si bon compte. Pepper était de la famille, et je la défendrais envers et contre tout, même si pour cela, je devais me mettre mon frère à dos.

— Quand tu m'as demandé ma permission de l'épouser, je te l'ai donnée. Mais à une condition. Que tu ne te lances que si tu étais prêt à lui offrir tout ce dont elle avait besoin. Tu m'as dit que tu l'aimais, et que tu voulais passer le restant de ta vie avec elle. Mais ta réaction de ce soir me prouve que ce n'était qu'un tissu de mensonges…

— Pas du tout. Je l'aime plus que tout au monde…

— Alors refuse ce poste, Finn.

Il me dévisagea, livide.

— Tu ne peux pas tout avoir, décrétai-je fermement. Tu dois choisir. Et si tu l'aimes vraiment, tu sais ce qu'il te reste à faire.

— Mais c'est un rêve qui se concrétise…

— Et Pepper est irremplaçable.

Après tout ce que mon frère m'avait fait endurer pour être avec elle, il avait intérêt à prendre la bonne décision.

— Une demande en mariage, ce n'est pas à prendre à la légère, Finn. Tu n'aurais jamais dû lui offrir cette bague si tu ne comptais pas rester à ses côtés. Tu as peut-être l'impression que tu perds gros en déclinant cette offre, mais crois-moi, Pepper est bien plus importante que tout ça. Si tu es incapable de voir ça par toi-même, tu ne la mérites de toute façon pas.

Finn s'était finalement assoupi sur le canapé, allongé en caleçon sous une fine couverture. Une fois la bouteille de scotch finie, il avait sombré comme une masse dès l'instant où sa tête avait rencontré le coussin.

Heureusement pour lui, il ne travaillait pas demain.

Assis dans un fauteuil, je sentis mon téléphone vibrer.

C'était un message de Pepper.

On s'est gravement disputés avec Finn. Il est parti de la maison il y a plusieurs heures et je n'arrive pas à le joindre. Est-ce que tu pourrais vérifier s'il va bien ?

Rien, dans son ton, ne laissait penser qu'elle lui en voulait terriblement. Elle souhaitait juste s'assurer qu'il n'était pas en danger.

Ouais, il vient de s'endormir sur mon canapé.

Oh, mon Dieu, je suis tellement rassurée.

Il m'a tout raconté. Je suis désolé.

C'est sûr que... Ce n'est pas ce que j'avais en tête pour fêter nos fiançailles...

Finn avait foutu leur relation en l'air en un temps record. Sa phobie de l'engagement l'avait déjà vaincu, le poussant à saboter les plus beaux jours de sa vie. Et déjà, il essayait de prendre la poudre d'escampette.

Tu avais raison, Colton. Finn n'aura jamais l'envie de se caser... Il a trop la bougeotte pour ça.

Attends un peu avant de dire ça. Avec un peu de chance, je réussirai à le raisonner.

J'espère. Je l'aime tellement... Mais hors de question que j'aille vivre en Ouganda.

Tu ne survivrais pas une journée là-bas.

Privée de ses chaînes de télé préférées et de nourriture occidentale, elle perdrait vite la tête. C'était à peine si elle supportait de dormir à l'hôtel, encore moins dans un pays étranger...

Finn a été très con de te demander ça.

Même s'il finit par changer d'avis, j'ai peur qu'il ne veuille jamais se fixer...

J'en voulais énormément à mon frère d'avoir causé cet incident, mais j'avais foi en lui. *N'oublie pas qu'il t'aime infiniment lui aussi. Laisse-lui un peu de temps. Je pense qu'il pourra devenir l'homme qu'il te faut... une fois que sa gueule de bois sera passée.*

25

PEPPER

RENFROGNÉE, LE MORAL DANS LES CHAUSSETTES, JE ME RENDIS À LA boutique.

Qu'allait-il se passer entre Finn et moi ?

Je portais toujours sa bague de fiançailles, ce petit bijou qui m'était si précieux. Mais son comportement me décevait énormément. Comment pouvait-il songer à faire ses valises dans un moment pareil, au lieu de se projeter avec moi ? Cependant je l'aimais trop pour lui en tenir rancune ; j'aurais bien plus apprécié qu'on oublie tout. Qu'il me dise qu'il était désolé, qu'il s'était trompé sur toute la ligne et qu'il préférait rester à mes côtés.

Mais s'il voulait vraiment partir ?

La journée me parut interminable ; j'attendais, presque sans y croire, le coup des dix-sept heures.

Quand l'heure sonna enfin, je pris un Uber et rentrai chez Finn. J'aurais très bien pu aller chez moi, mais j'espérais tomber sur lui, et qui sait, peut-être trouver un terrain d'entente qui mettrait un terme à cette brouille. Il n'avait répondu à aucun de mes textos, ni décroché son téléphone, j'en déduisais qu'il se pouvait aussi bien qu'il ait décidé de rompre.

Je saluai Soldier dans l'entrée avant de m'aventurer plus loin dans la maison, jusqu'à pénétrer dans le séjour. Finn, en blouse d'hôpital, stéthoscope autour du cou, était assis sur le canapé. Il se changeait toujours en rentrant du travail, alors il allait sans doute bientôt partir.

Je m'approchai sans qu'il se retourne.

L'atmosphère semblait tout autant tendue que la veille, comme si la dispute venait tout juste d'avoir lieu.

Debout derrière l'autre canapé, je croisai les bras sur ma poitrine, refusant de parler la première. Je n'avais aucune idée de ce qu'il avait en tête. Peut-être allait-il me quitter ? Me demander de lui rendre la bague ?

Soldier, comme pour choisir son camp, s'allongea à mes pieds.

Quand Finn se leva enfin, je vis ses épaules se contracter. Il contourna la table basse et s'avança de moi à pas lents. Une fois face à moi, il leva les yeux et me regarda fixement.

— J'ai dormi chez Colton. Je ne voudrais pas que tu t'imagines des choses.

— Je sais… il m'a dit.

L'éventualité qu'il ait pu écumer les bars ou appeler Layla ne m'avait même pas traversé l'esprit. J'avais une meilleure opinion de lui que ce qu'il semblait le croire, et je savais pertinemment qu'il ne me ferait jamais une chose pareille, quoi qu'il arrive entre nous. S'il m'était resté fidèle pendant son séjour en Floride, alors je n'avais rien à craindre de ce côté-là.

— J'ai trop bu, et je me suis effondré sur son canapé. Je me suis réveillé tard… c'est pour ça que je n'ai pas répondu.

— D'accord.

Une insupportable distance persistait entre nous. J'avais l'impression d'être face à un étranger, et pas face à l'homme que j'aimais. Comme si notre histoire était déjà terminée.

— Je suis rassurée. On s'est fait du souci, Soldier et moi.

— Je ne voulais pas que tu t'inquiètes… J'ai eu besoin de souffler un coup.

Il enfonça les mains dans ses poches et déglutit avec difficulté. Quand il croisa à nouveau mon regard, le sien s'emplit de culpabilité.

— Je t'ai fait une promesse, et je tiens à la respecter. Je comprends pourquoi tu ne veux pas que je parte, et pourquoi tu ne veux pas non plus m'accompagner. Je n'aurais pas dû t'en demander autant… surtout que ça ne t'a jamais intéressée, l'humanitaire. Alors… Je vais refuser l'offre.

Quand il expira, à la fin de la phrase, l'air qui quitta ses poumons sembla contenir toute sa défaite.

J'avais beau avoir eu gain de cause… pourtant, ce n'était pas ce que je voulais. Oui, Finn avait cédé. Il était prêt à tout m'offrir. J'aurais pu accepter sans rien dire, mais ça n'aurait pas été correct. Un jour ou l'autre, ça me serait retombé dessus. Ce sacrifice lui pèserait, alimenterait sa rancune, et finirait par nous séparer.

— Finn, je ne veux pas que tu restes juste pour tenir un engagement. Juste pour respecter une clause inscrite en tout petit, en bas d'un contrat que tu aurais signé par erreur. Je ne veux pas être à l'origine de tes regrets, être ce qui t'empêche de t'accomplir dans la vie. Si ce projet te tient à cœur, tu devrais accepter l'offre et partir.

Il me contempla un long moment, choisissant méticuleusement ses mots avant de les formuler.

— Oui, ça me tient à cœur. C'est ma raison d'être, la raison pour laquelle j'existe. Ce n'est pas une simple opportunité professionnelle, mais l'occasion de faire la différence dans ce monde de brutes. Mais je t'aime, bébé. Je suis on ne peut plus sincère en te disant ça. Mon cœur est partagé… entre toi et mon travail. Et j'aimerais tant ne pas avoir à choisir.

Mon cœur se serra. L'issue de notre conversation faisait de moins en moins de doutes. La peur contaminait chaque parcelle de mon corps, annonçant une détresse subite dont rien ne pourrait me sauver. Je l'avais déjà perdu une fois, et la terre s'était dérobée sous mes pas. Cette fois, ce serait encore pire…

— On pourrait essayer la relation à distance…, suggéra-t-il.

— Non. Ce que je veux, c'est un mari toujours présent à mes côtés. Je ne veux pas épouser quelqu'un qui préfère partir plutôt que d'être avec sa femme.

J'étais mal tombée pendant mon premier mariage, et pour moi il n'était pas question de refaire la même erreur. L'amour ne suffirait pas à rabibocher notre couple. Je n'étais pour Finn qu'une connaissance en fin de compte, quelqu'un qu'il avait rencontré au cours d'un de ses nombreux voyages. Un jour, après avoir mûri, il finira par se caser avec une femme – une autre femme que moi. Car je refusais de l'attendre si longtemps.

— Je t'aime plus que tout, Finn. Je ne pourrai jamais te dire à quel point, parce que les mots ne suffisent pas. Et c'est pour ça que je préfère rompre maintenant.

Secoué, il prit une profonde inspiration.

— Si tu restes, tu vas m'en vouloir, même inconsciemment. On sait tous les deux que ta place n'est pas ici, mais auprès de ceux qui en ont le plus besoin, aux quatre coins du monde. Si tu renonces à ce projet, une autre opportunité finira forcément par se présenter. Tu ne seras jamais heureux ici. Si on continue sur cette voie-là, on finira par divorcer après quelques petites années, et je ne veux pas. Mais je refuse aussi de te suivre. Alors c'est sans issue.

— Bébé, je ne veux pas passer ma vie à voyager. C'est juste cette fois...

— Tu reviens tout juste de Floride. Et même si c'était vraiment dur, ça ne t'a pas empêché de vouloir repartir. Sois réaliste, Finn. Tu n'as jamais voulu d'une vie sédentaire... en tout cas, pas pour le moment. Sois honnête avec toi-même, et tu te rendras compte que j'ai raison. C'est qui tu es... et tu ne peux rien à ça.

Quand il s'était agenouillé pour m'offrir la bague, j'avais réellement cru vivre éternellement heureuse avec lui, et avoir des enfants. Mais nous avions éludé un obstacle, et il était de taille.

— Je crois que tu t'es trompé sur la nature de notre relation, en t'imaginant que j'allais te suivre dans toutes tes aventures. Mais je ne veux pas vivre comme ça. Si je t'accompagne au bout du monde en revendant mon commerce pour te suivre en Ouganda, je vais, d'une manière ou d'une autre, t'en tenir rigueur, et accumuler de la rancune contre toi. Ça ne peut pas marcher.

Finn ne trouva rien à redire.

— Je sais que tu étais sincère en me demandant en mariage. Que c'était ce que tu voulais. Mais cette offre est venue te rappeler tout ce à quoi tu renonçais en m'épousant, réanimer tes désirs d'ailleurs. Et je me doute bien que si tu ne m'avais pas demandé ma main, tu aurais rompu dans la minute, puis tu serais parti.

— Arrête de dénigrer mon amour pour toi, bébé. Ce n'est pas du tout ça.

— Si ce que tu dis était vrai, tu aurais immédiatement refusé l'offre. Tu n'aurais même pas envisagé une seconde de passer tout ce temps loin de moi, tu en aurais été incapable, et aurais de loin préféré rester à mes côtés. Mais non seulement tu as accepté, tu me l'as aussi caché. Finn, tu crois vouloir te marier, mais tu te trompes. On le sait tous les deux.

Chaque mot prononcé me brisait un peu plus le cœur. Je savais pertinemment comment cela allait se terminer… C'est-à-dire mal, très mal.

— Non, je viens de te dire que j'allais rester…

— Non. Tu as dit que tu voulais honorer tes engagements. Ce n'est pas du tout la même chose que rester parce que tu ne peux pas vivre sans moi. Ce n'est que du jargon contractuel. Pas du tout ce que j'ai envie d'entendre. Et de toute manière, comme je disais, tu finirais par me le reprocher. Tu n'es pas fait pour rester en place. Notre histoire n'a été qu'une belle distraction entre deux projets de vie. Maintenant qu'une nouvelle opportunité se présente, tu ne penses qu'à repartir. Moi, je ne suis qu'une rencontre de plus au détour d'une escale… un bon souvenir.

Terrassé, il posa les mains sur les hanches.

— C'est terminé, Finn.

Malgré ma douleur, je refusais de verser une larme. Je devais rester forte, au moins en apparence. Le perdre, après m'être tant projetée avec lui, m'était insupportable. J'avais réellement cru qu'on passerait le restant de nos jours ensemble. Mais je m'étais bien trompée.

— Je ne veux pas vivre avec quelqu'un qui préfère être ailleurs. Je ne veux pas t'empêcher de faire ce qui te rend heureux, mais je ne veux pas non plus tout sacrifier pour toi. Ce ne serait juste pour personne.

J'espérais que mes mots lui feraient un électrochoc, que ses yeux s'empliraient de larmes et qu'il réaliserait, une bonne fois pour toutes, qu'il ne pouvait pas vivre sans moi. Je voulais qu'il me dise qu'il m'aimait tellement qu'il n'envisageait pas l'avenir sans moi.

Mais à quoi bon me leurrer... Il n'avait pas décliné l'offre, pourquoi changerait-il d'avis maintenant ?

Il inspira profondément.

— Je ne veux pas te perdre.

— Je ne veux pas te perdre non plus, mais on est dans l'impasse.

— Bébé..., souffla-t-il en prenant mon visage en coupe pour rapprocher nos lèvres. Je t'aime.

— Je t'aime aussi...

Il effleura du pouce ma lèvre inférieure, puis m'embrassa tendrement.

Mais sans protester. Sans me dire toutes ces choses que j'aurais eu besoin d'entendre. Alors je lui rendis son baiser, mais le cœur n'y était pas.

Quand il recula, ma bouche demeura sans vie.

Je lui attrapai les poignets et retirai ses mains de ma figure.

— Je ne vais pas t'attendre, Finn. Si tu crois pouvoir passer un an en Ouganda et me retrouver à ton retour, tu te mets le doigt dans l'œil. Pars directement t'installer dans le Minnesota. Vends ta maison et ne reviens plus. Il n'est pas question qu'on se remette ensemble dans quelques années, même si nos chemins finissent par se recroiser. Si tu pars, c'est terminé, point final. J'ai beau t'aimer de tout mon cœur, je trouverai quelqu'un d'autre, quelqu'un qui m'offrira tout ce dont j'ai toujours rêvé. Et je te conseille de faire la même chose.

J'ATTENDIS qu'il parte au travail pour rassembler mes affaires et les fourrer dans mon sac.

Soldier était sur le lit, le museau calé sur les pattes. Il suivait des yeux mes moindres gestes, et à en juger par son air abattu, il se doutait que quelque chose de terrible était sur le point d'arriver. Peut-être percevait-il ma tristesse, ou le désespoir qui imprégnait chaque recoin de la maison.

Peut-être voyait-il mes larmes.

Une fois rempli, je refermai mon sac et m'assis sur le bord du lit. La réalité venait de saccager mes doux rêves d'avenir. Il n'y aurait ni robe blanche, ni réception, ni mariage. Ni enfants ni vacances en famille. Finn rejoindrait la liste des mâles m'ayant brisé le cœur et ne serait plus qu'un lointain souvenir – avec ses hauts et ses bas.

J'avais longtemps cru que Colton était l'homme de ma vie, mais je savais désormais que non.

C'était Finn.

Et je l'avais perdu.

Soldier se rapprocha de moi et geignit en voyant mes larmes. Il posa sa truffe sur ma cuisse puis couina à nouveau, me renvoyant ma propre tristesse comme s'il était capable de la comprendre et qu'il la ressentait lui aussi.

— Merci, mon grand, lui soufflai-je en le caressant de haut en bas. Tu vas beaucoup me manquer. Mais on se reverra chez les parents de Colton. Ils ont un grand jardin, tu vas adorer. Et on se reverra souvent.

Soldier poussa un autre gémissement.

Notre petite famille s'effritait peu à peu, c'était si triste. J'essayais de garder à l'esprit que ça aurait été mille fois pire si on avait été mariés, et que cette maison avait été la nôtre. Il valait mieux partir maintenant.

Je l'embrassai sur la tête, me relevai, puis réalisai que je portais encore sa bague et ses plaques militaires. Je ne me sentais pas le droit de conserver ces bijoux, qu'il voudrait offrir à sa femme. Ces plaques recelaient le poids de tous ses sacrifices dans l'armée. Avec le temps, je finirais par les ranger dans un tiroir, leur souvenir continuant à me hanter quoi que j'en fasse. Elles méritaient d'être exhibées, de pendre fièrement autour de son cou... ou de celui de la femme qu'il aimerait.

J'ôtai la bague de mon annulaire gauche et pris le temps de l'admirer, chérissant une toute dernière fois l'idée d'avoir été sa fiancée. Une fois que je l'aurais reposée sur sa table de nuit, tout serait vraiment terminé.

Je rejoindrais les autres – ces ombres du passé.

Je contemplai longuement la bague, puis me résolus enfin à la poser. En rencontrant le bois du meuble, elle produisit un bruit sec, oscilla légèrement, puis s'immobilisa au centre de la surface, rayonnant prodigieusement dans la pénombre, malgré les stores baissés.

Ensuite, je retirai le collier, et passai les doigts sur les inscriptions gravées. Je les regardai fixement, songeant à leur signification, soudainement déséquilibrée maintenant que je ne les sentais plus à mon cou. Ce poids en moins fut tout sauf un soulagement. D'une certaine manière, c'était leur absence le plus pesant.

Je portai une des plaques à mon visage et y appliquai un baiser avant de déposer le collier sur la table de nuit.

C'était fait.

Nous n'étions plus ensemble.

Je pris donc mon sac et me dirigeai vers la porte d'entrée, car mon Uber arriverait d'une minute à l'autre.

Soldier me suivit, la queue entre les pattes. Il geignit en me voyant ouvrir, comme s'il savait que je ne reviendrais plus.

En le laissant, j'avais l'impression d'abandonner un enfant. Soldier était bien plus qu'un simple chien pour moi. Je me mis à sangloter. Lui dire au revoir était presque plus terrible que de rompre avec Finn. Je m'agenouillai près de lui et l'enveloppai dans mes bras.

— Je t'aime si fort, mon bonhomme.

Des larmes ruisselaient le long de mes joues, se mêlant à son pelage. Je ne voulais plus lâcher prise, car il m'était devenu si cher. Je l'aimais de tout mon cœur.

— On se revoit très vite, d'accord ?

Il gémit tristement, comme pour me dire au revoir.

Je ne trouvai pas le courage de lui jeter un dernier regard ; il m'était déjà bien assez difficile de quitter définitivement cette maison. Je repris mon sac et tournai le dos à l'entrée, non sans avoir préalablement refermé la porte sur mon passage.

Je regardais distraitement la lumière décliner au fil du temps, assise sur mon canapé. Sur la table d'appoint la plus proche se trouvait une bouteille de vin à moitié vide, au goulot taché de rouge à lèvres. L'obscurité grignotait peu à peu la pièce à mesure que le soleil finissait sa course. Mais je n'avais pas le courage d'aller allumer.

Plus rien n'avait de sens à mes yeux.

Ma main gauche me paraissait trop légère, et mon annulaire, si seul. En retirant cette bague, j'avais renoncé à une partie de moi – celle qui appartenait à Finn. À présent, je n'avais plus aucune idée de qui j'étais, de ce que je faisais là. Je m'étais perdue dans mes rêveries, projetée si loin dans cette vie que je n'aurais jamais...

Pour me retrouver, une fois de plus, de retour à la case départ.

Sauf que cette fois, c'était pire. Plus douloureux que mon divorce.

Colton entra soudain, sans s'étonner que la porte soit ouverte. Il me vit sur le canapé, remarqua mon regard morne et la tristesse de mes traits, et comprit aussitôt.

Sans dire un mot, il s'assit à côté de moi et me prit dans ses bras, voulant, malgré son impuissance, me protéger. Mais le mal avait déjà été fait. Mon cœur s'était brisé en mille morceaux, pour la seconde fois de mon existence… et cette fois, il ne s'en remettrait pas.

Terrassée par la douleur, immobile, les yeux bouffis de larmes, je me laissai retomber contre son torse chaud. Son odeur n'avait pas changé. Il portait le même parfum qu'alors, quand je l'avais rencontré pour la première fois.

Il me caressa le dos, pressa un baiser sur mon front.

— Je suis vraiment désolé, mon ange…

— J'aurais dû t'écouter.

À ces mots, son regard s'éteignit.

— Il ne changera jamais… Jamais il ne voudra jamais rester en place.

Ne sachant que répondre, Colton continua à me caresser le dos en silence. Qu'aurait-il pu dire, de toute façon ? J'étais inconsolable. Finn ne se lasserait jamais de cette vie-là. Il avait besoin d'être libre, libre jusqu'au jour où l'âge viendrait tempérer son audace. Et ce jour-là, une petite chanceuse de quinze ans de moins que lui récolterait le gros lot, juste parce qu'elle se serait trouvée au bon endroit au bon moment. Elle se verrait offrir une bague, achetée, probablement, avec les liquidités obtenues lors de la revente de la mienne.

Et moi, où en serais-je ?

Mariée à quelqu'un d'autre ? Serais-je heureuse ? Aurais-je déjà des enfants ?

En moins de deux ans, j'avais connu deux massives peines de cœur, et j'en avais assez. J'étais lasse de chercher le bon.

Peut-être le bonheur n'était-il qu'un leurre.

Un coup sur la porte m'arracha de mon sommeil.

Je m'étais assoupie entre les bras de Colton, bien au chaud sous la couverture qu'il avait tirée sur nous. Je remuai, désorientée par la situation et l'émotion qui lestait mon cœur.

Colton se réveilla lui aussi.

— Quelqu'un a frappé, je crois.

Je savais déjà qui cela pouvait être.

Colton se leva pour aller ouvrir, et en profita pour allumer, car il faisait noir dans l'appartement. Je vis alors la silhouette de Finn se dessiner dans l'encadrement de la porte, reconnaissant son sweat à capuche, puis son jean.

Colton le contourna sans rien dire et sortit, sans adresser le moindre coup d'œil à son frère. À lui seul, son silence exprimait l'ampleur de sa déception.

Finn entra et referma.

Je me redressai, mais ne me donnai pas la peine d'arranger mes cheveux ou mon maquillage. Après tout, une sieste aussi aurait pu me mettre dans cet état. Cela ne trahissait pas nécessairement le fait que j'avais passé des heures à pleurer.

Il s'approcha de la table basse et baissa les yeux vers moi, attendant que je l'affronte du regard.

— Tu as repris toutes tes affaires.

— Je ne voulais plus rester chez toi.

Après m'être relevée, je trouvai enfin la force de le regarder en face. Puis je croisai les bras, comme pour ériger une barrière supplémentaire entre nous. Au lieu de désespérément chercher à le retenir, je lâchais prise. Car il m'avait révélé son vrai visage en acceptant de s'en aller sans même m'en parler. Et par cet acte, il avait signé la fin de notre histoire.

— Je pensais qu'on resterait ensemble jusqu'à mon départ, claqua-t-il.

Non mais quelle gourde je faisais, à naïvement espérer qu'il viendrait me prouver son amour ! Espéré qu'il ait changé d'avis et qu'il préférait passer sa vie avec moi plutôt que de partir à l'autre bout du monde ! Comment avais-je pu être si bête ? Comment avais-je pu lui livrer mon cœur sur un plateau, alors qu'il ne le méritait pas ? Si je l'avais soutenu pour son projet en Floride, c'était parce qu'être en couple implique des sacrifices. Sauf que Finn comptait bien en profiter, et m'arracher toutes les concessions possibles jusqu'à ce qu'il ne reste plus rien de moi.

— Non.

Je ne trouvais rien de mieux à dire, mais ce mot à lui seul résumait bien la situation. Je n'allais certainement pas me justifier une seconde fois. J'avais été bien assez claire lors de notre dernière conversation.

— Je pars dans trois jours, ajouta-t-il sans la moindre émotion.

À croire qu'il avait un trou à la place du cœur. Comment pouvait-il me quitter sans regret ? Comment pouvait-il partir s'il m'aimait vraiment ?

— OK. Prends soin de toi, rétorquai-je.

Son regard s'assombrit sous le coup de la déception.

— Ne réagis pas comme ça, s'il te plaît.

— Comment veux-tu que je réagisse, Finn ? rétorquai-je, glaciale. Tu espérais que je continuerais à t'aimer comme si de rien n'était ? Tu aimerais que je fasse comme si tout allait bien ? Tu m'as brisé le cœur. Colton m'avait prévenue de ne pas tomber amoureuse de toi, et il avait raison... Il avait raison depuis le départ.

Ses yeux s'abîmèrent au sol.

— Que tu m'aimes, je veux bien le croire... Mais tu ne m'aimes pas assez, lui assenai-je fermement.

— Bébé...

— Va-t'en, s'il te plaît.

Une fois que Finn aurait franchi la porte, je ne le reverrais plus. Il voyagerait en Afrique avant de refaire sa vie dans le Minnesota. Il sortirait de mon existence pour toujours... Et cette distance me serait vitale. J'en avais assez de souffrir pour des hommes qui n'en valaient pas la peine. Autant clore ce chapitre de ma vie pour enfin tourner la page, et prendre de meilleures décisions. Hors de question que je me jette une dernière fois dans ses bras, que mes lèvres se laissent berner par la douceur des siennes. Je refusais de lui dire je t'aime. Sa demande en mariage caduque avait puisé mes dernières réserves de force. Je n'en voulais pas de ses promesses au conditionnel, révocables à la première occasion.

Finn n'essaya ni de m'approcher ni de m'embrasser. Il resta là, impassible, à me fixer de ses yeux éteints. Alors que mon être entier se tordait de douleur, il semblait froid comme une machine, implacable. Certes, Finn était plus solide que la moyenne, moins soumis aux oscillations du cœur. Mais de là à ce qu'il ne ressente *rien*...

— Tu as laissé ta bague.

— Parce que je n'en veux plus. Garde-la. Vends-la. Fais-en ce que tu veux.

Que ferais-je d'une bague de fiançailles ? J'en avais déjà une dans le tiroir de ma table de nuit. Je n'allais pas non plus les collectionner comme des reliques, pour me souvenir de tous les hommes qui m'avaient rejetée ! Colton préférait les hommes. Finn préférait la vie. Dans les deux cas, je n'arrivais qu'en seconde position.

Finn ne protesta pas.

— Pars, maintenant. On n'a plus rien à se dire.

Je lui tournai le dos, ne supportant pas de le voir disparaître de mon quotidien. Je ne voulais pas le regarder s'en aller, s'élancer, le cœur léger, à la poursuite de ses rêves. Il retrouverait vite son ancien mode de vie, multiplierait les conquêtes, et m'oublierait en un rien de temps. Puis tout serait bientôt effacé. Loin, à l'autre bout du monde, il n'aurait plus à se préoccuper de la réaction de son frère, de savoir si oui ou non leur relation était gâchée. Cet homme ne se souciait que de son bien-être... et j'avais du mal à comprendre ce que j'avais pu lui trouver de si charmant.

Je tendis l'oreille mais ne l'entendis pas partir. Ses pas se rapprochaient au lieu de s'éloigner, jusqu'à ce que je le sente tout près de mon dos. Il plongea la main dans sa poche, en sortit un objet métallique, puis leva les bras autour de ma tête pour me passer un collier autour du cou.

Je le reconnus à son poids, son poids qui me complétait, son poids sans lequel je ne reconnaissais plus mon corps. Les plaques tintèrent l'une contre l'autre en retombant entre mes seins. Son nom venait de retrouver sa place, tout près de mon cœur.

— Tu es l'amour de ma vie, Pepper. Je veux que tu les gardes... parce que je sais déjà que je ne les offrirai à personne d'autre.

Les larmes me montèrent aux yeux avant de ruisseler le long de mes joues. Je fis mon possible pour ne pas faire de bruit, pour empêcher mes lèvres de trembler ou ma poitrine de flancher. Je refusais de lui montrer ma douleur, de m'effondrer devant lui. Je ne m'autoriserais à céder que lorsqu'il aurait franchi le seuil, que je serais seule avec moi-même ; pas une seconde plus tôt.

Il finit par tourner les talons et s'éloigna, ses pas résonnant lourdement contre le parquet de bois. Il se déplaçait lentement, comme pour me laisser le temps de changer d'avis, de l'inviter à passer une dernière nuit dans mes bras.

Je continuai de retenir mon souffle, de retenir mes larmes, jusqu'à ce qu'il soit vraiment parti. Il ne méritait pas que je lui répète combien je l'aimais. Je le lui avais prouvé, jour après jour, tout au long de notre relation. C'était lui qui voulait s'en aller, alors je refusais de me jeter à ses pieds pour l'implorer de rester.

Il ouvrit la porte, sortit, et ferma derrière lui.

En entendant le pêne de la serrure entrer dans la gâche, je fermai les yeux et le barrage céda. Submergée par la douleur, je sentis un torrent de chagrin affluer dans mes veines et me laissai tomber par terre, entraînée par le poids terrible du collier. Quand mes fesses heurtèrent le sol, je m'adossai au coffre du canapé, et contemplai d'un regard vide mon reflet dans l'écran de la télévision. Mes bras se refermèrent autour de ma poitrine, et, repliée sur moi-même, je serrai le plus fort possible mes côtes agitées de sanglots. Comme un diamant éclaté, je venais de voler en mille fragments, de me fracasser en de fines particules de poussière qui ne pourraient jamais être recollées. Colton m'avait brisé le cœur, et j'avais réussi à m'en remettre. Mais cette fois-ci, je n'en aurais pas la force.

J'étais anéantie.

Printed in Poland
by Amazon Fulfillment
Poland Sp. z o.o., Wrocław

53570323R00214